MW01226420

LÉONORA MIANO

Née à Douala, au Cameroun, en 1973, Léonora Miano vit en France depuis 1991. Saluée par la critique et plébiscitée par le public, elle reçoit en 2005 le prix Révélation de la Forêt des Livres, ainsi que le prix Louis Guilloux en 2006 pour son premier roman, *L'intérieur de la nuit* (2005), classé cinquième au palmarès des meilleurs livres de l'année par le magazine *LIRE*. En 2006, elle publie *Contours du jour qui vient*, distingué la même année par le 19e prix Goncourt des lycéens. *Tels des astres éteints* a paru en 2008 suivi de *Les aubes écarlates* l'année suivante, puis de *Blues pour Elise* en 2010, la première saison de la tétralogie *Séquences afropéennes*. *Ces âmes chagrines* est son dernier roman (2011). Tous sont publiés aux éditions Plon.

**Retrouvez Léonora Miano
sur www.leonoramiano.com**

LES AUBES
ÉCARLATES

LÉONORA MIANO

LES AUBES ÉCARLATES

« Sankofa cry »

l'oiseau

PLON

Le papier de cet ouvrage est composé de fibres naturelles, renouvelables, recyclables et fabriquées à partir de bois provenant de forêts plantées et cultivées durablement pour la fabrication du papier.

© Plon, 2009
ISBN : 978-2-266-20058-5

Dans le souvenir de ceux qui soufflent sur ces pages, et dans l'espérance des fraternités.

Solidarité_hommes

*Voici que j'ouvre vos tombeaux;
je vais vous faire remonter de vos
tombeaux, mon peuple [...] et je vous
installerai sur votre sol.*

Ézéchiel, 12-14.

*Or, comprenez, je ne vous donnerai
pas quittance de vous-mêmes.*

Aimé Césaire,
La Tragédie du roi Christophe.

Exhalaisons

Peut-être nous entendras-tu, toi dont la conscience ne cesse de remuer l'intangible. Tu pressens, plus que tu ne saurais l'expliquer, que le sens des choses est également au-delà du visible. Alors, peut-être entends-tu. Si tel est le cas, ne crains pas de comprendre, de rapporter notre propos. Nous sommes la saignée. Cependant, notre voix n'est plus celle du fluide vivant qui palpite et souvent se gâche, en votre monde. Nous ne sommes pas la sève. Nous ne sommes pas l'eau. Nous ne sommes même plus le sang. Nous fûmes tout cela. C'est pourquoi on nous prit, nous : au cœur de la forêt, marchant vers la source, en plein milieu du sommeil... On nous arracha à la terre de nos pères, au ventre de nos mères. Sais-tu encore : qui, quand et comment ? Oui. Bien entendu. Alors, n'en disons rien. D'ailleurs, il n'est plus temps, et peu nous importe.

Comme le vent réside entre ciel et terre, nous sommes. Suspendus sans être accrochés. Seulement

11

en suspens. Notre route fut tranchée. Non pas notre existence, puisque la vie ne s'interrompt pas. C'est bel et bien le chemin qui nous fut dérobé. La voie qui devait nous conduire dans l'espace éminemment réel que les tiens, les nôtres encore, les nôtres toujours, appellent l'autre monde. Chaque jour, nous visitons les lieux où fut enterré le placenta de notre vagissement. Et chaque jour, nous cherchons, de même, le lieu où furent conservés nos restes. Nulle part, nous ne voyons cet endroit. Nulle stèle ne nous conte aux vivants. Ils arpentent après nous la terre que nous avons habitée, la croyant leur uniquement. Pourtant, c'est dans nos pas qu'ils glissent les leurs. Lorsque la brise couche à terre les roseaux bordant les fleuves d'où ils tirent leur subsistance, ils ignorent que c'est notre voix qui s'élève ainsi.

Nous savons ce que tu es sur le point de répondre, pour disculper ceux qui ne s'acquittèrent pas du plus sacré des devoirs. Notre chair leur était devenue inaccessible. Ils nous pleurèrent, mais que pouvaient-ils faire, à part sécher leurs larmes, vaquer à la vie qui est aussi une obligation ? Ils étaient trop petits pour se dresser, imposer au monde la tristesse de leur deuil. Le monde avançait, ils devaient suivre. Nous entendons cela. Simplement, tu sais comme nous qu'une telle excuse ne vaut pas, qu'elle ne vaut rien. Les usages de nos peuples ont prévu ce cas. La mise en terre symbolique des corps perdus. À la suite des disparitions qu'on soupçonnait sans retour, une tombe était creusée. En son fond, un tronc d'arbre était jeté. Au-dessus, on énonçait prières et incantations, afin que l'Unique trace une route aux défunts. C'est cela que nous cherchons, que nous ne trouvons pas. Le lieu à partir duquel nous devions pénétrer dans l'autre monde.

12

Nous cherchons encore, exigeons à présent : qu'on nous donne la route. Le temps qui a tari les larmes des nôtres n'a rien fait de nous. Notre chair s'est dissoute, laissant par les fonds l'empilement de nos ossements, au large de la forêt, à quelques encablures de la source, et de la couche d'où on nous tira. Ce jour-là.

Nous ne comptons plus, ni les années, ni le nombre de ceux qui vinrent nous rejoindre. Ils sont légion de suppliciés en vain, de sacrifiés à la folie. Ils sont cohortes d'âmes en peine qui errent, suppliant que la chaîne de l'oubli leur soit enfin ôtée. Ils se joignent à nous pour refuser la paix aux sans-mémoire. À leur cri comme au nôtre, l'oreille des vivants reste sourde. Ainsi, les défunts privés de sépulture hantent la parturiente. Invisibles, imperceptibles, ils élisent domicile près du malade qu'une fièvre terrasse. Pénètrent les corps. Ravagent la vie.

Ils deviennent le tumulte, la déraison, le chaos, la misère. Ils deviennent le fléau, multiplié par mille, par des millions. Les âmes enchaînées luttent et sévissent comme elles le peuvent. Toi dont la conscience cherche à sonder l'intangible, tiens la réponse à tes questions : nous sommes l'absurde quotidien. Nous sommes la haine du frère, la haine de soi. Nous sommes l'impossibilité, l'entrave au jour qui vient. Nous en avons emprisonné les contours au creux de notre main immatérielle, et nous disons :

Qu'il soit fait clair pour tous que le passé ignoré confisque les lendemains.

Qu'il soit fait clair pour tous qu'en l'absence du lien primordial avec nous, il n'y aura pas de passerelle vers le monde.

Qu'il soit fait clair pour tous que la saignée ne s'est pas asséchée en dépit des siècles, et qu'elle hurle encore, de son tombeau inexistant. sans sépulture

Qu'il soit fait clair pour tous que rien ne sera reconstruit, chez ceux qui n'assurèrent pas notre tranquillité.

Ne crains pas de comprendre, de rapporter notre propos. Nous sommes les cieux obscurcis qui s'épaississent inlassablement, tant qu'on ne nous a pas fait droit.

Latérite

La femme ouvrit les yeux. Le sommeil n'avait duré que quelques minutes, imprimant en elle un malaise. Il lui avait semblé entendre des voix, rauques d'avoir trop gémi. Pourtant, il lui était impossible de se rappeler ce qu'elles avaient dit. Il ne lui restait en mémoire que des plaintes étouffées, un bruit de chaînes traînées sur un sol en bois. Des sons hachés qu'elle ne parvenait pas à assembler pour en tirer un sens : *San... San Ko... Ko...* Elle ne s'expliquait ni cela, ni cette odeur marine qui flottait dans l'air, comme si toute la vase de la Tubé avait été remuée, transportée dans la pièce. Sans doute n'était-ce que le résultat de la fatigue. Elle dormait si peu... La nuit avait pris congé depuis quelques heures. Le soleil dardait sa fureur sur ce petit bout de terre équatoriale. Ayané avait le sentiment que le monde demeurait privé de lumière, que les ténèbres s'accrochaient au ciel. Pas uniquement parce que la jeune femme n'arrivait pas à oublier la nuit où des hommes étaient venus, armés de leurs fusils, de leurs rêves viciés, pour faire vivre un cauchemar au peuple d'Eku. Elle avait vu le jour dans ce petit village situé au sud de Sombé,

17

la capitale économique du Mboasu. Après des années passées à l'étranger, elle y était revenue pour de brèves vacances. Son arrivée avait coïncidé avec celle d'une armée inconnue aux abords du village, qui s'était arrogé le droit d'empêcher les allées et venues de la population. Ayané, dont nul n'avait eu de nouvelles pendant des années, avait trouvé sa mère mourante, mais ce retour au village, sans cesse repoussé à cause de la gêne qu'elle éprouvait depuis toujours au sein de la communauté, devait endeuiller ses jours de bien des façons.

Une nuit, peu après qu'on avait enterré sa mère, les combattants massés alentour s'étaient présentés aux villageois. Prônant le retour à un âge d'or précolonial, la restauration de liens anciens entre les peuples de cette région du Continent, ils s'étaient longuement adressés aux Ekus. Au milieu de la nuit, à l'heure où les honnêtes gens ne s'aventuraient pas au-dehors, laissant mages et esprits prendre possession du monde, les *rebelles* avaient sacrifié un enfant du village. Par cet acte, ils avaient immolé l'avenir sur l'autel d'un passé dont la trace s'était perdue. La population, composée essentiellement de femmes et d'enfants, avait cru préserver sa vie en ne s'opposant pas à ses agresseurs. C'était ainsi qu'elle avait permis qu'ils lui arrachent neuf garçons, dont ils voulaient faire des soldats. Depuis cette nuit-là, Ayané cherchait la réponse à des questions que, en dehors d'elle, nul ne se posait. Quelle chose obscure rongeait l'âme des habitants du cœur du Continent ? Quel nom la Bête portait-elle, d'où venait-elle ? Partout sur la terre, les hommes se débattaient au milieu des mêmes misères. La nature humaine ne changeait pas selon la géographie. En dépit de cette certitude, Ayané

18

pressentait, en ce lieu précis de l'origine du monde, une faille innommée. Ici, l'existence reposait sur un gouffre.

Elle entendit, dans le jardin, Aïda qui saluait la voisine, et se demanda pourquoi il lui était impossible de faire comme les autres, qui prenaient la vie telle quelle. Aïda aussi aurait pu trouver maints motifs de tristesse. Pourtant, quoi qu'il advienne, elle faisait face. Ayané soupira, reportant son attention sur le jeune alité. Ce n'était pas lui qui effacerait la nuit d'Eku. Au contraire. Ces événements étaient gravés sur son visage. En le regardant, elle les revivait, entendait les chants comminatoires des combattants, lorsqu'ils avaient fondu sur le village. Ayané se revoyait encore, courant vers la place du village, après le départ des agresseurs. À leur arrivée, elle était assise sur les branches d'un arbre, dont elle n'avait osé descendre que longtemps plus tard. Quand elle s'y était enfin décidée, le cri déchirant d'un enfant l'avait rivée au sol, l'empêchant de voir ce qu'il se passait. Sur la place, elle n'avait trouvé que des cadavres. Le corps fendu, démembré et décapité d'un petit garçon, lui avait indiqué d'où émanait le hurlement qui lui avait glacé le sang. Cette vision l'avait ébranlée. Elle avait tenté de savoir ce qui était arrivé exactement. En vain. Chacun des membres de la communauté s'était détourné, refusant de lui répondre.

Ayané reporta son attention sur l'adolescent endormi. Elle le veillait depuis des jours, scrutant le moindre de ses mouvements. Au début, il était quasiment comateux. On se demandait s'il survivrait à ses blessures. C'était un de ces enfants de la guerre. À ses yeux, cependant, il était plus que cela. Ce n'est pas pareil, quand on les connaît. Quand on se souvient d'eux petits, agrippés au pagne de leur mère. Ils ne poussent pas dans la nature comme de la mauvaise herbe. Une femme souffre en les mettant au monde. Pour celui-ci, elle se souvenait parfaitement de sa mère, morte en donnant naissance à son second fils. Le petit frère du garçon qui dormait là, d'un sommeil si long, si profond. Elle n'avait jamais vraiment parlé à aucun d'eux : ni à la mère, ni au petit frère, ni à celui-ci. Au village, elle s'exprimait peu. Et puis, ces enfants-là n'étaient pas de sa classe d'âge. Néanmoins, elle le connaissait. Et, bien que ne lui ayant jamais dit plus de trois mots, elle pouvait donner des informations à son sujet. Énoncer son nom. Celui de ses parents. Dire son âge. Évoquer aussi la fougue qui l'habitait, ces lubies d'un monde meilleur qu'il clamait sans arrêt, comme si le fait de les partager avec toute la communauté en esquissait la matérialisation. D'ailleurs, il avait voulu faire de ses rêves une réalité. Combattre. Changer le monde.

Alors, quand ils étaient arrivés avec leurs armes, leur discipline militaire, leurs chants et leurs belles paroles sur la gloire passée des peuples continentaux, il avait été séduit. Son cœur s'était emballé. Sa raison s'était rendue. Depuis longtemps, il attendait l'occasion de prouver sa valeur, de s'élancer à l'assaut de l'injustice, d'offrir aux autres ce dont il avait été privé : la connaissance, l'honneur. Pour impressionner Isilo, le chef de ces *rebelles* qu'il admirait tant, le garçon avait tué un vieillard de son clan. Il avait commencé à déchanter lorsque les *révolutionnaires* avaient demandé un enfant, et désigné son propre frère pour être sacrifié. L'adolescent, lui, avait été enrôlé de force dans l'armée *rebelle*. Voilà ce qu'elle pouvait dire à son sujet. Elle avait finalement appris tout cela de la bouche d'Inoni, une femme du village. Après lui avoir révélé les détails du drame, Inoni s'était suicidée en se jetant au fond d'un puits. Ayané, accusée des malheurs qui venaient de s'abattre sur le clan d'Eku, en avait été chassée par Ié, la doyenne des femmes. Elle ne pensait pas revenir au village, n'imaginait même pas en revoir un habitant de sitôt. L'adolescent eut de nouveau ce rictus qu'elle avait déjà remarqué. Une sorte de sourire en coin qu'on arbore pour empêcher les larmes de couler. Combien de fois avait-il grimacé de la sorte ? Combien de fois, depuis la nuit où neuf garçons d'Eku avaient été kidnappés ?

Depuis qu'elle travaillait bénévolement pour La Colombe, une association qui s'occupait d'enfants abandonnés, Ayané en avait vu, des jeunes malheureux. Cependant, c'était la première fois que l'association accueillait un de ces soldats. Sans doute le premier d'une longue liste. Il lui tardait qu'il se décide à ouvrir les yeux. Elle n'accepterait pas que le destin les ait mis en présence l'un de l'autre comme ça, pour rien. Les autres bénévoles se moquaient gentiment d'elle, parce qu'elle passait tout son temps auprès de lui. On l'avait trouvé à Kalati, un quartier de Sombé. Il s'était écroulé dans une gargote où il était entré pour demander un peu d'eau. La patronne lui en avait servi un verre. Le voyant si mal en point, elle l'avait fait asseoir, le temps de lui préparer quelque chose à manger. Il avait perdu connaissance alors qu'elle se trouvait dans la cuisine. Dès qu'il avait pénétré dans son petit troquet, elle avait su qu'il était un de ces jeunes gens. On ne parlait plus que d'eux, dans les

21

hameaux proches de la ville. De leur férocité. De leur détermination. Des multiples humiliations que, sur ordre de leurs chefs, ils imposaient sans ciller aux populations. Enfin, Dubé Diamant, la patronne du bar, *avait senti* – c'étaient ses paroles – qu'il s'était évadé de la frontière. C'était pour cette raison qu'elle l'avait emmené à La Colombe. Il portait des chaussures de tennis en lambeaux, avait les pieds en sang. Une plaie à son thorax menaçait de s'infecter. Il avait dû se la bander lui-même, avec ce qu'il restait de sa chemise. Combien de temps avait-il marché et où ? Sur quels chemins pour n'être pas repris ?

Depuis des mois, on se battait à la frontière entre le nord et le sud du Mboasu. Des soldats venus d'un pays voisin, le Yénèpasi, soutenus par des opposants au régime en place et par une jeunesse désabusée, avaient entrepris de faire sécession. Ils prétendaient intégrer le sud du pays dans un nouveau territoire. Leur nouvel État devait comprendre, dans un premier temps, le Yénèpasi et le Mboasu du Sud. Ils disaient agir ainsi pour des raisons d'*homogénéité culturelle*. Pas du tout parce qu'on venait de trouver du pétrole dans cette région. Tout le monde savait que l'armée *rebelle* était essentiellement composée de gamins. Le garçon qui était couché là allait bientôt avoir dix-huit ans, mais on trouvait de très jeunes enfants parmi les combattants. En réalité, on ne savait rien de la manière dont se déroulait cette guerre. Personne n'était allé voir ce que vivaient ces petits enrôlés de force. Elle le regarda encore. Il avait toujours les pieds et la poitrine bandés. En dehors des quelques mimiques qu'elle avait pu observer sur son visage, il était parfaitement immobile. Son souffle, trop faible, soulevait à peine sa poitrine. Elle s'approcha du lit, quittant le tabouret sur lequel elle attendait son réveil. Sur la table de chevet, on avait laissé une petite serviette humide. Elle la lui passa doucement sur le front.

D'abord, elle crut l'avoir imaginé. Un mouvement des paupières, presque imperceptible. Puis, cela recommença. Ses paupières tremblèrent. Il ouvrit les yeux et la fixa du regard, l'air incrédule. Elle vit qu'il essayait de parler, et approcha l'oreille de sa bouche. C'est alors qu'elle entendit distinctement :

— *Fille de l'étrangère !*

Il l'avait reconnue. C'était ainsi qu'on la désignait là-bas, à Eku. Ils préféraient tous l'appeler comme ça, parce que sa mère appartenait à une autre tribu.

— *Epa. Comme je suis heureuse que tu te réveilles enfin. Tu as dormi longtemps, tu sais...*

— *Je suis où ?*

— *Ne parle pas trop. Tu es encore très faible.*

— *Les autres ! Le Dr Sontané...*

— *Chut... Nous verrons cela. Pour le moment, tu dois encore te reposer.*

L'adolescent ferma les yeux. Ces quelques mots lui avaient soutiré toute son énergie. La jeune femme était rassurée : il allait vivre. Il n'avait pas demandé s'il se trouvait déjà dans l'autre monde. La mort ne faisait pas partie de ses projets. S'il avait dormi si longtemps, c'était plus à cause de l'épuisement que des blessures. Il fallait avertir sa tante et Aïda. Leur dire qu'il avait parlé. Leur demander de préparer un repas léger, en prévision du moment où il ouvrirait de nouveau les yeux. Ayané avait envie de rire et de pleurer. Elle avait beau faire, elle lui accordait une importance particulière. Elle était heureuse, bien sûr, chaque fois qu'un enfant était arraché à la déraison qui régnait dans le pays. Même si on ne les tirait de ses griffes que pour les laisser face à une existence rude. Même s'il n'y avait jamais pour eux de grands rêves. Rien que de la réinsertion. De petits métiers. Des lendemains funambules.

Elle quitta la chambre sur la pointe des pieds. Dans le couloir aux murs blanchis à la chaux et qu'on n'avait pas encore eu les moyens de faire peindre, elle se sentit épiée. Encore cette odeur de vase. Les voix entendues en rêve lui revinrent, plus précises cette fois : lamentations de femmes réclamant un peigne pour démêler leurs cheveux, se faire des tresses. Il y eut encore ce bruit de chaîne traînée sur un sol en bois, rythmant les plaintes des femmes, et cette parole hachée : *San... Ko...* Ayané chassa ces affabulations d'un haussement d'épaules. Reprenant son avancée, elle entra en collision avec un corps bien réel, qu'elle n'avait pas vu dans la pénombre. C'était une fillette d'une dizaine d'années, chassée de sa famille. L'accusant de sorcellerie, sa mère avait tenté de la tuer. Cela se produisait de plus en plus fréquemment, dans les foyers démunis. Jeter son propre enfant à la rue était un acte culpabilisant, surtout dans ces contrées où on se targuait d'aimer les siens mieux que les autres humains, de leur venir en aide quoi qu'il arrive. L'accusation de sorcellerie était le prétexte imparable. Désignant l'accusé comme non humain aux yeux de la communauté, elle autorisait les sévices, le rejet. Quelqu'un leur avait signalé cette gamine qui restait prostrée au coin d'une rue du matin au soir. Sans rien vendre, sans mendier, sans s'adresser à quiconque. La petite était seulement là. Depuis quinze jours, elle était à La Colombe. Elle ne disait toujours rien. Heureusement, on connaissait son nom. Ayané l'embrassa sur le front, plongea les yeux dans son regard.

— *Musango, ma chérie. Tu m'as fait peur. Viens avec moi. Nous allons annoncer à Wengisané et à Aïda qu'il s'est réveillé.*

La fillette lui rendit timidement son sourire. Elles allèrent, se tenant par la main. Il était six heures et demie du matin. La plupart des enfants dormaient encore. Le centre était récent et comptait une vingtaine de lits. Sa tante Wengisané avait créé cette association avec Aïda, une amie européenne, enseignante à la retraite et amoureuse du Mboasu. Elles trouvèrent les deux femmes affairées dans la cuisine. Il fallait préparer le petit déjeuner. D'ici deux heures, lorsque les petits seraient levés, quelques voisines viendraient leur prêter main-forte. Aïda et Wengisané agissaient en suivant leur instinct, leur bon sens. Jusqu'ici, elles ne s'étaient pas trop mal débrouillées. Quand Ayané leur annonça le réveil d'Epa, elles la taquinèrent gentiment, disant que c'était dommage qu'il soit si jeune. Elles étaient ravies de la voir s'intéresser à un mâle. Elles rirent, et Ayané se demanda quel était le secret de cette joie. D'où venait cette vitalité qui se juchait sur des décombres. La nuit d'Eku lui avait fait pénétrer les souterrains de l'âme du Mboasu, le cœur empoisonné du Continent. En revanche, elle

25

n'avait pas encore découvert sur quoi reposait l'espérance intrépide qui faisait rire ces femmes au point du jour.

*

Il apercevait le soleil à travers les persiennes. Un rayon mutin semblait le chercher, lui, pour le taquiner. Jouer un peu. C'était comme si le soleil ignorait ce qu'il se passait sur terre. Pourtant, il était aux premières loges. Comment pouvait-il s'en amuser ? Le garçon détourna son regard de la fenêtre, fixant des yeux les pales du ventilateur qui ronronnait pesamment au plafond. Il ignorait si son corps le faisait souffrir. Il avait eu si mal qu'il lui semblait impossible d'être à nouveau capable de sentir la douleur. Il était seulement extrêmement engourdi. Une fois de plus, il songea aux autres, à ses frères encore captifs. C'était pour eux qu'il s'était échappé. Pas uniquement parce qu'il ne voulait plus jamais toucher une arme de sa vie. Il y avait tout juste quelques mois, porter une mitraillette faisait partie de son grand rêve. Aujourd'hui, tout avait changé. Sa tête résonnait de hurlements. Des cadavres peuplaient son sommeil. Lorsqu'il était éveillé, des figures défilaient sous ses yeux. Implorant la grâce. N'osant implorer, quelquefois. Les visages innocents de pauvres gens, pas tellement mieux lotis que lui. Jamais il n'avait aperçu l'un des officiels de ce régime qu'il voulait combattre. Il n'avait même pas passé la frontière, pour fouler des pieds le sol de Nasimapula, la capitale politique du Mboasu, ce lieu d'où le sort de la population était scellé en quelques réunions de politiciens corrompus. L'occasion de malmener un ministre ne lui avait jamais été offerte. Il avait tant imaginé le jour où on botterait les fesses au Président Mawusé... Trente ans que ce type était au pouvoir. En quelques décennies, lui et ceux de sa caste avaient réussi l'incomparable exploit de tuer plus de gens, au sein de leurs peuples, que la colonisation ne l'avait fait.

Comme il s'évertuait à ne pas regarder la fenêtre et ne pouvait se concentrer sur le ventilateur, il laissa son regard errer dans la pièce. Une chambre aux murs peints à la chaux. Il y avait seulement le lit sur lequel il était couché, une table de chevet et un tabouret. Ce n'était pas un hôpital. Où était-il? Et pourquoi avait-il ouvert les yeux sur le visage de la *fille de l'étrangère*? Il avait tellement pris l'habitude de l'appeler ainsi qu'il ne connaissait plus son véritable nom. Il le lui demanderait, si elle revenait. Des heures, lui semblait-il, qu'il était éveillé, seul dans cette pièce, ne sachant qui appeler. S'il avait voulu crier, il n'aurait pas pu. Seuls ses yeux et sa mémoire remuaient. Il fixa du regard la porte de contreplaqué. Au même moment, quelqu'un la poussa. Lui qui avait pensé ne pas pouvoir crier laissa échapper une espèce de rugissement. Cela ne la fit pas fuir. Elle entra, le sourire aux lèvres, et s'arrêta près du lit. Ensuite, elle se mit à l'examiner. Du moins, est-ce ainsi qu'il interpréta sa manière de l'observer. D'une voix à la fois aiguë et voilée, elle interrogea :

— *Voulais-tu m'effrayer?*

Il détourna le regard, accrochant ses pupilles au ventilateur qui tournait, encore et encore. Ce satané engin allait finir par lui faire sauter la tête. Cette pensée l'agaça, mais il garda le silence.

Pourvu qu'elle s'en aille. Qu'elle lui envoie la *fille de l'étrangère*. N'importe qui d'autre. Quelqu'un qui aurait la peau noire. L'adolescent haïssait les Blancs. Il n'en connaissait pas, en avait simplement croisé dans les rues. Des touristes venus s'ensauvager un peu, vêtus de pagnes dans lesquels ils lui avaient semblé encore plus incongrus. Même s'il se disait qu'il fallait étudier leurs sciences pour comprendre comment ils s'étaient hissés si haut, il les détestait. Incapables de vivre en bonne intelligence avec les autres, ils avaient détruit tous ceux qu'ils avaient rencontrés. Tous ceux qui avaient commis l'erreur de leur ouvrir la porte. Ils ne se liaient avec vous que pour trouver la faille, s'infiltrer en vous, vous dépouiller. Ils promettaient en paroles, trahissaient en actions. Il avait statué sur leur cas, au vu d'éléments historiques précis. Les exceptions ne l'intéressaient pas. Certaines choses étaient irréparables, certains crimes imprescriptibles. Évidemment, cette femme ne risquait pas de comprendre le problème, puisqu'il était résolu à ne pas lui parler. Elle persévéra :

— *Je suis ravie que tu sois enfin réveillé. Tu dois avoir faim.*

Le garçon serra les dents pour retenir les injures qui se bousculaient derrière ses lèvres. La femme finit par tourner les talons, et il se demanda une fois de plus où il pouvait se trouver. Heureusement, la *fille de l'étrangère* revint. Elle tenait un plateau entre les mains. Dessus, il y avait un bol de quelque chose, un morceau de papaye, une tartine beurrée. Jamais encore il n'avait eu droit à un tel petit déjeuner. Ni au village lorsqu'il y vivait, ni là d'où il venait. Elle posa le tout sur la table de chevet, et le regarda un long moment, les mains sur les hanches, le buste légèrement penché en avant. Ayant exhalé un soupir, elle demanda :

— *Aïda me dit que tu lui fais la tête ?*

— *Si tu parles de la personne qui vient de sortir d'ici, je ne la connais pas. Pourquoi lui ferais-je la tête ?*

— *Elle dit que tu ne veux pas lui parler.*

Epa détourna les yeux, accrochant son regard au corps translucide d'un gecko qui grimpait sur le mur, de l'autre côté de la pièce. Il laissa le silence s'épaissir entre eux, se demandant comment lui expliquer la situation. Au bout d'un moment, il déclara :

— *Je n'aime pas les Blancs.*

— *Pardon ?*

— *Ne me fatigue pas. Tu as très bien entendu.*

— *Tu n'aimes pas les Blancs. Tous les Blancs ?*

— *Oui. Tous.*

Bien sûr, elle était la dernière personne à pouvoir le comprendre. N'avait-elle pas passé des années en Europe, sans même donner de nouvelles, avant de rentrer au village où elle avait trouvé sa mère sur le seuil de l'autre monde ? Il s'attendait à ce qu'elle le sermonne, lui dise qu'il n'y avait qu'une humanité, que la peau n'était qu'un vêtement, qu'on ne pouvait y lire, ni la qualité des individus, ni le contenu de leur conscience. Il avait déjà entendu cela. Rien que de belles paroles, prononcées par des naïfs inaptes à se soumettre au principe de réalité. Il se retourna vers elle, la défiant du regard, comme on n'avait pas le droit de le faire lorsqu'on s'adressait à une personne plus âgée. Sans s'offusquer de son attitude, elle expliqua simplement :

— *Tu vas devoir prendre sur toi, tant que tu seras ici. Cette maison lui appartient.*

— *Ce n'est pas moi qui suis venu là, et je peux m'en aller dès à présent.*

— *Non, tu as les pieds déchiquetés.*

— *De toute façon, je dois m'en aller.*

— *Encore faut-il que ce soit possible.*

— *Quel est cet endroit, et comment suis-je arrivé ici ?*

Elle lui dit que La Colombe était logée dans la maison d'Aïda, la femme qu'il avait si mal reçue. Elle lui raconta comment Dubé Diamant, la patronne de la gargote On dit quoi, mon frère, l'avait conduit là en pleine nuit. Il était entré dans son troquet, réclamant de l'eau. Elle avait su tout de suite qu'il venait de la frontière. Il avait eu un malaise, alors qu'elle l'avait laissé seul un moment. Elle l'avait trouvé évanoui devant la télévision. Epa se souvenait, en effet, de cette femme qui tenait un bar à Kalati. Il demanda pourquoi elle l'avait emmené là.

— *Parce qu'elle savait qu'elle m'y trouverait. C'est une amie.*

Il expulsa un hoquet qui se voulait un rire, avant de demander :

— *Cette grosse femme décapée et velue ?*

30

— *Oui, c'est mon amie.*

— *C'est une femme du Nord, n'est-ce pas ?*

— *Oui. Pourquoi ?*

— *Parce que nos femmes à nous ne font pas ça à leur peau.*

Ayané non plus ne comprenait pas pourquoi Dubé Diamant s'éclaircissait la peau, et ne sut comment défendre cette pratique. Néanmoins, il s'agissait d'une amie véritable, et elle n'entendait pas la critiquer devant un enfant. Prenant de la hauteur, elle lâcha :

— *Je m'étonne que tu te soucies de la peau de Dubé, après ce que tu as enduré. Ouvre la bouche.*

— *Je peux manger tout seul.*

— *Si tu veux, mais ne salis pas les draps.*

— *C'est comment encore, ton vrai nom ?*

— *Ayané.*

— *Ayané, ne t'avise plus de me traiter comme un enfant.*

Elle se tut. Assise sur le tabouret, elle le regarda manger. On aurait dit que mordre dans le pain lui causait des douleurs indicibles, qu'à la fois ses dents, ses gencives et sa langue le faisaient souffrir. Il mettait des heures à mâcher. Il ne termina pas la tartine, ne toucha pas à la papaye, but le lait.

Après l'avoir débarrassé du plateau qu'elle posa sur la table de chevet, elle se rassit, continua à scruter son visage. Il était très svelte de nature, comme tous les hommes de sa région. Son teint était si sombre qu'on avait l'impression que la nuit avait dénoué un de ses voiles, pour l'en recouvrir de la tête aux pieds. Il avait des lèvres d'okoumé. Ses mains étaient aussi fines et souples que les roseaux bordant les rivages les plus sauvages de la Tubé, là où la ville n'était pas encore arrivée depuis tout ce temps. Là où des pêcheurs vivaient encore dans leurs cases sur pilotis. Ses narines étaient deux renflements légers, de part et d'autre d'une arête bien droite. Elle n'osa s'avouer qu'elle le trouvait beau. Elle n'avait jamais pensé à aucun être né à Eku en ces termes. Elle avait été si habituée à les voir, qu'elle les avait rarement regardés. C'était sans doute pour cette raison qu'elle ne savait rien de ce pays qui l'avait vue naître. Elle baissa les yeux, embarrassée.

— *Je me demandais si ça allait cesser.*

— *De quoi parles-tu ?*

— *Tu me regardais là, comme si j'étais un film.*

Il eut encore ce rire hoquetant qui le faisait grimacer de douleur. Elle rit avec lui, voulant lui prendre la main, n'osant le faire.

— *Excuse-moi,* le pria-t-elle, *je ne voulais pas être indécente. Je vais te laisser te reposer.*

— *Non. Ne t'en va pas encore. J'ai été seul assez longtemps.*

Elle ouvrit les persiennes, juste en face de lui. Dans la cour de la bâtisse qui abritait La Colombe, il y avait des arbres fruitiers. Une odeur de corossol et de goyave s'engouffra dans la pièce. Il faisait si beau. Tout semblait si paisible. Il ferma les yeux, mais ses paupières closes furent un piètre barrage. Elle essuya ses larmes, et lui demanda doucement :

— *Tu veux que je ferme la fenêtre ?*

— *Non, laisse. Il va falloir que je m'habitue.*

— *À quoi ?*

— *À ce que le monde rie, pendant que nous mourons.*

Elle s'assit sur le lit et prit sa main droite dans les siennes. Il ne la retira pas, ne la chassa pas sous prétexte qu'elle était une femme, qu'elle ne pouvait le voir pleurer. Elle se dit qu'il deviendrait un homme, parce qu'il n'avait pas honte de ses larmes.

— *Epa, où sont tous les autres garçons ?*

— *J'ai dû les laisser pour trouver de l'aide. Nous ne pouvions nous enfuir tous. Je voudrais qu'ils rentrent au village… Mais il me faut une voiture pour les emmener. Sinon, ils n'essaieront même pas de me suivre. Ils craindront trop d'être repris.*

— *Pour le moment, tu ne peux rien faire. Tu es faible. Tu es venu de la frontière à pied ?*

— *Oui. En grande partie. Je ne faisais confiance à personne.*

Entre le village de Ndongamèn, qui était la limite de la région sud du Mboasu, et la ville de Sombé, il y avait de nombreux petits hameaux, quelques villes moyennes comme Epapala et Ekakan. Les *rebelles* venus du Yénèpasi avaient soumis tout ce territoire. La population ne faisait pas de vagues. Les gens voulaient garder toutes leurs chances de voir le lendemain. Ils ne pouvaient se permettre d'aider un fuyard. Il n'était même pas du coin, venait d'Eku, un tout petit village perdu dans l'arrière-pays. Certains avaient eu des enfants enrôlés malgré eux dans les Forces du changement. Tel était le nom de l'armée *rebelle*. Lorsque leurs enfants s'étaient enfuis, lorsqu'ils avaient retrouvé le chemin de la maison, ils les avaient renvoyés. Ces petits étaient désormais des déserteurs. Les *rebelles* les traqueraient sans merci, finiraient par les retrouver, châtieraient toute la famille. Les populations ne voulaient pas courir ce risque. Et puis, ce n'était pas facile, en temps de guerre, de nourrir la marmaille. Il valait mieux qu'ils retournent se battre. Qu'on puisse au moins dire de quoi ils étaient morts.

La jeune femme interrompit prudemment l'adolescent. Il ne fallait pas le faire replonger dans des souvenirs douloureux. Pourtant, elle avait besoin de réponses. La nuit d'Eku était demeurée en suspens. Eyia, le frère cadet d'Epa, avait été sacrifié. Neuf garçons avaient été arrachés à leur terre. Nul ne savait ce qu'ils étaient devenus. Leurs mères étaient au village, ne sachant s'il fallait les pleurer ou prier pour eux. On pleurait ceux dont on avait vu le corps, avant de le mettre en terre. On priait pour ceux qu'on savait vivants. Pour ces mères-là, le temps s'était arrêté. Il y avait des siècles que le cours des choses accrochait au vide le cœur des mères du Continent. Des siècles, depuis les razziés du commerce triangulaire, dont on ne disait jamais qu'ils avaient eu une mère. Les femmes d'Eku ignoraient dans quel monde se trouvaient leurs fils, ne savaient quoi faire du nom qu'elles leur avaient donné. Fallait-il encore le prononcer ? Sur quel ton ? Elles aussi avaient besoin de réponses. Contrairement à Ayané, elles n'iraient pas les chercher. Nyambey, Créateur du ciel, de la terre et des abîmes, avait forgé le Bien et le Mal, donnant à chacun une part égale de Sa création. S'interroger sur ce qui survenait, c'était mettre en doute Sa sagesse. Leurs petits, c'était Lui qui les leur avait donnés. Il pouvait en faire ce qu'Il voulait. Si des méchants avaient le pouvoir de les leur arracher, c'était de Lui qu'ils le tenaient. Elles n'étaient rien, face à Lui. Leur douleur ne pouvait s'exprimer sans contester le divin. Elles devaient se tenir droites, faire ce qu'elles avaient à faire, sans savoir pourquoi.

Ayané, elle, n'avait jamais pu vivre ainsi. Déjà, quand elle n'était qu'une petite fille, là-bas à Eku, elle vivait dans l'interrogation, se demandant pourquoi le monde était, pourquoi il lui fallait l'habiter. Bien sûr, Epa n'avait pas la réponse. Cependant, il pouvait lui dire sur quoi avait débouché cette nuit qui la hantait, pour les neufs garçons enlevés à Eku. Lui dire ce que les mères espéraient apprendre un jour, peut-être, si le Créateur le permettait. Neuf noms. C'était une multitude, pour une population comme celle d'Eku. Neuf identités perdues. Neuf entités disparues. Les morts, eux, n'étaient pas perdus. Ils n'étaient pas disparus, appartenant toujours à la communauté qui partageait tout avec eux. Ayané voulait savoir. Pour se pardonner d'imposer cela à Epa, elle se dit qu'il n'avait pas fait tout ce chemin pour reléguer dans le silence les victimes de la folie. Alors, elle posa cette question qui la taraudait depuis des mois :

— *Epa… Est-ce que tu veux bien me raconter ? Quand ils vous ont enlevés… Et le reste ?*

*

Exhalaisons

Nous sommes la faille, le gouffre. Notre absence est le cœur de ce continent. Nous sommes la mémoire proscrite, la honte muette. Ceux qui nous donnent le dos depuis des générations ignorent que nous sommes l'air qu'ils respirent. Nous sommes la suffocation, l'étouffement. Nous sommes l'atmosphère brûlant mais sans chaleur. Nous ne caressons, ni n'apaisons. Nous sommes le démembrement, l'écartèlement, le grand égarement. Notre âme s'est faite rancunière au fil des âges.

Voici : vos jours plongés dans la nuit sans fin qui nous fut offerte.

Voici : les limites physiques qui furent les nôtres ne sont plus. Nous nous déployons au-delà de notre espace originel, franchissant les lacs, petits et grands.

Voici : nos fureurs sont la folie du jour. Elles musellent le faible, dépouillent le petit peuple, consolident le pouvoir des tyrans, écrasent des nouveau-nés dans des mortiers, déchirent le sexe, le ventre des femmes.

Voici : nos arrière-petits-fils naissent au fond d'une nasse.

Voici : ils se jettent à l'eau, pensant trouver un rivage opportun.

Voici : on les arrache à la forêt, au sentier menant à la source, à la natte du sommeil.

Voici : de faux prophètes leur tracent des voies mortifères.

Voici : ils sont armés pour conduire des assauts contre eux-mêmes, et chaque crime commis est un suicide pernicieux.

Voici : ils sont abandonnés après avoir été le jouet des malfaisants.

Plus morts que vivants, ils accumulent des jours acides. Nous les voyons se pencher au-dessus des eaux grisâtres d'un fleuve qui se jette dans l'océan. Ils interrogent le reflet de leur visage, brouillé par les remous. Qui sont-ils et pourquoi ?

Ils ne savent rien de nos yeux écarquillés sous les flots.

Nos yeux qui voulaient regagner le village.

Nos yeux rebelles, privés de nourriture, pendus, jetés par-dessus bord.

Nos yeux récitant leur généalogie pour préserver l'identité, jusqu'à en perdre la raison.

Nos yeux appelant la tribu, le clan.

Nos yeux chantant à voix basse l'amour perdu maintenant.

Nos yeux psalmodiant mille sorts jetés au navire, afin qu'il rebrousse chemin.

Nos yeux de mal de mer.

Nos yeux qui n'avaient pas appris à nager.

Nos yeux, aujourd'hui, entre ciel et terre, grands ouverts, vitreux.

Le pouvoir des sorciers ne nous fut d'aucun recours. Pourtant, ils commandaient aux éléments. Pourtant, ils plantaient la folie dans les esprits. Pourtant, ils parcouraient le monde à tire-d'aile. Pourtant, ils faisaient se dresser les morts. Pourtant, ils nourrissaient l'affamé dans son sommeil. Pourtant, ils détenaient la clé des mondes parallèles. Pourtant, ils se changeaient en lions, en panthères... Ils ne purent rien.

Embrasements

unrest

Nous avons marché en file indienne, nos gardes ouvrant et fermant la marche. Isilo et ses frères s'en étaient allés en Jeep. La plupart de leurs hommes les avaient suivis. Seuls ceux qui devaient nous escorter étaient restés. Nous marchions, et ils nous entouraient. Nous avons traversé les villages d'Asumwè et d'Osikékabobé, que les *rebelles* avaient brûlés avant de venir chez nous, à Eku, pour redéfinir notre monde, affirmant qu'ils savaient, mieux que nous-mêmes, qui nous étions et comment cela devait se manifester. Ce n'est pas ce que j'attendais de leur *révolution*. Je n'ai jamais su pour quelle raison ils avaient mis le feu à ces villages. Ils y avaient enlevé des enfants, comme chez nous. En plus grand nombre même. Tout ce que je sais, c'est que les opérations avaient été dirigées par Ibanga, le troisième frère. Tu dois te souvenir qu'ils étaient trois, cette nuit-là, à la tête de nos agresseurs : Isilo, Isango, et Ibanga. Le troisième est vraiment le plus stupide et le plus brutal. C'est donc à lui qu'on avait confié la tâche de soumettre Asumwè et Osikékabobé...

Laissant derrière nous ces villages, nous sommes arrivés à Losipotipè, que tu connais bien, puisque ta mère y est née. Le bourg était intact. Il n'avait pas été rasé. Nous nous sommes arrêtés pour boire de l'eau à la borne fontaine. Nous avions l'habitude de prendre cette route, tous les jours, dans les deux sens. Le matin, pour aller travailler à Sombé. Le soir, pour rentrer à Eku. Alors, ce n'était pas le trajet qui nous coupait le souffle. C'était la peur. D'habitude, lorsque nous passions par là, il y avait du monde. Les lieux bruissaient du battement naturel de la vie : rires d'enfants, cris de femmes, hommes se lançant des railleries à voix haute. Cette nuit-là, pas un chat. Nous ne parlions pas. Nos gardes non plus. Ils étaient six, armés jusqu'aux dents. Aucun d'entre nous ne songeait à s'enfuir. Aucun n'a même essayé. Nous sommes entrés dans Embényolo. C'est le premier quartier de Sombé, quand on y pénètre par le sud. Enfin, tu le sais. Toujours personne dans la rue. C'est une zone populaire. Un de ces endroits sur lesquels le soleil se couche pour laisser place à deux fois plus de vie. Deux fois plus de mouvement. Plus tard, j'ai entendu les hommes parler de l'opération *ville morte* : la population de Sombé avait reçu l'ordre de rester chez elle.

Pendant deux jours, les *rebelles* avaient muselé Sombé et sa proche banlieue. Il s'agissait d'une démonstration de pouvoir. Venus du Yénèpasi, ces hommes devaient prouver leur implantation au Mboasu. Il fallait avoir les moyens de se faire entendre pour réduire au silence la capitale économique du pays, mais ils y sont parvenus. Ils ont des alliés importants ici, chez nous. Des opposants au régime de Mawusé. De *jeunes diplômés* – on les appelle ainsi, même si ça fait un bail qu'ils ont quitté l'université. Ces *jeunes diplômés*, largement trente-naires pour la plupart, se voyaient tous hauts fonc-tionnaires. Aucun n'a étudié dans le but de créer une entreprise. Ils ne se soucient pas de savoir que nous avons besoin d'industries. Transformer les matières premières sur place, ce n'est pas leur affaire. Ils veulent de beaux bureaux avec de gros fauteuils. Ils veulent un chauffeur qui les conduise au ministère. Un métier où on se remplit les poches sans efforts. Non seulement le Président Mawusé ne leur a pas attribué ces postes privilégiés, mais il ne leur a même pas proposé des emplois subal-ternes dans ses administrations, histoire d'entrete-nir leurs rêves. Après tout le mal qu'ils s'étaient donné pour corrompre les enseignants et acheter leurs diplômes, ils l'avaient mauvaise.

Ils se sont constitués en une sorte de gang : les Jeunesses patriotes. Leur chef s'appelle Mabandan. On les craint dans les quartiers. Ils y vivent du trafic de médicaments ou de drogue. Il y a aussi ce racket qu'ils ont mis en place à la cité universitaire. Les étudiants, qui paient déjà un loyer à l'État, doivent leur verser une certaine somme pour occuper leur chambre. Ceux qui refusent ont la tête tranchée. D'ailleurs, Mabandan a été surnommé *Coupe-coupe*. Donc, les JP ont de l'argent. Mais ce n'est rien comparé à ce qu'ils pourraient palper s'ils étaient au pouvoir, ou seulement proches du pou-voir. En plus, il existe une ancienne rivalité, entre Mabandan et Ndumban, un gars de sa pro-motion. Ils commandaient chacun une bande quand ils étaient étudiants. Les deux groupes se bat-taient pour le contrôle de la cité universitaire. Chacun voulait devenir le porte-parole officiel des étudiants. Tu sais que c'est un moyen d'entrer en politique, la profession la plus lucrative ici, au Mboasu. C'est au cours d'un de ces affrontements que Mabandan a acquis son surnom. Il a gagné la bataille. Seulement, il est originaire du sud de notre pays. Le Président Mawusé ne promeut que des Nordistes comme lui. Ndumban, dont la famille vient de Nasimapula, est un des très rares de cette promotion à avoir obtenu un poste. Il fait je ne sais pas quoi, pour le ministre de l'Intérieur. Tout le monde sait que Mabandan cherche à écraser son ancien rival. Il veut qu'on le voie à la télévision. Il veut sa berline. Son chauffeur. Ses putes. Pas les filles désespérées que tout le monde peut toucher. Les autres. Celles que seuls les hauts fonctionnaires ou les banquiers peuvent se payer. Sachant cela, Isilo lui a envoyé des émissaires. Ils ont conclu un accord.

Avec l'opposition officielle, Isilo a pris moins de gants. Il sait que ces organisations, toutes installées ici, au sud, sont dirigées par des transfuges du parti unique. Il a fait tuer le responsable du Parti social démocrate et son fils aîné. On a retrouvé leurs corps un matin, près d'une décharge publique. Voyant cela, le chef du Parti libéral a très vite compris la situation. Mawusé ne tenait pas suffisamment à lui pour le protéger. Il devait rester tranquille. Ne pas collaborer, ne pas combattre. Après avoir réduit l'opposition à sa plus simple expression, Isilo s'est arrangé pour mater la police. Ce n'était pas difficile. Les flics sont si mal payés dans ce pays qu'ils ne vivent que de racket et louent leur équipement, armes comprises, à des malfrats. Il lui a suffi de les arroser un peu. Quant à l'armée et à la gendarmerie, elles n'existent pas ici, au sud. Toutes les

44

casernes se trouvent dans la région nord du pays. C'est de cette façon que les *rebelles* ont pu étendre leur domination sur tout le Sud, en très peu de temps.

Cette nuit-là, ils nous ont conduits dans le gymnase d'un collège privé. Nous y avons trouvé les enfants enlevés à Asumwè et à Osikékabobé. Nous avons été séparés en fonction de notre lieu d'origine. On nous a accordé une heure de repos. Aucun de nous n'a dormi. Nous ne nous parlions pas. Nous ne nous lancions pas un regard, même à la dérobée. Ceux de notre village s'étaient écartés de moi, sans doute pour me reprocher d'avoir servi d'interprète, lorsque les *rebelles* étaient venus à Eku. Au bout d'une heure, nous avons quitté le gymnase dans un pick-up. Nous étions entassés à l'arrière comme des sacs de *makabo*[1], une cargaison de marchandises. Un certain Eso conduisait le véhicule. Il faisait partie de nos gardes depuis Eku. J'étais étonné qu'il parle notre langue. Il m'a raconté qu'il était né chez nous. Un jour, alors qu'il travaillait à la grand-ville comme beaucoup de nos frères, des hommes l'avaient enlevé au marché de Sombé, pour l'emmener au Yénèpasi. Là-bas, ils l'avaient vendu à des paysans. Les cultivateurs du Yénèpasi achètent des enfants mâles, lorsqu'ils n'en ont pas eu. Ils les font travailler au champ, sans leur verser de salaire. Chez ces gens qui l'avaient réduit en esclavage, Eso était très mal traité. Leurs sévices lui ont laissé cette cicatrice qui lui barre le visage. Une longue estafilade en diagonale, qui va de la pointe du

1. *Xanthosoma sagittifolium*, tubercule introduit en Afrique au XIXe siècle, à partir de la Caraïbe. Le mot *makabo* est un pluriel, en langue douala du Cameroun. Le singulier en est : *dikabo*.

menton jusqu'au front. Il a aussi un trou sur le crâne, vestige d'un coup de machette.

Finalement, il s'est enfui, a erré dans la brousse des jours durant, espérant trouver la route du Mboasu. Il voulait retourner chez nous, à Eku. Malheureusement, il s'est trompé de chemin. Tout ce qu'il a trouvé, c'est le camp où Isilo formait les premiers enfants dont il a fait des soldats. À l'époque, il préparait la guerre du Yénèpasi, celle qui a conduit à la chute du Président Ashuka. Depuis, c'est un cousin germain d'Isilo qui gouverne ce pays-là. Eso a combattu pendant cette première guerre. Il dit qu'Isilo est comme un grand frère pour lui. Il lui est fidèle. Après tout, son propre père n'est jamais allé à sa recherche, et les enfants sont à ceux qui les nourrissent. À ceux qui les protègent. Isilo l'a nourri. Peu importe la manière. Il lui a donné des armes pour se protéger. Passant du coq à l'âne, Eso m'a demandé si je connaissais une femme nommée Ibon, chez nous, à Eku. Je lui ai répondu que j'avais entendu ce nom-là, mais que je n'y associais aucun visage. Une femme appelée Ibon est morte au village, alors que je n'étais qu'un petit garçon. Il a accueilli la nouvelle sans ciller, mais ses mains se sont mises à trembler. J'ai compris qu'Ibon était un être cher. Je ne l'ai pas interrogé.

Sur le siège du passager, ils étaient deux. Nous les voyions depuis l'arrière du pick-up. Ils riaient avec Eso, qui conduisait. J'ignore de quoi ils pouvaient bien parler. Nous avons traversé la ville. Le vent soulevait la poussière brique des artères non bitumées. Notre corps entier était couvert de cette terre rousse. Nous sommes arrivés au bord de la Tubé, où des pirogues nous attendaient. Personne n'a demandé à Eso qui il était, qui étaient ces enfants auxquels il faisait traverser le fleuve. Aucun de nous n'a tenté d'alerter les pêcheurs qui se trouvaient là, aux toutes premières heures du jour. L'éclat du soleil naissant n'était encore qu'une rougeur timide dans le ciel. Ce n'était pas la peine d'appeler au secours. D'ailleurs, nos passeurs étaient des pêcheurs du coin. Nous avons embarqué à bord de trois pirogues. Un souffle encore frais faisait gémir le feuillage touffu des palétuviers. Des oiseaux poussaient des cris désespérés. Il me semblait qu'ils exprimaient ce que nous n'osions dire. J'étais installé dans la même pirogue qu'Eso. Il ne voulait pas me lâcher d'un pouce. À Eku, je m'étais disputé avec Isilo, lorsqu'il avait décidé de sacrifier Eyia, mon frère. On avait dû me maîtriser. Alors, il pensait sans doute que j'essaierais de m'enfuir. En réalité, je n'y songeais même pas. Tout ce qui occupait mon esprit, c'était ce que nous venions de vivre à Eku. Pourquoi Nyambey veut-il que nous vivions, si nos vies doivent se dérouler ainsi? Devant nous, il y a toujours un mur. Tout nous est interdit. Le désir. Le rêve. Il n'y a, pour nous, que le besoin et le manque. Lorsque nous sommes audacieux, il y a parfois l'espérance, mais nous ne sommes guère nombreux à tenter notre chance à ce jeu de hasard.

Nous sommes arrivés de l'autre côté, au Yénè-pasi. Une implacable incandescence avait élu domicile dans le ciel. Alors que nous accostions, le pêcheur qui se tenait dans notre pirogue a aperçu un poisson. Une ligne argentée à la surface de l'eau. Extirpant un couteau de je ne sais où, l'homme a embroché l'animal. Il a exhibé sa prise, se retournant pour nous sourire, tous chicots dehors. L'eau a rougi, à l'endroit où il avait plongé la main. Nous avons accosté sous un soleil furieux. Nous nous sommes laissé guider. Après nous avoir entassés dans d'autres véhicules, on nous a conduits en un *terrain sauvage*. C'est comme ça qu'ils appelaient ça. Nous avons passé vingt et un jours dans la brousse d'une région marécageuse, à la frontière du Yénèpasi et du Kumbulanè. Il faisait chaud. L'air était lourd. C'était le royaume des moustiques. L'entraînement que nous faisaient subir Eso et ses compagnons consistait surtout à aller piller les villages. Nous n'avions pas le choix. C'était le seul moyen de trouver de quoi manger. Il n'y avait rien à chasser dans cette brousse au sol mouvant.

Au début, nous menions mollement nos opérations. Nous n'avions pas envie de donner des ordres à des villageois qui auraient pu être nos parents. Nous attendions qu'Eso et ses hommes fassent le boulot, nous contentant de rassembler le butin. Ça n'a pas duré. Dès le deuxième jour, à notre retour au campement, nous avons été punis. Deux hommes maintenaient l'un d'entre nous au sol. Eso venait ensuite le corriger. Il y allait à coups de pied. Partout. Sans mesurer sa force. Les plus âgés, Ebumbu, Eyala et moi, avons eu la plante des pieds brûlée avec les braises du foyer que nous avions allumé. C'est là que je me suis fait ces plaies qui n'ont jamais guéri. Ensuite, nous avons été privés de nourriture. Nous n'avions pas le droit de manger ce que nous avions refusé de voler. Et comme je te l'ai dit, il n'y avait rien à chasser. Alors, nous avons pillé. Cela se passait surtout la nuit, mais quelquefois, ils nous ont ordonné de le faire en plein jour.

Au bout d'un moment, les villageois avaient si peur de nous qu'ils déposaient simplement ce qu'ils avaient devant nous. Pourvu qu'on ne brûle pas leurs cases.

Dans la journée, on nous apprenait à tirer. Pas à viser, pas tellement. Juste à savoir armer et tirer. Nous ne devions jamais mener que des combats rapprochés. Nous tomberions toujours nez à nez avec nos cibles. Et nous serions souvent des cibles proches. Les jours calmes, ceux où le butin de la veille suffisait à nous nourrir, Eso nous faisait la classe à sa manière. Il nous répétait ce qu'il se rappelait des théories d'Isilo, sur la gloire passée de nos peuples. Il nous expliquait qu'appartenir à cette *armée* était la vie la plus digne que le Continent avait à nous offrir. Maintenant que j'y repense, je regrette presque cette période. Nous avons pillé un à un les villages frontaliers du Kumbulanè, mais ces populations étaient pacifiques. Elles ne se sont pas rebellées. Il nous a suffi de débarquer en criant et en brandissant nos fusils. Nous n'avons jamais été forcés de tuer des gens.

Seul Eso a tué. Juste pour s'amuser. Il était surexcité, ce jour-là. Il a assassiné un père de famille, après l'avoir contraint à des relations sexuelles avec sa fille. L'homme s'est exécuté sur le sol en terre battue de la case familiale. Devant sa femme et ses autres enfants. Les gars d'Eso tenaient la famille en joue. Tout le temps que ça a duré, Eso a maintenu le canon de son arme sur la tempe du père. La gamine ne devait pas avoir dix ans. À la fin, Eso a tiré. Le corps du père s'est abattu sur celui de sa fille. L'enfant est restée là, sous le cadavre qui se vidait de son sang. Nous sommes partis, laissant

49

cette famille stupéfaite. Ils étaient tellement surpris de ce qui venait de leur arriver, qu'ils n'ont pas eu le réflexe de pleurer tout de suite. Je me demande ce qu'est devenue cette fillette. Il n'a fallu qu'un quart d'heure à Eso pour installer des barbelés entre elle et son avenir. Le lendemain, nous avons quitté cette région où le Yénèpasi touchait le Kumbulanè.

*

ironique

Nous nous sommes rendus dans le village natal d'Isilo. Iwié. Au bord de la Tubé, côté Yénèpasi. Il avait demandé à Eso de nous amener, nous les enfants d'Eku. Je crois qu'en ce temps-là il était vraiment poussé par l'obsession de réorganiser le Continent en grands ensembles ethniques. Pour recréer l'harmonie. C'est parce qu'il a cette idée qu'il est tellement attaché à nous autres d'Eku. Son clan et le nôtre, aujourd'hui séparés par une frontière, ont une souche commune. Il était là avec deux de ses frères. Des femmes les servaient comme des princes. Ils ne sont pas d'extraction noble, loin de là. Ils ont écarté la famille à qui revenait l'autorité sur le village. Pas à la hauteur, d'après eux. Le matin, les villageois venaient demander audience à Isilo, lui soumettre les différends qui les opposaient. Il n'était plus question de consulter les anciens. Ils ne se réunissaient plus sous l'arbre à palabres. Les trois frères, Isilo, Isango et Ibanga, détenaient la totalité du pouvoir. On les craignait depuis leur enfance. Les naissances multiples ne sont pas courantes, et leur mère allait atteindre la ménopause, lorsqu'elle les a conçus. Leur père était sur le point de la répudier. Pour lui, la stérilité était l'œuvre du démon.

femmes = essentiellement mères

50

Les triplés ont vagi au crépuscule. Ni le jour, ni la nuit, à l'heure où les principes régissant les aspects diurnes et nocturnes des vies humaines échangent leur place. On dit que leur mère n'a pas souffert. Ils ont glissé de son ventre vers le monde extérieur, à la queue leu leu : Ibanga, Isango, Isilo. Ce dernier était le plus frêle. Elle l'a gardé auprès d'elle plus longtemps que les autres. Lorsqu'ils ont atteint l'âge de trois ans, on s'est mis à comploter dans le village pour les éliminer. Leur père avait fini par se laisser persuader : des triplés étaient forcément maléfiques. Même s'il s'agissait de ses fils, il était prêt à s'en débarrasser. Sitôt la sentence prononcée par le Conseil des anciens, elle devait être exécutée. Les Sages avaient siégé dans la nuit, en assemblée secrète. L'exécution devait avoir lieu à l'aurore. Alors que le village entier dormait à poings fermés et que les anciens retournaient dans leurs cases, les trois autres épouses du père ont vu mourir leurs fils. La force qui protégeait les triplés avait agi en représailles préventives. Il ne leur fut fait aucun mal. Cependant, leur père ne voulut pas prendre soin d'eux, et s'en détourna. Ils furent laissés à la charge de leur mère, dans un coin reculé du village. N'étant pas fortunée, elle donna à chacun en fonction de ses aptitudes. Ibanga fut scolarisé jusqu'au CE1. Il exerça ensuite le métier de cultivateur. Isango obtint son probatoire[1]. Il fut employé des postes. Isilo obtint un diplôme de troisième cycle en Histoire. Il n'occupa jamais d'emploi salarié. Pendant qu'il étudiait ici au Mboasu, le Yénèpasi ne disposant pas d'université, ses frères y vivaient

---

1. Au Cameroun, il existe un examen probatoire à la fin de la classe de première. C'est un examen national, une sorte de premier bac sans lequel on ne passe pas en terminale.

de petits boulots. Ils ne se sont jamais séparés. Ibanga et Isango ont toujours veillé sur le benjamin, et pourvu à ses besoins.

Les villageois d'Iwié soumettaient donc leurs problèmes à Isilo, lorsque nous sommes arrivés. Ils faisaient cela dans une case aux briques de terre battue. Elle était semblable à toutes les autres, pour ce qui était de la forme et des matériaux. En revanche, elle était immense. On aurait pu y loger quatre familles moyennes d'Eku. C'est-à-dire quatre hommes et douze femmes ayant chacune trois enfants. Lorsque nous sommes entrés, il s'est levé. Pas vraiment pour nous saluer. C'est vers moi seul qu'il a tendu les bras. Dans sa précipitation, il a failli se prendre les pieds dans la peau de panthère qui lui servait de tapis. On voyait encore la tête, et j'ai eu le sentiment que la bête avait été tuée récemment. La peau n'était pas bien sèche. Il m'a serré contre lui, en disant :

— *Mon fils.*

Il m'a regardé dans les yeux. Les siens étaient un peu humides, brouillés. Un regard de malade, de dingue. Comment te dire... J'en ai eu de la peine. Peut-être que je ne devrais pas l'avouer ? Ce monstre a quelque chose de touchant. Il m'a encore parlé :

— *Il y a si longtemps, que j'espérais te voir... J'ai de grands projets pour toi. Tu vas voir ce que nous ferons ensemble !*

Je n'ai pas répondu. J'ai seulement essayé de cacher ma colère, de rester impassible. Il est retourné s'asseoir sur un tabouret de chef, une sorte de banc à une place, large, à l'assise légèrement incurvée. Un tabouret de bois massif, finement sculpté. Sa mère était installée à sa droite. Ses frères à sa gauche. Je ne crois pas qu'aucun soit marié. Il n'y avait pas d'épouses. Rien que des servantes. Leur mère m'a semblé étonnamment jeune, si on considère la légende qui raconte qu'elle était au seuil de la ménopause, il y a vingt-sept ans. C'est l'âge de ses fils. Elle paraît à peine quarante ans. Le fait de la voir ainsi, si peu fripée, si altière… J'ai presque cru au mythe. Trois fils prédestinés à changer le monde. Chacun à sa place, pour accomplir une tâche précise. Les jambes : Ibanga. La tête : Isango. L'âme : Isilo. Tous trois nés, peut-être pas d'une vierge, mais bel et bien d'un mystère. On nous a fait asseoir dans un coin de la salle. Les audiences se sont poursuivies. Parfois, Isilo demandait conseil à sa mère ou à Isango. Ils chuchotaient un instant. Puis, il faisait connaître sa décision. Elle était sans appel. Le demandeur et le défendeur acceptaient. Ils remerciaient en baissant la tête, quittaient les lieux sans lever les yeux ni donner le dos.

Une fois les audiences terminées, Isilo nous a demandé d'approcher, à Eso et à moi uniquement. Les autres sont restés assis. On leur a servi à manger. C'était la première fois qu'ils faisaient un vrai repas depuis des semaines. Nous allions piller les villages, mais nous ne prenions que des denrées crues. Du riz. De l'igname. Nous les faisions cuire nous-mêmes. Parfois, nous n'avions que de l'huile de palme en guise de sauce. Les populations vivant entre le Yénèpasi et le Kumbulanè n'avaient pas grand-chose. Alors, mes frères ont mangé de bon cœur. Peut-être même qu'un instant, ils ont oublié ce qui leur arrivait. Je les ai vus plonger la main droite dans le plat. Les doigts bien serrés, pour que pas une miette ne s'échappe. Chacun son tour, comme le veut notre coutume. Pendant ce temps, Isilo s'informait auprès d'Eso :

— *Alors ? Où en es-tu avec les jeunes ?*

— *Il est temps de passer aux choses sérieuses. Ils n'ont pas encore pu mesurer l'envergure de notre tâche.*

— *Il est bon, dans ce cas, de les y aider. Qu'avez-vous fait jusqu'ici ?*

— *Apprentissage de l'inconfort grâce au séjour dans une région essentiellement marécageuse. Exercices de tir. Maniement de la machette. Entraînement à l'autorité, principalement dans les villages frontaliers du Kumbulanè.*

— *Ces gens doivent en avoir marre de nous. Ça fait un bout de temps qu'on les bouscule un peu. Nous allons devoir changer de secteur.*

Isilo a ensuite demandé qu'Eso nous laisse. Sa mère me regardait, comme pour savoir si l'intérêt de son fils était justifié. Elle avait les yeux deux fois plus grands que ceux de Ié, notre doyenne, à Eku. Deux fois plus perçants, aussi. Elle portait des amulettes de toutes les tailles. Elle en avait une assez large au front, incrustée dans une sorte de bandeau. Une autre, de taille moyenne, lui pendait au cou. Au poignet droit, elle en portait d'autres. Un millier de petites breloques dansant autour d'un bracelet de cuir. Je ne crois pas lui avoir plu. Elle m'a regardé tout le temps, comme si j'étais une rivale. Je ne l'ai pas vue ciller une seule fois. Ses yeux restaient ouverts et fixes. Son parfum capiteux m'asphyxiait presque. Isilo s'est adressé à moi. Il m'a invité à partager le déjeuner qu'ils allaient prendre en famille. Il devait ensuite m'entretenir de choses importantes. Je lui ai demandé :

— *Et que feront mes frères, pendant ce temps ?*

— *Ne t'en fais pas pour eux. Ils seront bien traités.*

On nous a servi le repas. De la viande de brousse plongée dans des sauces épaisses. Je n'avais jamais mangé de caïman. Ni de lamantin. Pendant le repas, les trois frères ont évoqué les étapes à suivre dans leur conquête du pouvoir. Il fallait à tout prix envoyer le plus de troupes possible à la jonction entre le sud et le nord du Mboasu. L'armée de Mawusé ne devait absolument pas passer la frontière. Il fallait même prévoir de sécuriser les frontières entre le sud du Mboasu et les pays limitrophes. Le Yénèpasi ne posait pas de problèmes, puisque c'était leur pays et leur première conquête. Il restait le Sulamundi à l'ouest. Mbimbi, le président de ce pays, était assez proche de Mawusé qu'il considérait comme un modèle. Il pouvait donc autoriser les troupes de son idole à passer par son territoire, pour pénétrer dans le Mboasu du Sud. Il fallait prévenir cela. La frontière sud du pays, celle qui se trouve à quelques kilomètres après la brousse d'Eku, n'était en rien gênante. Elle sépare le Mboasu du Bilanabila, un pays en guerre civile depuis vingt-cinq ans. Personne n'aurait envie d'emprunter ce chemin-là. Et là-bas, les gens sont très occupés. Ils n'ont pas le temps de se mêler des affaires des autres. Pour atteindre tous ces objectifs, il fallait enrichir l'armée. Isango proposa d'envoyer Ibanga enrôler des recrues dans les camps de réfugiés à la frontière du Yénèpasi et du

Mwititi. Ce pays venait, encore une fois, de connaître des affrontements entre castes. C'était un des rares pays du Continent au sein duquel on ne rencontrait qu'un seul et même groupe ethnique – même s'il y existe une petite population indigène de nos forêts, ceux que les Occidentaux ont appelés les Pygmées.

Les survivants aux tueries du Mwititi végétaient maintenant à l'est du Yénèpasi. Ils vivaient dans des camps depuis bientôt un an. Isango a donc proposé de mettre cette main-d'œuvre à profit. Ibanga a grommelé qu'il irait, puisque c'était toujours lui qu'on voulait écarter. Il a demandé qu'on veuille bien lui accorder une faveur.

— *Parle, frère, nous t'écoutons.*

— *J'aurais aimé faire un petit tour dans les mines.*

— *Tu veux dire les mines de diamant du Mboasu du Sud ?*

— *Oui.*

— *Je crains que tu n'en aies pas le temps.*

— *Isango a raison, frère. Tu dois te charger des razzias, pour nous amener de nouveaux soldats… Mais tu me donnes une idée ! Je vais y envoyer Eso et ses gars. Il ne faut pas plus d'hommes que ça, pour cette mission. Ils vont enfin faire quelque chose. Je te promets qu'ils garderont des pierres à ton intention.*

Isilo venait de décider de notre première mission. Ses frères et lui ont continué à manger. Leur mère ne disait rien et picorait. Elle ne prenait que des fruits, de la papaye et de l'ananas, découpés en petits cubes. Elle a eu un geste d'apaisement en direction d'Ibanga qui faisait la moue, comme un gamin sur le point de pleurer. Il piochait furieusement dans son écuelle, des morceaux de caïman cuit à l'étouffée. Les autres discutaient sans se soucier de ses états d'âme. Autant que j'aie pu en juger, Isilo écoutait attentivement Isango. S'il avait imaginé le concept d'un empire continental, fédération d'entités fondées selon l'appartenance ethnique – les nations bantoue, soudanienne, couchitique et les autres, appelées, une fois reconstituées, à se rejoindre dans un ensemble transnational, permettant au Continent de parler d'une seule voix –, Isango était le véritable stratège. Isilo était la passion, Isango la raison. C'est lui qui gardait à l'esprit les inévitables difficultés. Il les a rappelées à Isilo :

— *Tu sais, frère, que nous aurons maille à partir avec la* Communauté internationale.

— *Qu'est-ce à dire ?*

— *Comme tu le sais, la* Communauté internationale *regroupe ceux qui ont dessiné le monde tel qu'il est.*

— *Notre but est bien de changer cela !*

— *D'accord, mais tu sais qu'ils peuvent fortement nous nuire. Ils sont nombreux, puissants, et ont des larbins sur nos terres.*

— *Que cherches-tu exactement à me dire, frère ?*

— *Ils ne reconnaîtront pas immédiatement notre nouvel État, peu importe que ses fondements soient nobles.*

Isilo fixa son frère du regard. La main qu'il allait porter à la bouche dégoulinait de sauce aux graines de courge. Elle était restée suspendue à mi-chemin entre l'écuelle et les lèvres. La sauce coulait, blanche, granuleuse. Il n'en avait cure. Il lui fallait d'abord répondre aux dernières paroles d'Isango :

— *Ils seront obligés de nous reconnaître, lorsqu'ils verront que nous nous débrouillons très bien sans eux !*

Isango s'est raclé la gorge, reprenant le fil de son raisonnement :

— *Tu sais que l'Ancienne Puissance Coloniale ne laissera pas une terre pétrolifère et diamantifère…*

— *Ne me parle plus de l'APC ! Nous avons eu tort de nous livrer à ces gens, et c'est la cause première de tous nos maux. Ils ont décapité leur roi, ce qui prouve qu'ils n'ont aucun sens du sacré. Or, laisser une telle engeance gouverner le Continent, qui est précisément une terre de sacré, ne pouvait que conduire à la catastrophe. Ils sont le premier lien que nous devons trancher, et définitivement !*

— *Il serait bon, dans ce cas, d'utiliser Mabandan, pour préparer les esprits à cette rupture. Une telle démarche doit partir de nos grandes villes. Je te répète quand même que ce ne sera pas facile…*

— *Mabandan ! Quelle bonne idée ! Il n'a pas son pareil pour échauffer les esprits !*

Ibanga boudait sur son écuelle, sans perdre une miette de la conversation. L'échange de ses frères lui indiquait que ses ambitions étaient compromises. Pire : on les annulait, purement et simplement. Il s'alarma :

— *Mais si nous tranchons définitivement ce lien, avec qui commercerons-nous ?*

— *Il n'y a pas que l'APC sur la planète. Elle ne pèse d'ailleurs pas bien lourd. J'irai même plus loin : il faut que nous cessions de n'avoir que les Blancs pour horizon. Il existe des peuples plus honorables.*

— *Alors, nous n'irons jamais au Crillon ni au...*

— *Cesse de dire des bêtises.*

Ibanga se tut, mais cela ne lui convenait pas. Il avait des besoins simples, immédiats. Ses frères ont eu tort d'en faire si peu de cas, et de lui parler ainsi en ma présence. À mon avis, ce jour-là, quelque chose s'est cassé entre eux.

*

Après le repas, Isilo m'a pris à part. Il a dit avoir beaucoup pensé à moi. Nous ne nous étions pas revus depuis Eku. Il savait que je ne comprenais pas ses méthodes, ne désespérait pas de me les faire accepter. Je lui ai rétorqué qu'il n'avait pas besoin de me convaincre. Si je restais persuadé que les envahisseurs nous avaient empoisonné l'âme – les Occidentaux, bien sûr, mais les Arabes aussi, bien avant eux –, je ne croyais plus à la révolution, si ce qu'il avait entrepris pouvait porter ce nom. Tout ce que j'en avais vu jusque-là me confortait dans l'idée que c'étaient toujours les mêmes qu'on piétinait. S'il destinait ma vie à cela, il pouvait la prendre sur-le-champ. Il s'est esclaffé :

— *J'entends ce que tu me dis, fils, mais je constate aussi que tu as préféré commettre ces rapines, plutôt que mourir de faim. Tu ne t'es pas enfui, non plus. N'aie pas honte de tes actes ! Un homme doit lutter pour sa survie.*

J'avoue qu'il m'a déstabilisé. Pourquoi avais-je accepté tout cela ? Pourquoi ne m'étais-je pas simplement mis en situation d'être tué par Eso ou par l'un de ses hommes ? Aucun d'entre nous n'avait même songé à cette option. J'y pense sans arrêt, depuis. Il m'a entraîné dehors. Nous avons marché. Les villageois nous regardaient. Que se disaient-ils à mon propos ? Nous devions avoir l'air bizarre. Lui, dans son uniforme impeccable. Moi, dans mon pantalon couvert de boue. Le village d'Isilo n'est pas loin des rives de la Tubé. C'est une terre limoneuse. Très généreuse. De certains endroits, on peut voir le fleuve, la Tubé, qui sépare le Mboasu et le Yénèpasi, les palétuviers bordant le cours d'eau de part et d'autre, l'enchevêtrement de leurs racines. Isilo ne me laissa guère le loisir de contempler ce paysage. Notre conversation tourna brutalement à l'interrogatoire :

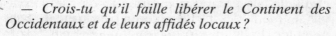

— *Crois-tu qu'il faille libérer le Continent des Occidentaux et de leurs affidés locaux ?*

— *Oui, je le crois.*

— *Crois-tu le jour venu d'exhumer notre identité de sous les décombres où elle fut sciemment ensevelie ?*

— *Oui, je le crois.*

Il m'a posé une série de questions auxquelles je ne pouvais que répondre par l'affirmative. Alors, il a encore rigolé, enroulant un bras autour de mes épaules, et je ne sais pas… Je ne me suis pas dégagé. Avant le meurtre d'Eyia, je le trouvais cool. J'avais entendu ses discours. On les relayait beaucoup, à Sombé. On s'en passait des cassettes sous le manteau, dans les milieux étudiants où il avait des alliés.

J'ai toujours été très curieux. Je me rendais à des meetings improvisés en pleine rue. J'y entendais des choses que j'avais toujours pensées. Cela me donnait l'illusion que nous aurions, nous aussi, nos libérateurs. Nos terres avaient engendré des Nkrumah, des Lumumba, des Sankara, des Mandela. D'autres viendraient achever leur œuvre, ramasser les miettes de nous que l'Histoire a laissées s'éparpiller à terre. Ils sauraient les rassembler, les refaçonner, nous restituer notre dignité. Ils nous donneraient une monnaie continentale. Ils transformeraient nos matières premières sur place, afin que nous ayons autre chose à offrir au monde que des ressources brutes, que d'autres nous renvoient après les avoir modelées à leur guise. Nos libérateurs n'accepteraient pas que nous soyons de simples consommateurs, jamais des concepteurs. Ils sauraient nous réinventer, faire de nous des Continentaux modernes. J'avais cru très fort en Isilo avant de faire sa connaissance, pensant qu'il était de cette race d'hommes. Cela ne pouvait disparaître d'un coup, il le savait. J'étais donc encore sous son emprise, et je ne me suis pas libéré de ce bras passé autour de mes épaules. Nous avons fait quelques pas de plus. Puis, il m'a demandé :

— *Si tu crois tout cela, qu'as-tu exactement à me reprocher, puisque c'est précisément ce que je veux accomplir ?*

— *Je n'approuve pas tes méthodes.*

— *Veux-tu être plus précis ?*

Après une profonde inspiration, je lui ai répondu franchement.

— *Je parle de tout ce bla-bla-bla mystique. Des enfants qui composent ton armée. Des populations massacrées.*

— *Je comprends. Pour le premier point, tes réticences viennent seulement de ce que tu ignores tout de la spiritualité de ton peuple. En ce qui concerne les enfants, que veux-tu que nous fassions? Le Continent compte plus de jeunes que d'adultes. Ici, les mômes n'ont pas droit à l'insouciance. Par ailleurs, nous n'avons pas inventé cela! D'où crois-tu que vienne le mot : infanterie? Les enfants font très bien certaines choses. Quant au troisième point... Je ne suis pas partout où vont mes hommes. Il faut bien déléguer. Nous sommes en guerre, il y a forcément des victimes innocentes.*

Là, je peux te dire qu'il m'a mis en colère. Il avait bidouillé un truc qu'il appelait pompeusement *spiritualité*, faisant passer ses pratiques malsaines pour la manière dont nos ancêtres concevaient leurs rapports avec les sphères invisibles. Tu vois, c'est en partie en cela que réside notre tragédie. Nos pères n'ont pas inscrit leur pensée sur du papier, la laissant voler au vent pour arriver jusqu'à nous. Il est donc facile, pour des manipulateurs, d'entraîner des foules dans le mensonge. Si nous sommes, et nous le sommes, des humains comme les autres, il est tout simplement impossible que nous soyons les seuls à croire que Nyambey se repaît du sang de nos enfants. J'ai lancé :

— *Tu parles de spiritualité, mais jamais tu ne me convaincras qu'on s'élève vers le divin par le meurtre!*

— *Bon, je vois qu'on t'a lavé le cerveau. Tu n'as pas lu les ouvrages adéquats...*

62

— *Parce que toi, tu as besoin de lire pour avoir du bon sens ? On ne mange pas les gens. On ne les tue pas pour préparer des potions avec leurs os ou leurs viscères !*

Je n'ai pas pu m'empêcher de hurler. Il m'a giflé si fort que je suis tombé à terre. Il se tenait là, me fixant de ses yeux soudain rouges. J'avais le tournis. Il respirait lourdement, comme quelqu'un qui aurait couru longtemps ou qui réprimerait des sanglots. Ses rangers bien cirées s'enfonçaient dans le sol vaseux. Il serrait les poings. Je me suis relevé. J'ai épousseté mes vêtements, mais c'était inutile. Je portais les mêmes fringues depuis des semaines. J'ai relevé la tête pour le regarder :

— *Mais enfin, Isilo… Que me veux-tu ?*

— *Depuis que j'ai commencé cette guerre, tu es le premier qui sois venu vers moi de son plein gré. Tu m'as dit :* Je veux rejoindre les Forces du changement. *Tu n'étais pas mû par la peur. En dehors de mes frères, tous ceux qui me suivent le font parce qu'ils me craignent. Pas parce qu'ils croient en moi.*

— *Si. Eso croit en toi. Quant à moi, j'ai souhaité te suivre parce que je pensais que tu voulais dézinguer les salauds !*

— *Mais c'est ce que je veux ! C'est tout ce que je veux !*

— *Pas comme ça. Tu nous souilles. Tu trahis notre cause.*

Il a porté les mains à ses tempes, fermant les yeux. Au bout d'un long moment, sans me regarder, il a lâché :

— *Va-t'en. Tu me donnes mal à la tête. Fous-moi*
le camp! Tes frères et toi, vous partirez demain, à
l'aube. Eso vous conduira aux mines. Ensuite, vous
irez vous battre aux frontières, comme les autres.

Je l'ai laissé. Il m'avait tourné le dos. Là où nous
nous tenions, des arbres fruitiers poussaient. Une
odeur de pamplemousse épousait un parfum de
mangue sauvage. J'ai marché sans me retourner. Ni
trop vite, ni trop lentement. L'air de n'en avoir rien
à faire, ni de lui, ni de ses petits problèmes. Je me
disais qu'il me regardait peut-être. Je sentais la
plante de mes pieds s'ouvrir un peu plus à chaque
pas. Mes plaies ne cicatrisaient pas. Notre séjour à
Iwié ne serait pas assez long pour que je guérisse.
Lorsque j'ai rejoint les autres, j'ai compris que mon
attitude les avait perturbés. J'avais partagé le repas
d'Isilo, avant d'aller me promener avec lui. Je
m'étais désolidarisé d'eux, une fois de plus.

Malgré moi et sans même m'en rendre compte,
je me suis assoupi dans un coin de la case qui nous
avait été affectée. Dans l'état d'épuisement où
j'étais, j'aurais dû dormir d'un sommeil sans rêves.
Ce ne fut pas le cas. Eyia est venu me rendre visite
ou, plutôt, c'est moi qui ai pénétré dans son monde.
Je me suis retrouvé sur une rive de la Tubé, sans
pouvoir dire si j'étais au Mboasu ou au Yénèpasi. Il
n'y avait personne, au début. J'ai regardé autour
de moi, et quelque chose m'a semblé anormal.
Une pesanteur. Une impression de temps suspendu.
Sans qu'aucun indice précis me le confirme, j'ai
eu le sentiment d'avoir été projeté dans un autre
espace temporel. J'ai fait quelques pas, jusqu'à
un amas de rochers. Là, j'ai entendu quelqu'un
m'appeler. Ne reconnaissant pas la voix, je n'ai pas

répondu. Ce n'est sans doute qu'une superstition de plus, mais nos anciens nous apprennent qu'il ne faut pas répondre, quand on ignore qui nous appelle. Il peut s'agir d'un individu malfaisant, qui cherche à s'emparer de notre âme, dont une part significative réside dans la vibration de notre nom. J'ai donc contourné les rochers en silence.

C'est là que je l'ai vu. Eyia se trouvait là, assis au milieu d'un groupe de personnes sans visage. Ils étaient nombreux, installés à même le sol, nus. J'avais beau les fixer des yeux, leurs traits semblaient s'être effacés. Je ne voyais que les chaînes qui les liaient les uns aux autres. Eyia s'est adressé à moi, d'une voix qui n'était plus celle d'un enfant. Il m'a demandé de l'écouter sans rien dire, en expliquant :

— *Si tu me parles, tu resteras ici, parmi nous. Or, tu dois retourner chez les vivants, et libérer nos frères. Retourne à Sombé. Trouve le Dr Sontané, cet homme chez qui tu travaillais, et qui t'a donné des livres pour t'instruire sur la mémoire de nos peuples. Tu auras besoin d'aide pour ramener nos frères au village.*

Comme je me jetais à ses pieds pour tenter de lui ôter sa chaîne, il s'est mis à secouer la tête, avant d'ajouter :

— *Frère, je reconnais bien ta fougue et ton entêtement, mais tu perds ton temps. Fais ce que je dis. Parmi ceux qui m'entourent, certains sont des Ekus, razziés sur nos terres il y a bien longtemps, et dont l'histoire est tue. Ils se joignent à moi pour te demander de leur restituer leur place au sein de la communauté. Tu ne pourras nous rétablir dans la chair, puisque nous ne sommes plus, physiquement. Cependant, en refusant que les vivants d'aujourd'hui soient, eux aussi, arrachés à leur matrice et enfermés dans l'absurde, tu détruiras nos chaînes.*

Je n'ai pas eu le temps de dire à Eyia que je ne comprenais pas un traître mot à ce qu'il racontait. Une femme sans visage a bondi vers moi, faisant claquer sa chaîne, entraînant avec elle quelques-uns de ses compagnons. Elle a posé une main froide sur mes lèvres, tandis que ceux qui l'entouraient se mettaient à hurler : *Sankofa ! Sankofa*[1] *!*

J'ai ouvert les yeux quelques heures plus tard, la sensation de cette main osseuse encore sur mes lèvres. La peur et l'incompréhension me faisaient trembler. Qui étaient ces générations d'Ekus ? De quand datait leur disparition ? Sans voir leurs visages, j'étais persuadé de ne pas les connaître. Jamais je n'avais vu d'entraves comme celles qui les attachaient les uns aux autres, et le peuple d'Eku n'allait plus dévêtu depuis des lustres. J'ai cessé de m'interroger. Il n'y avait qu'une chose à retenir : Eyia s'était adressé à moi. Je devais agir selon sa volonté. Tu vois, c'est pour cela que je ne peux pas rester ici. Je dois me hâter de trouver le Dr Sontané, l'homme pour lequel je travaillais, pour qu'il m'aide dans cette entreprise. Autrement, les autres pourraient tous mourir, et rejoindre Eyia, parmi les enchaînés.

---

1. *Sankofa* est un mot akan, qui signifie *retour aux sources*, ou *retourne chercher ce qui t'appartient,* selon les traductions. Plus largement, cela fait référence à la nécessité de connaître le passé pour avancer. *Sankofa* parle de recherche de la connaissance, et d'examen critique.

Nous avons quitté Iwié le lendemain, précédant le jour de quelques minutes. Isilo avait renforcé l'équipe d'Eso de six jeunes. Des types étranges. Ils ne disaient jamais rien. Ils portaient de longues scarifications sur le visage, dont certaines saignaient encore un peu. Nous avons à nouveau traversé la Tubé. Des pêcheurs nous ont fait passer à l'aube. De l'autre côté, au Mboasu, nous étions attendus. Il y avait là les deux compagnons d'Eso avec lesquels nous avions traversé la première fois. Les quelques garçons d'Asumwè aussi, qui faisaient partie de notre groupe. Ensemble, nous avions pillé les villages proches du Kumbulanè. Nous nous étions séparés quand Isilo nous avait convoqués, mes frères d'Eku et moi. Ceux d'Asumwè étaient rentrés au Mboasu, où ils avaient commis quelques exactions pour passer le temps. Nous étions contents de les revoir, mais nous n'en avons rien laissé paraître. Il en manquait un. Un petit de neuf ans. On l'avait surpris en pleurs un soir. Interrogé, il avait avoué qu'il pensait à sa mère. Il ignorait ce qu'elle était devenue. Lorsqu'on avait mis le feu aux maisons d'Asumwè, ça avait été la débandade. Ils s'étaient perdus de vue. On avait dit au môme : *Elle doit être morte. Puisqu'elle te manque, va la rejoindre.* Une balle d'AK-47 en plein milieu du front lui avait été offerte en guise d'aller simple vers l'autre monde. Son corps avait été abandonné aux chiens errants.

Nous avons pris deux pick-up. Eso est venu s'asseoir à l'arrière avec nous. Il voulait me parler. Au début, il a évoqué sa vie au village, demandant si je connaissais un dénommé Ewudu, son ami d'enfance. J'ai répondu que oui, mais il y avait longtemps que je n'avais pas vu Ewudu, qui travaillait loin du village comme la plupart des hommes d'Eku. Eso a gardé le silence un instant, les yeux baissés vers ses mains. Puis, il a changé de sujet de manière abrupte. Il ne comprenait pas pourquoi je rejetais l'affection d'Isilo, qu'il appelait *Le grand*. Ce dernier m'avait pourtant élu. Lui, Eso, travaillait depuis longtemps pour Isilo, et n'avait jamais été convié à partager ses repas familiaux. Il était furieux, me traitait d'ingrat.

— *Il t'aime comme un fils !*

— *Je ne lui ai rien demandé.*

— *Il peut te donner du pouvoir.*

— *Le pouvoir de faire quoi ?*

— *Ne parle pas avec tant de mépris. Tu te prends pour un Blanc, ou quoi ? Tu as peut-être fréquenté*[1] *plus que nous autres, mais tu restes un Continental. Tu ne peux tourner le dos à ta culture… Hier soir, nous avons partagé un repas sacré…*

Il chuchotait à présent, pour que nos compagnons ne l'entendent pas. Avant notre départ d'Iwié, Eso et ses gars avaient été convoqués par Isilo. Il leur avait fait servir, après quelques rituels, un repas mystique. Pour les renforcer, pour qu'ils inspirent une panique totale à l'ennemi. Contrairement à ce qu'il m'était apparu, Eso m'assura qu'il existait bien des adversaires. Notamment, à la frontière entre le nord et le sud du pays. Il y avait les hommes de Mawusé. Il fallait leur résister. Ils possédaient des bazookas, tout un arsenal. Eso et ses hommes

1. *Fréquenter*, au Cameroun, c'est aller à l'école.

avaient donc été *blindés*. Le sorcier du village d'Isilo avait brillamment officié. Il avait mâché les écorces prescrites. Il avait craché[1] là où il fallait, y compris sur les combattants. Afin d'éloigner à jamais toute attaque matérielle ou occulte, il avait déployé sa science, égorgé des poulets en lieu et place des futurs combattants. Puisque la mort avait reçu ces volatiles en remplacement, elle ne s'en prendrait pas à eux, quoi qu'il se produise durant cette guerre. Pendant qu'Eso me parlait, je me demandais comment on pouvait croire qu'il suffisait de tuer des poules pour écarter le Mal. Il était persuadé de l'efficacité du rituel. On avait tué des bestioles, lavé les combattants avec de l'eau dans laquelle avaient macéré des écorces. Ensuite, les hommes avaient mangé de la cervelle de panthère crue, pour acquérir les qualités de cet animal. Son instinct, sa souplesse, son autorité naturelle. Assis près de moi à l'arrière du pick-up, Eso, convaincu d'être une réplique humaine de panthère, disait :

— *Je devrais en consommer davantage, et pendant sept jours d'affilée, pour que le résultat dure à vie. Mais bon, pour ce qu'on a à faire, je suis blindé !*

Je ne lui ai pas posé la question de savoir pourquoi nos ancêtres avaient été incapables de se métamorphoser en panthères, afin d'éviter les razzias négrières et la colonisation. Imagine ça : des villages entiers de grands félins. On se serait tapis dans l'ombre. On aurait sauté à la gorge des méchants. Comme je ne disais rien, Eso a dû penser que je voulais vraiment l'écouter. Je n'avais

1. L'auteur attire l'attention sur le fait que, dans ces cérémonies, le crachat n'est pas symbole de mépris, mais d'amour et d'amitié.

à l'esprit que cette vision d'horreur. Eyala, Epéyè, Edémo, Ebumbu, Edima, Enumédi, Elimbi, Esoko. Mes frères d'Eku, un jour contraints de manger de la cervelle de panthère crue. N'avaient-ils pas été assez durement éprouvés ? Le vieil Eyoum lui-même, chef et sorcier de notre village, ne nous avait jamais rien imposé de tel. J'étais certain que ce dont me parlait Eso ne pouvait nous libérer. Je me souvenais de ce proverbe eku :

Aux anciens, Nyambey a accordé une longue vie. Aux jeunes, il a donné une longue vue[1].

Pour moi, cet adage résume la pensée non écrite de nos anciens. Il signifie que nos pères savaient qu'il y avait un temps pour tout. Ils nous ont légué des coutumes adaptables. Dans leur sagesse, ils comprenaient qu'il ne leur appartenait pas de décider pour nous, ignorant quelle existence nous mènerions. Se sachant faillibles, ils nous ont laissé une éthique. Une vision du monde. Le devoir de solidarité. L'hospitalité. Le respect de la nature. La foi en la vie. Pour moi, être un Continental, c'est vivre cela. Ce n'est pas perpétuer des actes dont le motif s'est perdu dans le fond des âges. Eso me regardait à présent. Il a conclu par ces mots :

— *Toi, tu pourrais devenir plus puissant que moi, si tu voulais.*

Puis, il a hurlé quelque chose. Le gars qui conduisait le pick-up a arrêté le véhicule. Eso en a pris le volant. Nous avons fait une halte à Losipo-

1. Proverbe douala, du Cameroun : *Tetɛ a buki mba o jinda la Loba. Mba pɛ na buki mo o jenɛ la mambo.*

tipè, mangé du riz aux haricots dans un *circuit*[1]. Les hommes ont beaucoup bu. Nous sommes arrivés près des mines en fin de journée. J'ai pensé à Ibanga, qui aurait volontiers échangé sa place contre la nôtre. On l'avait envoyé dans les camps de réfugiés. Je me suis demandé ce que nous allions faire là. La route était mauvaise. Après maints vols planés sur les dos d'âne et quelques plongeons périlleux dans les crevasses du chemin, nous étions éreintés. Eso et ses hommes ne nous faisaient pas totalement confiance, et ne nous laissaient pas les armes. Nous sommes restés là, bras ballants derrière les fourrés, attendant le soir.

La piste qui menait aux mines de diamant était étroite. Personne n'y passait à cette heure, et elle n'était pas très bien surveillée. Pour apercevoir les premiers gardes, il fallait avancer sur cent mètres. Lorsqu'on s'approchait, il y avait un portail grillagé, deux types bedonnants, distraits par le sentiment d'impunité qu'éprouvent certains, lorsqu'ils travaillent pour des compagnies étrangères. Comme tu le sais, les mines de la région sud du Mboasu n'emploient que des ressortissants du Nord, et sont exploitées par des multinationales. Eso et ses hommes nous avaient avertis : *Celui qui fait le malin, on le descend.* Alors, nous nous tenions tranquilles. Je me demandais ce que j'allais pouvoir faire pour regagner la confiance de mes frères, les tirer de là. Notre village n'était pas loin. Pouvions-nous fuir sans nous faire prendre ? Il fallait d'abord les y préparer, et je n'avais pas de plan. Nous n'avions même pas échangé une parole. Ils me battaient froid, restaient scotchés les uns aux autres,

1. Petit restaurant populaire, en français du Cameroun.

obéissant de leur mieux aux ordres. Ils tentaient de rester en vie, même s'ils voyaient bien que ce n'était pas une vie. J'ai repensé aux propos d'Eyia : nous aussi, nous étions enchaînés.

Lorsque le soleil s'est mis à tracer des lignes pourpres et violacées dans le ciel, annonçant l'extinction du jour, ils nous ont rassemblés, nous ont fourni des outils. Les hommes nous tenaient en joue pendant que nous travaillions. En silence, nous avons taillé des sortes de frondes d'environ un mètre de long, dans des lanières de caoutchouc. J'ignore d'où elles provenaient. Ils nous ont donné des bouteilles, avec du pétrole dedans, un chiffon dans le goulot. J'ai compris comment nous devions opérer. J'avais déjà vu des cocktails Molotov dans les quartiers mal famés de Sombé. Une fois l'attirail prêt, nous avons investi la brousse environnante, couru sur la pointe des pieds, osant à peine respirer. Nous nous sommes allongés derrière les fourrés, à proximité de l'entrée. Au moment de la relève de la garde, nous avons attaché les lanières, chaque bout à un des arbres bordant la concession. C'étaient des flamboyants. Leurs fleurs rouges se détachaient parfois, sous la poussée d'une brise insistante. Elles voltigeaient un temps et rencontraient finalement la poussière. Ces types étaient tellement habitués à n'être pas dérangés, que la relève n'a pas jugé bon de se présenter à l'heure. Les mineurs allaient bientôt remonter du fond. Placés de part et d'autre de la concession, nous avons armé nos frondes géantes, plaçant une bouteille bien au milieu de la bande de caoutchouc. Reculant de quelques pas, nous avons enflammé le torchon et tiré. Six bouteilles en feu ont atterri en même temps. Puis six autres, quelques minutes plus tard.

Des voitures garées dans l'allée ont explosé aussitôt. Le bâtiment principal qui abritait les appartements du contremaître, un pied-à-terre pour les cadres étrangers et des bureaux, a subi plusieurs de nos tirs. Bientôt, les flammes rousses ont embrasé la structure. Des cris ont fusé. Depuis l'intérieur, les hommes qui mouraient et ceux qui tentaient de s'enfuir se sont mis à hurler, comme ils n'auraient jamais pensé le faire. Le feu s'est rapidement propagé. Nous avons encore lancé quelques projectiles brûlants. Les victimes ignoraient ce qu'il se passait. Ça allait si vite. Ils n'ont pas compris qu'ils étaient attaqués. Ils devaient se dire que c'était un accident. L'affolement les empêchait d'évaluer la situation. Nous les voyions se précipiter vers nous, sans même savoir que nous étions là. Ils avaient un rideau de flammes dans le dos. La route était la seule issue. Nous les y attendions. Nous avons tiré des rafales expéditives, jusqu'à ce que certains nous supplient de les faire prisonniers. Eso a feint un instant de prendre cette option en considération. Il a baissé son AK-47 deux minutes, leur a souri. Puis, il a dit :

— *Je laisserai des traces, mais pas de témoins.*

Un des promoteurs étrangers était apparemment en visite. Il n'avait pas grillé dans le bâtiment principal, parce qu'il se trouvait avec les mineurs. Devant la détermination d'Eso, il a cru bon de proposer de l'argent. Un rictus méprisant lui tordant les lèvres, Eso lui a lancé :

— *Imbécile! Ta richesse, tu nous la dois! Tes euros sont tachés de notre sang!*

Le type est mort comme les autres. Nous sommes entrés dans la concession minière. Nous avons vérifié que personne ne s'était abrité sous les décombres, avant de débusquer les planqués. Pour ne pas gâcher les munitions, on nous a remis des machettes. Au bout d'un moment, ce n'était plus qu'un travail. Nous faisions tous la même chose. Personne n'était seul avec sa conscience. Nous étions nombreux. Habitués les uns aux autres. Unis, en quelque sorte. Nous n'avions pas peur. Nous ne ressentions rien. Nous n'en avions pas le temps. Les plus jeunes d'entre nous ont, eux aussi, tranché des gorges. Certains semblaient même découvrir une jouissance à exercer leur violence. Ils exprimaient enfin tout ce qu'il y avait en eux depuis qu'on les avait enlevés. Ce qu'ils n'auraient jamais l'occasion de dire. Je n'en ai pas vu un seul reculer devant la tâche. C'était comme une fièvre. Une course au résultat. La preuve qu'on pouvait se fier à eux.

l'ignorance
collective

*

Lorsque nous avons quitté la mine, nos corps sentaient la mort de tous ces hommes. Une odeur de sang, de chair carbonisée. Mes mains tremblaient. Mes oreilles bourdonnaient de leurs cris. Ce n'est pas facile de tuer, Ayané. On s'imagine des tas de choses à ce sujet. On regarde trop de mauvais films. Laisse-moi te le redire : ce n'est pas facile de tuer. Surtout lorsque tu n'as pas l'excuse du coup de sang. Surtout lorsque celui que tu assassines ne t'a pas attaqué. Même si tu lui en veux comme j'en voulais à ces hommes qui exploitaient des mines proches de notre village, quand les nôtres devaient se rendre loin pour trouver de quoi s'occuper de leurs familles. Ils ne dénichaient jamais rien de mirobolant. Les familles vivotaient.

struggle
(financially)

Alors, souvent, j'avais pensé les tuer tous, ces ouvriers des mines, pour que nous puissions vivre. Mis devant les faits, j'ai compris que la colère me faisait divaguer. Je ne suis pas fait pour tuer.

Dans le pick-up, je me suis mis à pleurer. Mes frères d'Eku me glissaient des regards en coin. Ils étaient assis à l'arrière d'un autre véhicule, pour la plupart. Seuls Eyala et Ebumbu, qui avaient quinze ans, se trouvaient près de moi. On nous avait placés en fonction de notre âge. Les autres étaient plus jeunes. Eyala et Ebumbu se sont détournés de moi. Ils ne pleuraient pas. C'était comme s'ils n'avaient rien ressenti. Je me suis dit qu'ils ne souhaitaient peut-être pas rentrer au village. Leur froideur m'a fait douter du bien-fondé d'un retour. Nous avions commis trop de crimes au cours de cette seule journée pour envisager une vie normale. Ces assassinats nous habiteraient. Ils seraient en nous, comme un mal incurable. Rien ne nous guérirait plus. En sanglotant, j'ai songé que nous n'avions plus notre place à Eku. Et moi, le premier. J'avais tellement voulu rejoindre ces Forces du changement... Je me suis revu, bombant le torse, marchant vers Isilo, la nuit où ils nous ont agressés. J'étais fier de lui servir d'interprète. Honoré de faire allégeance à son projet. Au fond, tout était ma faute. J'avais ouvert la porte au Mal, au lieu de faire front avec les miens, qui se méfiaient de ces combattants étrangers. Il avait fallu la mort d'Eyia, pour me ramener à la raison. *son petit frère noc*

Sans le savoir, je refusais de m'endurcir. Le meurtre ne deviendrait pas, pour moi, un acte banal. D'ailleurs, je refuserais désormais de tuer. Dans ce cas, je serais tué. Je mourrais avant d'avoir renoué avec mes frères. Avant d'avoir tenté de les ramener à Eku. Devant ce dilemme, j'ai pensé que Nyambey nous avait véritablement chassés hors de sa vue. Il était sans merci. La suite des événements allait me conforter dans cette idée qui ne m'a pas quitté depuis.

La route était toujours aussi rude. J'ignore combien de temps il a fallu pour traverser Asumwè et Osikékabobé. Ils n'offraient plus le visage lunaire que nous leur avions vu, au sortir d'Eku, alors qu'Ibanga les avait fraîchement terrassés. La terre semblait aussi grise que lors de notre précédent passage. Cependant, des gens étaient revenus. Je ne les avais pas remarqués, lorsque nous nous rendions à la mine. Ils étaient là. Encore en retrait, en lisière de la brousse, n'osant se réinstaller complètement sur les lieux de leur ancienne vie. Ils avaient planté des branches dans la terre, les recouvrant de bâches. Parfois, ce n'était que du tissu ou des sacs en plastique. Ils nous regardaient passer, craintifs. Se retirant derrière des arbres, s'ils se croyaient découverts. Personne ne leur a accordé d'intérêt. Ils faisaient partie du décor ordinaire des conflits d'ici et d'ailleurs. On aurait dit des réfugiés sur leur propre terre. Quelqu'un m'a craché :

— *Pourquoi tu pleures ? Tu es vivant, non ?*

Je ne sais pas lequel des hommes c'était. J'étais seul en moi-même, et je ne vivais pas. Je me demandais si les autres gardaient le silence parce qu'ils avaient compris cela avant moi : que rien ne pouvait plus nous arriver, parce que nous étions déjà morts. Il faisait nuit noire. Nous sommes de nouveau passés devant ce troquet de Losipotipè, celui où nous avions mangé à l'aller. Un petit boui-

76

boui en planches. À cette heure-là, les tables extérieures étaient empilées les unes sur les autres. On avait enroulé une chaîne autour. Puis, on les avait rangées contre un mur de la bicoque, si bien qu'elle paraissait sur le point de tomber, poussée par cet amoncellement. On avait dû rentrer les chaises. Eso a demandé qu'on gare les véhicules. Il est allé frapper à la porte. J'ai cru qu'il allait la faire voler en éclats avec la crosse de sa mitraillette. Deux hommes ont fait le tour, pour aller regarder par les fenêtres. Peut-être pour voir s'il n'y avait pas d'autre entrée. Pendant ce temps, Eso s'époumonait :

— *Bordelle*[1] *! Viens ici ! On a faim !*

— *Bordelle ! Ouvre ta porte, ou bien je tire !*

La porte s'est finalement ouverte. Il faisait sombre, à l'intérieur. La femme se tenait debout, dans l'ouverture obscure. Les mèches ébouriffées de ses cheveux défrisés se livraient bataille. Elle n'avait pas eu le temps de se peigner. Elle regardait à terre, en signe de soumission. Je n'ai pas vu les voisins. On aurait d'ailleurs cru le voisinage désert. Les gens avaient compris que ce n'était pas un simple importun qui faisait tout ce raffut. C'était un *rebelle*. Et il n'était pas seul. Eso a pénétré dans le *circuit*. Puis, il est ressorti en furie. Il nous a lancé, à nous et à ses hommes :

— *Mais qu'est-ce que vous attendez ?*

Il est aussitôt retourné à l'intérieur. Je ne t'ai pas suffisamment parlé de lui. En dépit de sa foi dans le pouvoir de certains rituels, il vit avec son temps. Il

1. Camerounisme, signifie : prostituée.

écoute du rap. Trimbale son téléphone portable partout, même en brousse où il ne capte rien. Je crois qu'il a juste appris à lire un peu, en suivant l'enseignement d'Isilo. Il porte trois anneaux à l'oreille droite, un tee-shirt à manches courtes, un pantalon de treillis. Noirs. La couleur du commandement. Il émane de lui une énergie qui vous met mal à l'aise. Dès qu'on le voit, on devine qu'il est régi par ses propres principes, habité par une force ténébreuse. Cette puissance négative qui rôde sur nos terres depuis des temps immémoriaux, incarnant les zones d'ombre que nous ne voulons pas connaître. J'observais Eso, et je pensais à ce que m'avait dit Eyia. J'essayais de comprendre en quoi les troubles d'aujourd'hui étaient la manifestation d'égarements anciens, la représentation de tout ce que nous pensions oublier en faisant silence. Je n'avais pas vraiment la possibilité d'y réfléchir, mais je commençais à entrevoir le sens des paroles de mon frère.

Nous sommes descendus de voiture et nous sommes entrés dans le *circuit*. Il n'y avait que des lampes tempête et des bougies pour éclairer le restaurant. Je pense que cette femme ne servait de repas que le jour. Sinon, elle aurait au moins possédé une vieille batterie pour brancher quelques ampoules électriques. Nous nous sommes assis. La femme est venue à notre table. Elle s'est adressée à Eso, les yeux toujours baissés :

— *Patron, je n'ai presque rien à vous servir.*

— *Nous voulons du riz, rien d'extraordinaire !*

— *J'ai du riz. Mais pour la sauce, je n'ai plus de viande.*

Eso a tapé du poing. La table ne s'est pas brisée, mais nous l'avons tous sentie trembler. Il a regardé cette femme comme si elle l'avait injurié. Nous n'avons pas eu à attendre de voir ce qu'il comptait faire pour laver cet affront, dont nul autre que lui ne saisissait la nature exacte. Il s'est levé, agrippant la femme par le col de la vieille chemise qu'elle avait dû passer à la hâte. L'étoffe a immédiatement cédé, dans un craquement plaintif. Elle ne portait pas de soutien-gorge. Le visage d'Eso était maintenant si proche du sien qu'il ne pouvait articuler clairement, mais nous avons enfin su quel était le problème.

— *Tu as des hommes devant toi, et pas de viande? Crois-tu que le riz seul nourrisse des guerriers?*

— *Patron, je ne savais pas que vous alliez revenir. Sinon, j'aurais gardé de la viande, pour tes hommes et toi.*

— *Tu n'avais qu'à demander, imbécile! Maintenant, tu as un grave problème à régler. Réfléchis bien, et dis-moi ce que tu peux donner en échange. Pendant que tu penses à ça, sers-nous un verre.*

Elle a apporté une dame-jeanne d'alcool de banane. Celui que les hommes avaient bu, avant que nous ne partions pour la mine. Elle a servi chacun. Eso lui a fait signe d'en verser à tout le monde, y compris aux plus jeunes. Ils avaient brillamment passé leur examen. Ils étaient des hommes. Elle s'est exécutée. Au début, je n'ai pas bu. Puis Eso, alors qu'il en était déjà à son deuxième verre, m'a regardé.

— *Maintenant, arrête ton cinéma, petit. Tu es comme tout le monde, ici. Alors, tu bois.*

Je n'ai pas discuté. J'étais trop fatigué, pas en position d'argumenter. J'ai avalé de petites gorgées. Au bout de quelques minutes, j'ai entendu des rires à l'autre table. Les enfants étaient ivres, après la première rasade. Ce spectacle a semblé plaire à Eso, sans l'attendrir pour autant. Il a rappelé la restauratrice. Elle devait réchauffer le riz et la sauce dans la cuisine. Une odeur de haricots rouges et de piment nous parvenait.

— *Oui, patron.*

— *Alors, tu as réfléchi ? Que peux-tu offrir à mes guerriers, pour maintenir leur puissance ?*

— *Je ne sais pas, patron. Je n'aurai pas de viande avant demain matin.*

Une fois de plus, il l'a regardée, s'est tenu à un millimètre d'elle. Il la dominait totalement. La tension de son corps était perceptible. Plus personne ne buvait. Les regards étaient fixés sur Eso et la femme. Elle avait retiré sa chemise, remonté son pagne jusqu'à la poitrine, se l'était noué sous les bras, comme font les femmes d'Eku. Il l'a frappée du plat de la main. La tête de la femme a vacillé. On aurait cru qu'elle allait se décrocher. Puis, elle est tombée. Il lui marché dessus. Un de ses pieds se trouvait sur une cuisse, l'autre sur le ventre. Il lui donné un coup de pied dans la mâchoire. Quelque chose a craqué. Le sang s'est mis à couler. Aucun de nous n'a bougé. Aucun n'a rien exprimé. Il l'a mise debout, lui a parlé comme si rien n'était arrivé.

— *Bon. Alors, tu nous apportes ce riz ? Et surtout, que les haricots soient bien gras.*

Le milieu de la nuit était passé depuis longtemps. L'ivresse a quitté ceux qu'elle avait étreints un temps. La femme nous a apporté à manger. Elle claudiquait et du sang coulait toujours de sa mâchoire. Il en est tombé sur une assiette de riz. C'est celle-là qu'Eso a voulue. Il cherchait à présent le regard de la femme, en prenant une cuillerée de riz ensanglanté. Nous avons mangé. Tous. Nous avons bu. Tous. Et puis, nous sommes sortis. Je ne crois pas que quiconque ait pensé à payer l'addition. Nous sommes simplement repartis, poursuivant notre chemin vers Lambolé, la banlieue nord de Sombé. C'est un quartier encore investi par la brousse. On dirait un village. Juste quelques maisons. Des lattes mal assemblées. Un toit de tôle posé en pente pour recueillir l'eau de pluie dans des tonneaux placés près des maisons. En dehors de ces habitations précaires, il y avait le couvent et le lycée catholique qui en dépendait. Je crois que tu y as été interne. C'est un lycée de filles. Bien sûr, les bonnes sœurs dormaient. Les internes étaient retournées dans leurs familles pour les vacances.

Eso a dit qu'on s'arrêtait. Nous sommes descendus, trop épuisés pour nous demander ce que nous venions faire là. Nous nous sommes dirigés vers le couvent, à la suite d'Eso. Il s'agissait en réalité d'une maison assez large, à deux étages. Il y avait un portail, une clôture grillagée. Des bambous poussaient tout le long, formant une haie assez haute. Eso a sonné. Les nonnes avaient l'habitude d'être dérangées en pleine nuit. Pour un enfant malade. Pour accueillir une femme battue. Alors, l'une d'entre elles est venue. Pendant qu'elle avançait le long de l'allée, Eso a ri tout doucement. Un rire chuchoté, particulièrement aigu. Puis, il s'est tourné vers un des hommes qui nous accompagnaient depuis notre départ d'Eku. Il a déclaré, fébrile :

— *Je suis sûr que le chef me récompensera ! Il n'avait pas songé à cet objectif.*

— *Quel objectif ?*

— *Mais ce couvent ! Ce sont des religieuses blanches qui y vivent.*

les
nonnes L'homme a bâillé avant de répondre :

— *Alors, faisons vite. Les jeunes doivent se reposer, et nous avons encore de la route à parcourir.*

— *Ça ne prendra qu'un instant. Elles vont vite tendre la joue gauche.*

— *Tu sais qu'il ne faut pas gâcher les balles.*

— *Quelques machettes suffiront.*

Eso était presque hilare. Il était tellement content de son idée. Tu vois, c'était ça, leur révolution. Une suite de mouvements d'humeur. Pas un projet.

Donc, la religieuse nous a ouvert. Effectivement, elle était blanche. Elle n'avait pas l'air effrayée. Elle a regardé chacun de nous, comme pour être en mesure d'en dresser un portrait-robot. Ses yeux avaient la couleur d'un ciel d'orage. Ils nous lançaient des éclairs, cependant que sa bouche laissait couler du miel. Elle connaissait suffisamment le Continent et les êtres humains en général pour évaluer rapidement les situations. Sa voix s'est fait entendre, douce, chantante :

— *Je suis la Mère supérieure du couvent du Perpétuel-Secours. En quoi puis-je vous aider ?*

— *En rien. Vous en avez assez fait, toi et les tiens. Fais-nous entrer.*

En prononçant ces paroles, Eso lui avait fiché le canon de son arme dans le ventre. Elle lui a indiqué le chemin. Il lui a demandé de nous précéder, marchant tout près d'elle, lui enfonçant le canon du fusil dans le dos. Nous nous sommes retrouvés dans une espèce de hall. Une grande pièce pratiquement vide. Il n'y avait que des bancs en bois sans dossier, le long des murs latéraux. Et, dans le fond, tout à fait en face de la porte d'entrée, un immense crucifix. La Mère supérieure a fait une génuflexion devant la statue. De nouveau, elle s'est adressée à Eso :

— *En quoi puis-je vous aider ?*

— *Dis aux autres de venir. Vous êtes combien, dans cette maison ?*

— *Nous sommes douze à vivre ici.*

— *Appelle-les ! Qu'elles fassent vite !*

la violence contre les femmes 2

Ayané... Je te passerai les détails concernant la manière dont Eso a massacré ces femmes. J'ai vomi longuement, même si c'étaient des Blanches. Je n'ai rien trouvé en moi pour justifier cet acte. La mort de ces nonnes ne nous apportait rien, ne changeait rien, n'avait pas de sens. Le ressentiment que nous vouons aux autres est impuissant à nous délivrer de nos propres turpitudes. Tu diras à ton amie que je n'aime pas les Blancs, mais que je sais cela. Chaque instant qui passait me faisait pénétrer un peu plus dans la signification du rêve où Eyia m'était apparu. *Sankofa !* avaient crié ses compagnons. Nous devons retourner en nous-mêmes, tout lire de nous-mêmes, pour guérir, avancer. Je commençais à comprendre, sans savoir comment prendre ma part de cette reconstruction. J'avais cru faire cela

83

les armes à la main, et la tâche était d'une tout autre nature.

Les hommes qu'on avait envoyés inspecter la maison sont revenus. Il n'y avait personne nulle part. Eso a demandé qu'ils aillent voir dans le jardin. *Des traces, mais pas de témoins.* Ils ont obéi, bien entendu. Une fois encore, Eso venait de légitimer son statut de commandant. Chez nous, seul le méchant peut désormais tenir le sceptre. Celui qui sait tuer sans rien éprouver, avec le seul souci de ne pas salir ses fringues. Son crime achevé, Eso a réclamé une cigarette. En tirant les premières bouffées, il a demandé aux plus jeunes d'entre nous d'aller chercher des vivres. Aux hommes dont je faisais partie depuis la mine, il a ordonné de prendre du linge. Il a ajouté que, sinon, les gens du quartier le feraient. Ils n'iraient pas déclarer le massacre au commissariat avant de s'être servis. Nous sommes revenus avec tous les draps que nous avons trouvés. Les petits, quant à eux, avaient dégoté de quoi manger. Des boîtes de conserve. Des fruits. Des légumes. Ils avaient tout mis dans des paniers, eux aussi dénichés sur place. Puis, un des nôtres, Elimbi, s'est adressé à Eso.

— *Chef, est-ce qu'il ne faut pas prendre aussi des marmites ?* pots

— *Si, petit. Tu es sage. Va avec ton ami. Revenez vite.*

Elimbi et Epéyè sont allés chercher toute une batterie de cuisine. Ils s'adaptaient à la situation, acceptaient leur sort, se cherchaient des alliés dans leur nouveau monde. Un univers dans lequel l'approbation d'Eso avait plus de valeur que la mienne. Je ne voyais pas comment honorer Eyia et ses compagnons. Il m'avait dit de prendre la fuite, d'aller chercher de l'aide, mais ça me semblait difficile. Alors que nous chargions les voitures de notre butin, Eso s'est approché de moi. Il m'a dit :

— *À bien y réfléchir, je ne comprends pas ce que* Le grand *te trouve. Tu n'as pas d'estomac.*

Ces paroles n'appelaient pas de réponse, et je n'en avais pas. Je pensais à cette journée. La mine. Le troquet. Le couvent. Notre initiation à la désespérance, notre plongée dans l'absurde. Depuis combien de temps nos jeunes gens sont-ils kidnappés pour être précipités dans le néant ? C'est notre main elle-même qui les y pousse. Les autres ne viennent que profiter de nos désordres. C'est nous qui avons installé les ténèbres dans nos cieux. Il ne se lève plus, sur nos terres, que des aubes écarlates. Elles ne précèdent pas le jour, ne faisant que ponctuer l'inlassable répétition des nuits.

*

Alors que le soleil étirait les pans rouges de sa robe dans un ciel encore brouillé de nuit, nous sommes arrivés au campement. L'air était encore frais. Nous avions chaud, pourtant. Nous avions roulé toute la nuit sur des routes de terre, des pistes de latérite. À l'approche du campement, il a fallu nous arrêter à un barrage. Un tronc d'arbre empêchait le passage. Certains d'entre nous ont voulu descendre pour dégager la voie. On leur a fait signe que ce n'était pas la peine. Au bout d'une minute, deux petits garçons sont apparus, le front ceint d'une bande de tissu sertie d'amulettes, vêtus de shorts déchirés, de chemises qui n'en menaient pas large. Leurs cheveux formaient de minuscules boules sur leur tête, comme d'innombrables grains de maïs séché. Ils portaient chacun une mitraillette en bandoulière, et ont immédiatement reconnu Eso, à qui ils ont souri. Se précipitant vers l'avant du véhicule, ils ont retiré le tronc d'arbre.

Chargés de veiller à ce que des intrus ne pénètrent pas dans cette zone, les petits appliquaient les consignes à la lettre. Ils vérifiaient l'identité de ceux qui se pointaient dans le coin. Si elle n'était pas conforme à leurs attentes, ils tiraient. Il n'y avait pas que ces deux-là. D'autres restaient cachés derrière la végétation touffue de la région, prêts à lancer des grenades. Des enfants. Plus jeunes que les plus jeunes parmi mes frères d'Eku. Ils avaient huit ans. Dix ans. Tous n'avaient pas été enlevés. Quelques-uns avaient rejoint la *rébellion* de leur plein gré, pour ainsi dire. C'étaient des gamins privés de soutien. Des orphelins. Des enfants rejetés.

Le campement s'étendait sur un périmètre restreint. Le but n'était pas d'ériger une ville en pleine brousse. Simplement de rassembler nos effets à un endroit précis, de pouvoir faire du feu en un lieu déterminé, de dormir un moment dans une sécurité relative, de ne pas se perdre de vue les uns les autres. C'était une clairière jonchée de détritus, créée par les premières équipes ayant séjourné là. Les broussailles avaient été taillées de façon rudimentaire. Tout autour, des arbres et des arbustes poussaient. Serrés, entremêlés par des lianes épaisses. Certains arbres étaient si hauts, leur feuillage si touffu, qu'ils nous masquaient le ciel. Le soleil ardent de notre pays était réduit, là, à une faible lueur. La nuit venue, c'était l'obscurité totale. Des enfants étaient assis çà et là quand nous sommes arrivés, nettoyant leurs armes. Ils se parlaient à peine. Chacun faisait ce qu'il avait à faire. Ils nous ont regardés, mais pas plus que ça. Quelque chose d'effacé dans leurs yeux m'a rappelé les compagnons d'Eyia. Ces enfants étaient devant moi, mais ils n'avaient déjà plus de visage. Tandis que les morts réclamaient le retour, la reconnaissance, la réintégration, ces petits n'espéraient plus rien. Ils étaient là depuis trop longtemps, pas comme nous, qui étions de nouveaux venus dans cet abîme.

Trois types encadraient tout ce petit monde. C'étaient des jeunes du Yénèpasi. Des fidèles d'Isilo, comme Eso. Lorsque ce dernier est descendu du pick-up, ils l'ont appelé : *Master E*. Quant à eux, ils s'étaient baptisés : Furious, Wild Thang et Starlight. Entrés petits au service d'Isilo, ils se connaissaient depuis des années. Eso se sentait proche d'eux. Je l'ai vu leur sourire, les enlacer. Même dans ce monde-là, il faut tenir à quelqu'un pour ne pas complètement perdre pied. Je suppose que c'est ça. Il n'y avait qu'un pick-up sur place, lors de notre arrivée. Les grands dormaient dedans. Les petits se débrouillaient. Furious a tendu une cigarette à Eso qui l'a prise, indiquant de la main les gosses qui descendaient timidement de voiture.

— *Mes petits gars ont pensé à vous, mes frères.*

— *Je vois qu'ils ont les bras chargés de cadeaux. Comme les rois mages !*

Starlight, qui portait un tee-shirt bariolé avec un cœur pailleté au milieu, un pantalon de jogging noir

– sans la moindre tache ni le moindre trou – et une visière rouge, s'est approché. Ses bottes – contrairement à ses copains, il ne portait pas de rangers – étincelaient si violemment qu'on clignait des yeux rien qu'en les regardant. Sa voix n'était pas grave, mais caverneuse. Sépulcrale. Il a demandé :

— *Qu'est-ce qu'ils nous apportent, les petits mignons ?*

— *Des trucs qu'on a trouvés au* Perpétuel-Secours. *De la bouffe, du linge...*

Furious s'est approché d'Eso, ne laissant qu'un peu moins d'un mètre entre eux. Il portait deux ceintures de munitions en croix sur la poitrine, deux grands couteaux au côté droit, une arme de poing sous l'aisselle, une mitraillette, et surtout, une grenade au cou. Elle était suspendue à une ficelle qu'avait dû lui donner un féticheur. Juste à côté, il y avait plus d'amulettes que dans tout le marché de Sombé. Il a grondé :

— *Le* Perpétuel-Secours *? Salopard ! Tu t'es fait les nonnes sans nous. On a élaboré le coup ensemble, et toi...*

— *Je n'y ai pas vraiment réfléchi, frère. C'était sur mon chemin et...*

— *Tu n'as pas d'excuse ! Si on y allait, c'était tous les quatre !*

— *J'avais un peu bu, et j'ai oublié qu'on s'était dit...*

— *Alors, toi, tu es le style de frère qui oublie ses promesses ?*

On sentait une intimité entre eux, qui justifiait ces échanges directs. Wild Thang se tenait près d'Eso, depuis le début. Il a pacifié les débats. Il était calme, presque nonchalant, portait son tee-shirt en écharpe autour du cou. Il devait avoir chaud. Lui aussi avait ses protections magiques : sur la poitrine, autour des bras. Des bandes de tissu rouge, avec un léger renflement sur le dessus, comme une espèce de bourse. Il y avait des écorces et des poudres à l'intérieur. Il lui a fallu des décennies pour ouvrir la bouche, et au moins deux générations pour émettre un son :

— *Calme… On se calme… Il y aura d'autres… occasions.*

— *Wild, mon frère, des occasions de baiser des Blanches, même vieilles, il ne va pas y en avoir beaucoup, dans le coin où nous sommes. En plus, elles devaient être vierges. Pas comme les villageoises qu'on doit se taper, et qui ont souvent une grotte béante à la place de la chatte à force de pondre des gosses. Moi, je veux être pris dans un étau, me battre pour ma survie, exploser les murs de ma prison…*

Ils se sont serré la main, faisant claquer leurs doigts, et ils ont rigolé. Ils se sont marrés comme s'ils avaient entendu la blague de l'année. C'est là que Starlight a fait une suggestion, le regard brillant, tandis que nous empilions les effets dérobés au couvent. Il ne quittait pas Elimbi des yeux. Il faut dire que ce petit en faisait des tonnes pour se faire bien voir. Il n'a pas entendu la voix profonde de Starlight, qui murmurait :

— *Tu n'as pas besoin d'une fille vierge, mon frère : il y a plein d'étaux, ici même. Juste sous tes yeux.*

— *Laisse… tomber, frangin. C'est… pas mon truc.*

— *Wild, Wild… Tu ne sais pas de quoi tu parles. Bon. Je vais donner un coup de main à ce petit. Semble qu'il a besoin de se sentir apprécié.*

Il est allé aider Elimbi à ranger les casseroles les unes près des autres, les petites dans les grandes. Je n'avais plus aucune chance de libérer mes frères, maintenant que le gang des quatre nous encadrait. En plus d'Eso et de ses copains, il y avait les huit hommes qui nous accompagnaient depuis le début. Les gamins que nous avions trouvés sur place ne venaient pas nous aider. Ils attendaient les ordres, ne prenaient aucune initiative, agissaient machinalement. C'était une technique de survie. Désolidariser les actes de la pensée. En faire des réflexes. Minimiser ainsi leur portée.

Nous avions bien rangé ce que nous avions apporté. On semblait en avoir grand besoin. La *rébellion* ne fournissait rien. En dehors de deux fûts en métal dont le fond avait noirci sur un foyer de pierres, et de quelques calebasses, il n'y avait rien. Les nappes et les draps que nous avions volés serviraient de mille façons. On s'y coucherait. On s'enroulerait dedans. On y taillerait des pansements. On en ferait des pagnes. Des garrots. Des bâillons. Des chiffons. Et un jour, des linceuls. Les vivres seraient rapidement dévorés. Nous étions nombreux, dorénavant, et il ne serait pas toujours possible d'aller piller des villages sans être repérés par l'ennemi. Eso nous a demandé d'approcher. Nous avions l'habitude de ses discours. Nous les avions endurés, lorsque nous subissions notre entraînement à la frontière du Yénèpasi et du Kumbulanè. Il faisait de son mieux pour ressembler à Isilo, mais pour ce qui était du maniement du verbe, il n'avait pas son talent. Aussi, préférait-il le jeu des questions. Les petits y répondaient généralement avec empressement, comme à l'école. Il nous a fait nous aligner par classe d'âge. Seulement nous, les nouveaux. Nous avions l'habitude de nous placer ainsi. Ça n'a pris qu'une minute.

— *C'est bien, c'est bien. Vous apprenez vite... Nous sommes maintenant arrivés sur le terrain principal de notre bataille. Est-ce que quelqu'un parmi vous peut me dire pourquoi nous combattons ?*

Elimbi a levé la main, en disant : *Moi, chef.* Starlight lui a souri, hochant la tête pour l'encourager. Eso l'a désigné, alors que d'autres tentaient aussi de se faire apprécier. Chacun se cherchait un protecteur. Ce n'étaient que des gosses. Il leur fallait des pères. Des grands frères. Je ne le comprenais pas, me contentant de constater leurs comportements. Je ne cherchais pas plus loin, ne me demandais pas pourquoi ils se conduisaient comme ils le faisaient. Je pensais à beaucoup de choses sans y réfléchir vraiment. Elimbi a parlé haut et clair :

— *Nous luttons pour rétablir le Continent dans ses frontières réelles. Ce sont d'abord le Yénèpasi et le Mboasu du Sud qui seront rassemblés, jusqu'à ce que nous ayons de grands ensembles culturels.*

— *C'est très bien, petit. Tu es vraiment très sage. Je vais réfléchir à quelques missions de confiance pour toi. Maintenant, une question plus difficile... Qui sont nos adversaires ?*

Les petits ont encore levé la main. Ils semblaient s'être faits sans mal à cette existence. Je m'en étonnais, oubliant que nous avions été élevés ainsi, à

Eku, formés pour accepter tout ce qui nous arrivait, endurer notre destin, pas le forger. Parce que je rejetais mentalement cette situation, je ne me rendais pas compte que j'étais l'anomalie. L'intrus. Ce que je savais, en revanche, c'était que je ne pouvais pas les sauver dans l'immédiat. Je n'avais pas le moindre commencement de stratégie. Et surtout, je ne disposais d'aucun allié. Ce que recelait le cœur de mes frères, je l'ignorais. Nous n'étions jamais seuls pour que je puisse leur parler. Après cette séance de questions/réponses visant à justifier cette existence insane, nous avons été répartis en groupes, sous le commandement d'Eso et de ses amis. Ensuite, nous avons réchauffé des conserves, et mangé. Pas à notre faim. Eso prétendait que se rassasier endormirait notre vigilance. Alors que nous mangions de petites boules vertes volées aux nonnes et du riz, j'ai tendu l'oreille. Eso et ses amis parlaient de l'adversaire. Furious était au courant des failles qui assureraient sans doute la victoire du camp d'Isilo.

Le Président Mawusé avait des ennuis de santé. C'était un peu normal, étant donné son âge canonique. Et même si la rumeur voulait qu'il se rende souvent en Europe pour faire régulièrement remplacer son sang par celui de jeunes gens, il n'était pas éternel. Le sang neuf devenait trop vif pour ses chairs flétries. Le sacrifice de ceux dont on disait qu'il les enterrait vivants pour leur dérober leurs années de vie ne faisait plus effet. Il se trouvait à l'étranger depuis de longues semaines. Or, en son absence, les forces armées nationales étaient incapables de cohésion. Les généraux s'affrontaient. Ils étaient trois : Lemba, Lobango, et Misipi. Chacun commandait une partie de l'armée. Tous étaient originaires du Nord, mais pas du même canton. Chacun avait recruté ses troupes dans sa province natale, et avait donc ses fidèles : des gars que lui seul pouvait mobiliser. Deux d'entre eux, Lemba et Lobango, estimaient qu'il était inutile de s'agiter. Nasimapula, la capitale administrative, n'était pas attaquée. Les institutions et les clés des coffres étaient sauves. Certes, les *rebelles* occupaient le Sud, mais cette région n'avait jamais existé à leurs yeux. Ils ne feraient donc pas semblant de s'y intéresser, sous prétexte que des bandes armées en avaient pris le contrôle. Ils ne croyaient pas à cette histoire de sécession. La *Communauté internationale* interviendrait. Il y aurait des accords de paix. Il n'y avait qu'à attendre le pourrissement de la situation, le moment où Isilo revendiquerait officiellement le Mboasu du Sud comme partie intégrante de son nouvel État. L'Ancienne Puissance Coloniale ne laisserait pas échapper un millimètre carré de sa chasse gardée. Les généraux Lemba et Lobango patientaient donc, les bras croisés, confiants dans le vieux système post-colonial. Seul Misipi envoyait des troupes à l'assaut des positions *rebelles*.

Furious éructait. C'était son mode d'expression. Son métabolisme ignorait l'apaisement. Il avait des globules guerriers, des chromosomes belliqueux. Et un appétit d'ogre. Il parlait la bouche pleine. Eso, qui l'écoutait attentivement, désapprouvait du regard ce manque de manières, mais il ne sert à rien d'exiger d'un homme qu'il lutte contre sa nature. Alors, il tendait l'oreille, écoutant Furious exposer ses doutes concernant la stratégie d'Isilo. Il ne comprenait pas, puisque les deux généraux les plus puissants ne nous combattaient pas, pourquoi la *rébellion* ne plantait pas tout simplement son drapeau sur le territoire qu'elle avait conquis. Par ailleurs, l'attitude de Lemba et Lobango laissait penser, d'après lui, qu'il n'y avait plus de diamants dans les mines, et que les gisements de pétrole qu'on disait avoir trouvés au sud n'existaient pas. Eso a haussé les épaules. Pour lui, les ressources minières du Mboasu n'étaient pas l'objectif.

— *Qu'importe,* a-t-il répondu, *nous ne faisons pas ça pour l'argent. C'est la gloire du Continent qui...*

Furious lui a coupé la parole :

— *Frère, y a pas de pauvres glorieux, dans ce monde.*

— *Ce sont les Blancs qui nous ont appris l'argent.*

— *Il faut savoir, hein ? Soit ils nous ont appris à aimer être pauvres, soit ils nous ont appris à aimer l'argent !*

— *Le truc c'est ça... Ils ont fait les deux. Ils nous ont pourris de partout. Nous devons à tout prix renouer avec nos valeurs !*

— *Bon, d'accord. Tout ce que je peux te dire, c'est : aujourd'hui c'est aujourd'hui. Sur le Continent de notre temps, ne te prends pas à rêver de gloire si tu es faible ou pauvre.*

Eso voulait continuer à croire en son rêve. Il a dit :

— *Je suis certain que les mines donneront encore des diamants, et que les gisements de pétrole existent bien, au large de la Tubé. Si ces généraux pleins de soupe abandonnent la bataille, c'est simplement qu'ils sont gavés à mort.*

— *Ou alors, ils savent à quel moment ils nous tordront le cou… Je n'ai jamais vu des gens cupides se rassasier.*

Comme Furious prononçait ces paroles, les yeux d'Eso se sont mis à lancer des éclairs. Pour un peu, on aurait vu de la fumée lui sortir des oreilles. Il était sur le point d'exploser de colère. Il a hurlé :

— *C'est comment, type ! Tu veux me contrarier ou quoi ?*

— *Non, mon frère, mais je veux que tu ouvres les yeux. On ne nous a peut-être pas tout expliqué.*

Furious a *tchipé*. Eso s'est levé. On venait de contester sa raison de vivre. Il avait mal, et la douleur l'enrageait. Furious aussi s'est levé, laissant le contenu de sa gamelle se répandre à terre. Il a jeté son artillerie sur le sol. Eso a balancé sa mitraillette dans l'herbe. Tous deux avaient les yeux rouges, les muscles bandés à l'extrême. Ils se sont tourné autour, se sont jetés l'un sur l'autre. On n'entendait que le froissement de leurs peaux. Le crissement de l'herbe dessus. L'impact sourd des poings. Leur souffle court. Pas un cri. Pas un gémissement. Aucun des deux ne prenait apparemment le dessus. C'était parti pour durer. Wild Thang s'est approché.

— *Si… vous n'arrêtez pas… tout de suite, je vais vous faire… vraiment mal.*

Il les tenait en joue, n'avait pas l'air de plaisanter, la crosse de sa mitraillette bien coincée sous l'aisselle. Ses copains ne se le sont pas fait dire deux fois. Se redressant d'un bond, ils se sont épousetés, un peu penauds. Wild Thang a lancé :

— *Vous êtes un piètre exemple, pour nos jeunes gens. Serrez-vous la main.*

Son débit était normal. Ils se sont exécutés. C'était une sacrée bande. Un quatuor de dingues à peine sortis de l'adolescence. Et ils nous commandaient. Si Eso était le chef, c'était parce que les autres le voulaient bien. Il n'y avait là que des électrons libres, en réalité. On ne pouvait prévoir leurs réactions. Vu ce qu'ils étaient prêts à se faire les uns aux autres, nous avions intérêt à ne pas les provoquer. On nous a autorisés à faire un somme. Nous n'avions pas dormi de la nuit. Impossible, sur ces routes. La journée de la veille était encore extrêmement lourde à porter. Le soleil à son zénith ne pouvait qu'à peine passer à travers le feuillage des arbres. Ils formaient un cercle autour de nous. Les plus hauts étendaient leurs branches dans toutes les directions. Elles se croisaient au-dessus de nos têtes, formant une voûte. Nous avons chacun trouvé un coin pour dormir. Je n'ai pas pu fermer l'œil. J'entendais Eyia me dire que je perdais du temps, qu'il ne m'avait pas demandé de délivrer tout le monde, seulement les nôtres, me confiant ainsi une tâche à la mesure de mes moyens, ma juste part de la reconstruction. Tout ce que j'avais à faire, c'était m'enfuir, afin de revenir, plus tard, délivrer nos frères. Les morts connaissent mieux que nous le destin. Si mon frère m'avait parlé de cette façon, c'était parce qu'il était certain du résultat. Pourquoi n'avais-je pas foi en lui ? Par mon immobilisme, je consolidais la chaîne qui l'entravait, et lui refusais le repos.

Ma perception des choses s'est brutalement dissoute dans la vacuité des jours, comme un comprimé effervescent. J'ai cessé de les compter. Le temps s'est ramassé en une boule compacte, une masse opaque. Combien de temps avons-nous dormi, les ombres d'hier et d'aujourd'hui se mêlant pour nous hanter ? Combien de fois nous sommes-nous levés pour n'être, nous-mêmes, sous la lueur fuyante du jour, que des fantômes animés ? Il ne se passait rien. C'était ça, la *révolution*. Le matin, Eso nous faisait la leçon. Il nous parlait de la vallée du Nil, nous disait de rechercher en nous la mémoire glorieuse de nos vies antérieures. Il évoquait les empires précoloniaux. Ça nous faisait une belle jambe, quand nous n'étions plus que les esclaves de nos propres frères. Telle fut notre existence, jusqu'au moment où la nourriture a manqué. Là, ç'a été une autre paire de manches. Il a fallu sortir de notre tanière.

Nous avons fait ce que nous savions faire. Nous sommes allés bousculer des villageois. Ceux de Ndongamèn. Ceux d'autres petits patelins. Nous ne leur avons pas adressé la parole, et ils n'ont rien eu à nous dire. Nous les avons contraints à nous montrer leurs champs, braquant des armes sur eux, brandissant des couteaux. Ils ont sagement déterré les tubercules, cueilli le maïs. Puis, nous avons pénétré dans les habitations. Il n'y avait que rarement de la viande. Parfois, nous avons trouvé un peu de poisson fumé. Nous avons utilisé leurs réserves d'eau pour faire nos ablutions, trempant nos mains et nos pieds sales dans les calebasses, les bassines.

*

Un matin, il est arrivé. Isilo. Ce jour-là, le petit Coroner était notre guetteur. Il l'avait vu arriver de loin, avant même qu'il n'atteigne le barrage. Une

97

Jeep que lui avait décrite Eso. Nous avons jeté au loin les boîtes de conserves qui jonchaient le sol. Les épluchures de manioc aussi. L'odeur de benne à ordures, quant à elle, est restée. L'air chaud et humide l'avait imprimée sur l'écorce des arbres. La puanteur de nos corps était peut-être plus forte. Haleine défraîchie, sueur, boue et alcool mêlés. Nous nous sommes tenus debout. Fixes. Embarrassés. Notre routine s'effilochait. Qu'y aurait-il au-delà ? Isilo venait bousculer les bornes que nous nous étions données. Nous avions pris nos quartiers hors du réel. Il n'y avait plus que l'absurdité d'une révolution factice. Il n'y avait plus que nous. La forêt. La parlote d'Eso. L'empilement du temps. Nul enjeu. Nul objectif. Et avec l'alcool – les petits s'y étaient habitués –, plus aucune volonté. Aucun désir de rien. Il n'avait pas été facile de bâtir cette illusion, de reléguer la peur au dernier rang des émotions, de s'anesthésier mentalement.

Il n'a pas poussé son véhicule jusqu'à notre cachette, préférant descendre et s'avancer vers nous, sans ses frères. Ils étaient pourtant là, quelques pas en arrière. Il nous a rejoints. Dégaine chaloupée. Face attachée[1]. Yeux rouges. Il n'y avait trace d'aucun sentiment connu de nous, sur ce visage. Eso est allé à sa rencontre. Ils se sont serré la main. Ils nous ont regardés, puis ils ont échangé quelques mots. Nous avions des fourmis dans les jambes, à force de rester immobiles. À force de les serrer l'une contre l'autre pour présenter une image acceptable dans nos vêtements sales et usés. Avec nos peaux grises de n'être plus ni lavées, ni ointes.

Il s'est approché, marchant devant nous, plongeant son regard rouge dans chacun de nos regards

1. *Attacher la face*, c'est tirer la tronche.

à nous. Et nos yeux se mouillaient, se baissaient. Nous avions honte, même si nous n'étions pas responsables de ce dont nous avions l'air. Il a reniflé un moment, demandé pourquoi les femmes n'avaient pas fait le ménage. Eso a répondu :

— *Nous n'avons pas de femmes. Celles qui avaient été prises un peu avant les petits sont parties avec un autre convoi.*

Eso a énoncé ce qui lui paraissait une excuse plausible. Isilo l'a toisé du regard, avant de siffler :

— *Tu n'as pas de femmes ! Et pourquoi ne vas-tu pas en chercher ? Pourquoi y a-t-il tant de petits villages dans ce pays, si ce n'est pas au moins pour qu'on y trouve des femmes ? Je te confie mes guerriers, et toi, tu en fais des ménagères qui doivent cuisiner et s'arranger pour se débarrasser des ordures !*

À ce moment-là, Isango et Ibanga sont arrivés près de nous. Ils ont seulement eu le temps d'entendre leur frère dire qu'on faisait une virée sur-le-champ. Il fallait ramener des femmes, et pas seulement pour les tâches domestiques. Isilo a sorti une fiole contenant une potion que lui prépare sa mère, à ce qu'on dit. Une plante puissante entre dans sa composition. Elle permet à celui qui l'ingère d'accéder à d'autres dimensions. En principe, on ne la consomme pas n'importe comment. Il faut la respecter. Mais tu sais comment est Isilo. Il a décidé que la spiritualité continentale était à son service. Qu'il pouvait réaménager nos croyances, les triturer, y faire son marché.

Nous avons pris les voitures pour aller chercher des femmes. Au bout de quelques kilomètres, nous avons atteint Ndongamèn, le premier village sur notre route, en descendant vers le sud. À aucun moment, nous ne nous sommes risqués au nord. Ce ne sont pas les habitants des villages nordistes que nous allions dépouiller. Ce n'est pas parmi eux que nous allions chercher des femmes. Nous étions en guerre contre les Nordistes, et nous ne torturions que les Sudistes, au nom de qui nous menions cette guerre. Nous n'avons fait souffrir que ceux de notre bord. Parce que nous obéissions à une logique déglinguée. Je ne veux pas dire que nous aurions bien fait d'aller piller le nord. Simplement que nous aurions été cohérents, si nous l'avions fait.

À Ndongamèn, il n'y avait pas grand monde. Le vieux chef du village nous a accueillis. Il était avec d'autres anciens. Ils se tenaient droits comme des piquets. Il y avait des femmes, elles aussi d'âge avancé. On aurait dit que le village n'abritait plus que des vieux. Le chef a regardé Isilo, qui venait de lui demander où étaient les jeunes femmes. Il lui a répondu que l'oracle avait suggéré leur fuite. Isilo a dit :

— *Je suis arrivé dans cette zone ce matin. Je n'ai vu personne sur les routes.*

— *Nous ne sommes pas stupides au point d'emprunter ces voies lorsque nous voulons nous sauver. Et puis, elles ne sont pas parties aujourd'hui.*

— *Elles n'iront pas loin. Elles ne peuvent que descendre vers Sombé. Je sais qu'il y a des gens qui s'imaginent passer au Sulamundi, sans doute parce que les oracles ne voient pas mes hommes qui se tiennent aux frontières.*

Le vieux n'a pas ajouté un mot. Il était calme. Eso et Wild ont rapidement inspecté les cases. Il n'y avait personne. Le chef a demandé à Isilo :

— *Pourquoi n'allez-vous pas à Ilondi?*

— *Qu'est-ce?*

— *Un village dans la forêt.*

— *Je connais la carte du Mboasu par cœur, et je n'y ai jamais vu ce nom-là.*

— *Ilondi existe, pourtant. Il y a beaucoup de femmes, toutes plus belles les unes que les autres.*

— *Dans ce cas, tu vas nous y conduire. Gare à toi, si tu as menti. Non seulement je te tuerai, mais je te promets qu'aucun des tiens n'en réchappera.*

— *Je ne crains rien. Je dis vrai.*

C'était un homme malingre, à qui il manquait les incisives. Il souriait tout le temps, portait un pagne noir en guise de cape sur les épaules. Les pans en étaient totalement rabattus sur son corps. Nous ne pouvions voir ses vêtements. Il est monté à l'arrière du pick-up avec nous, dans le compartiment à marchandises. Une odeur de vase a envahi le véhicule, comme si cet homme avait été tiré des profondeurs du fleuve. Les pistes semblaient avoir été percutées par des milliers de météorites de toutes les tailles. Les véhicules allaient à l'assaut de dos d'âne qui étaient des dos de chameau. Ils plongeaient au fin fond d'ornières aussi profondes que des tombeaux. À chaque embardée, nous entendions des pièces se détacher du châssis. Les voitures ne pouvaient rouler sur la voie menant à Ilondi, et nous avons dû en descendre. Personne ne risquait de les voler, mais Isango et Ibanga ont tenu à les surveiller. Nous les avons donc laissés derrière, pour nous enfoncer dans la jungle. Il n'y avait pas de chemin. À peine un sentier tracé par les

autochtones. Il fallait marcher courbé. La végétation avait quelque chose d'effrayant. C'était pire
que là d'où nous venions. Plus dense. Plus sombre.
Nous avions l'impression que des pieuvres géantes
tendaient vers nous des tentacules couverts de
chlorophylle. Nous ne disions rien. Nous tentions
de notre mieux de ne pas nous laisser étrangler
par des lianes. Nous butions sur d'épaisses racines.
Nous tombions presque. Devant nous, suivi de près
par Isilo, l'homme édenté avançait. On lui voyait
les mollets qui semblaient de bois.

J'ignore combien de temps cette marche a duré.
Il était moins que jamais question de fuir. Je n'étais
même pas certain de pouvoir revenir sur mes pas,
pour retrouver les véhicules et les frères d'Isilo.
Mes pieds me faisaient souffrir. Je sentais des clo-
ques éclater, des fentes s'élargir. Parfois, je regardais derrière moi. Tout ce que je voyais, c'était un
enchevêtrement végétal, et le visage clos d'Eso qui
fermait la marche. Nous avions fait un bon nombre
de détours. J'avais cessé de les compter. Le peuple
d'Ilondi ne devait pas souvent quitter ses terres. Il
ne devait pas non plus recevoir beaucoup de visites.
Nous soufflions plus que nous ne respirions. L'air
lourd nous oppressait. Sous son effet autant que
sous celui de la végétation qui occupait vraiment
chaque millimètre d'espace et de terrain, nous marchions de plus en plus près du sol. Nous aurions
fini par ramper, si nous n'étions arrivés à destination. L'oxygène semblait habité. Le vent filtrait
entre les branches, le feuillage des arbres, avec la
stridence d'une plainte. Ilondi se dressait devant
nous, au cœur de cette rumeur étrange.

C'était un drôle de village. Les habitations semblaient avoir été posées de manière anarchique,

sans respecter aucun tracé. Pas comme chez nous à Eku, où les zones sont clairement délimitées. Les familles sont logées en fonction de leur généalogie, de leur rang. La case aux fétiches se trouve en un lieu choisi. Les anciens ont planté en triangle les trois arbres de la place du village : un fromager, un jujubier, un tamarinier. La concession du chef se trouve à l'écart. Un peu en avant, comme pour guider les autres. Eku est un monde réglé, dont les codes sont apparents, même à l'étranger. À Ilondi, rien de tel. En réalité, il n'y avait pas de désordre, si on y regardait à deux fois, pour comprendre la vision de ceux qui vivaient là. Ils avaient bâti leurs demeures en respectant la flore, prenant soin de n'abattre aucun arbre. Partout dans le monde, les humains contraignent la nature. Pas à Ilondi. Nous n'avons pas compris tout de suite l'organisation des lieux. Et lorsque nous avons vu deux, puis dix, puis vingt villageois… nous nous sommes demandé d'où ils avaient surgi. Nous avions à peine remarqué ces igloos faits de branches et de feuilles. Ces poches convexes adossées aux arbres géants. Et nous n'avions pas vu arriver ces petits hommes, presque totalement nus, couronnés de feuilles. Ils n'étaient plus vingt au bout de quelques minutes, mais bien soixante. Je crois qu'ils n'étaient pas tous présents. Il n'y avait ni enfants, ni femmes enceintes. L'homme édenté s'est approché de celui qui semblait être le chef. Ils ont échangé quelques paroles à voix basse. L'homme s'est ensuite tourné vers Isilo.

— *Le chef d'Ilondi refuse de parler de quoi que ce soit avec toi. Il dit que tu es possédé par des ombres, et te demande de quitter immédiatement ses terres.*

— *Dis au chef d'Ilondi que je n'ai pas fait tout ce chemin pour rien. Alors, je veux neuf femmes qui n'aient pas encore été données à des hommes. Ensuite, je m'en irai.*

L'homme a transmis le message au chef d'Ilondi, qui n'a pas eu l'air étonné. Il a fait signe aux siens de s'asseoir à terre. Leurs femmes étaient vraiment très belles, même avec leurs dents taillées en pointe. Ils avaient tous le corps musculeux, la peau d'un noir mat. Le peuple faisait silence, nous regardant fixement. Le chef d'Ilondi a de nouveau parlé à l'homme édenté. Puis, il s'est assis lui-même. Une fois de plus, notre guide a traduit ce qui venait d'être dit :

— *Le chef d'Ilondi refuse de te donner ses filles. Il ajoute aussi qu'il se sait incapable de te vaincre physiquement.*

— *Cela signifie qu'il m'autorise à agir.*

— *Je ne partage pas ton avis, étranger.*

Une mise en garde était clairement audible dans la voix du guide. J'ai songé qu'il nous avait conduits là en connaissance de cause, que notre venue en ces lieux marquait la fin de quelque chose. Isilo a haussé les épaules.

— *Je vais les emmener, de toute façon.*

— *Il a dit que tu ne vivrais pas jusqu'à la prochaine lune, si tu enlevais ses filles. Il a ajouté que les siens avaient affronté, à plusieurs reprises, les ténèbres qui sont en toi. Au cours des âges, ces forces ont eu bien des visages, mais il sait les reconnaître, et...*

Isilo a interrompu l'homme édenté. Sans s'étonner de ce qui venait d'être exposé, il a déclaré :

— *Dis au chef d'Ilondi que je le respecte. Cependant, on a pris soin de me protéger des attaques mystiques. Autrement, je ne serais déjà plus de ce monde.*

L'homme a transmis les propos d'Isilo. Le chef d'Ilondi lui a dit quelque chose. L'homme édenté a haussé les épaules en resserrant sa cape noire autour de son corps. Puis, il a cessé de regarder le chef d'Ilondi. Isilo a lui-même choisi neuf jeunes filles. Il les a forcées à se lever, d'une main ferme. Elles se sont tenues là, nues, coiffées d'une couronne de feuilles, la taille ceinte d'une longue nervure. Il les a prises par la main, une par une, pour les extirper de la foule. Sinon, elles n'auraient pas bougé. Elles seraient restées debout comme ça. Silencieuses dans leur refus. Personne ne les lui a désignées comme n'ayant pas été données à un homme. Les gens d'Ilondi ne disaient rien. Isilo passait parmi eux, tirait une fille par le bras. Lorsqu'il y en a eu neuf, il a salué le chef. L'homme édenté n'a pas dit une parole. Il s'est contenté de nous précéder sur le chemin du retour.

Après un nouveau périple à travers la forêt d'Ilondi, nous avons retrouvé les frères d'Isilo. Dès leur arrivée au campement, j'avais décelé une fracture dans le trio. Il s'était passé quelque chose. Isango n'était plus aussi proche d'Isilo. Une tension avait remplacé l'harmonie. Déjà, lorsque nous étions à Iwié, j'avais perçu des troubles à venir. Je me disais alors qu'Ibanga voudrait son indépendance. Je le voyais bien prendre la tête d'un petit groupe, se dresser contre ses frères. Apparemment, les choses avaient pris une autre tournure. Je n'ai jamais su ce qui s'était passé. Toujours est-il qu'Isango et Ibanga parlaient à peine à leur frère. Les neuf jeunes femmes que nous avions kidnappées étaient là. L'éclat d'une larme dans leur regard soulignait la noirceur de leur visage. Elles nous regardaient, observaient les véhicules. Pas un son n'émanait d'elles. Isango n'a pas pris la peine d'avancer vers Isilo, de chuchoter comme il l'aurait fait en temps normal. Il a craché :

— *Était-ce bien nécessaire d'en enlever autant?*

— *Les garçons sont nombreux. Ils devront se les partager.*

Se croisant les bras sur la poitrine, Ibanga a ajouté :

— *Et maintenant, on les met où?*

Isilo a répondu, agacé :

— *Elles monteront dans le pick-up, bien entendu! On a déjà entassé plus de monde que ça, là-dedans. Mais… vous avez peut-être quelque chose à me dire?*

Ses yeux passaient de l'un à l'autre. Dilatés, rouges. Ses frères se sont contentés de remonter dans la Jeep. Il nous a regardés entasser les neuf jeunes filles, avant de reprendre nos places tant bien que mal. La nudité des filles nous troublait. L'odeur de vase qui émanait de l'homme édenté se mêlait à leur parfum végétal. Le véhicule penchait de-ci de-là, comme un fétu de paille sur une mer déchaînée. Nous progressions lentement. L'une des filles s'est levée. Pendant un long moment, elle a fixé l'homme édenté des yeux. Puis, elle lui a dit quelque chose en ilondi, qui ressemblait à un ordre.

Ensuite, elle a sauté. Le temps qu'Isilo qui nous suivait en Jeep comprenne, elle avait disparu dans la
brousse. Une autre s'est levée, rejoignant d'un bond
celle qui venait de s'échapper. Isilo était descendu
de voiture, mais avant qu'il n'arrive près de nous,
elles avaient toutes pris la tangente. Je ne veux pas
seulement dire qu'elles s'étaient enfuies dans la
brousse. Elles n'y étaient pas, lorsque nous avons
reçu l'ordre de nous mettre en chasse, comme si
elles s'étaient fondues dans la végétation, vola-
tilisées sans laisser de traces. Le chef de leur village
avait annoncé la fin d'Isilo. Elle se mettait en
œuvre, sous nos yeux. Nos pas nous ont menés au
pied d'un arbre immense. Rien ne poussait autour,
comme si la terre était corrosive, empoisonnée.
Pourtant, l'arbre se dressait, incommensurable. Des
bouteilles vides étaient posées là, tout près des
racines adventices du monstre. Quelque chose avait
rougi le sol. Nous étions dans la même forêt, mais,
en réalité, assez loin du village d'Ilondi. Au fond
de la brousse, quelqu'un a poussé un cri. Nous
n'avons pas vu qui c'était. Isilo a baissé la tête,
ordonné que nous retournions vers les véhicules.
Il a dit qu'il ne voulait pas risquer de nous perdre
en avançant plus loin. Lorsque nous sommes revenus à notre point de départ, l'homme édenté avait
disparu, lui aussi.

*

Nous sommes retournés au campement, exté-
nués, sans femmes. Au cours de notre marche dans
la jungle, échardes, insectes et larves s'étaient
glissés sous nos vêtements. Nos corps n'étaient
plus que brûlures, picotements. La nuit tombait.

Furious, Starlight et tous ceux qui n'avaient pu nous accompagner, faute de place dans les voitures, étaient assis autour d'un feu. Eso et Wild Thang ont rejoint leurs amis. Isilo s'est installé à terre. Ebumbu, les petits et moi, sommes allés parmi les autres jeunes. Isango et Ibanga se sont installés côte à côte. Nous étions tous autour du feu. Durant de longues minutes, personne n'a rien dit. Puis, Furious a fendu le silence. D'abord, il a pris la peine de saluer Isilo et ses frères. Il a poursuivi en faisant un résumé des activités des troupes – nous, donc – au cours des semaines écoulées. À la fin de son compte rendu, il a inspiré longuement, comme pour faire le plein d'énergie. Impossible de distinguer l'expression des visages, mais je les percevais autrement. Je commençais à les connaître assez bien pour deviner la tête qu'ils faisaient. Furious devait froncer les sourcils. Isilo, arborer ce sourire en coin ironique, marque de la hauteur qu'il feignait de prendre sur les choses. Des branches craquaient sous les flammes. Une fumée âcre s'élevait. Une brise qui avait réussi à se faufiler jusqu'à nous faisait voltiger des étincelles rouges. Finalement, Furious s'est adressé à Isilo :

— *J'en ai marre de rester ici. Je ne vois pas ce que ça nous apporte. Ceux du camp d'en face ne nous attaquent pratiquement jamais. À croire que la paix a été signée, et que nous sommes les derniers gogos à croire encore faire la révolution.*

— *Tu voudrais changer de poste, effectuer des actions plus concrètes ?*

— *Non. Je veux être certain de ne pas faire ça pour rien, de ne pas me faire avoir.*

— *Tu veux des garanties.*

— Oui. Lorsque nous avons combattu au Yénè-pasi, il y avait une ligne de front. Des pertes de chaque côté. Des raids sur les terres de l'ennemi. Des prisonniers. C'était une guerre claire et nette. Et à la fin, il y a eu un résultat : la victoire. Nous avons pris le pouvoir.

Il s'est tu un court instant, avant de reprendre :

— Ici au Mboasu, en dépit du temps que nous y avons passé, la victoire se refuse à nous, la guerre n'est qu'une fable. Tout ce que nous devons combattre, c'est la famine et les insectes.

Le jeune homme contrevenait aux règles les plus élémentaires de la politesse. Il cherchait constamment le regard de son aîné, au lieu de regarder à terre. Eso s'est levé, comme si Isilo n'était pas en mesure de prendre les choses en main. En se conduisant ainsi, c'était lui qui portait les coups les plus violents à son autorité. Il bouillait de rage, ne répondait déjà plus de ses actes. Il a frappé Furious à l'arrière de la tête, du plat de la main. Tu vois, ce geste qu'ont parfois les grand-mères avec les enfants désobéissants. Il a lancé :

— Si tu ne crois plus en nous, pourquoi es-tu ici ?

— J'aimerais me décider en connaissance de cause. Que sais-tu de plus que moi ? Tu t'échauffes quand mes paroles sont pour un autre.

En réalité, la décision de Furious était prise. Il voulait quitter les Forces. Une bagarre de plus avec Eso ne s'imposait pas. Isilo a demandé à Eso de s'asseoir. Il s'est exécuté de mauvaise grâce. Isango et Ibanga gardaient le silence. Isilo a pris la parole. Sa voix n'était plus celle du tonnerre. On n'y entendait plus aucune conviction, rien qui puisse encore entraîner les foules.

— *La bataille du Mboasu, je l'ai dit depuis le début, est décisive. Nous devons bâtir une nouvelle entité, en assemblant le Mboasu du Sud avec le Yénèpasi que nous avons déjà conquis, comme tu l'as toi-même reconnu. Une bataille capitale n'est pas obligatoirement conventionnelle...*

Furious l'a interrompu. Il n'était pas d'humeur à écouter un long discours.

— *Ce que je veux que tu me dises, c'est où nous en sommes. Ce qui nous empêche de faire flotter notre nouveau drapeau sur le Mboasu du Sud, puisque nous en maîtrisons chaque mètre carré, et que nos adversaires n'y pénètrent pas.*

— *Ce n'est pas si simple.*

— *Pourquoi ? Mabandan est prêt, depuis le départ, à devenir le gouverneur du Mboasu du Sud. N'est-il pas temps de...*

— *Quoi ! tu comptes maintenant me dire ce qu'il est temps de faire ! Tu veux savoir ce qui me retient, je vais te le dire : c'est vous tous. Je ne peux pas vous faire confiance. Vos objectifs ne sont pas les miens. Vous ne voulez pas édifier cet empire pour lequel je me bats, et qui sera la matrice d'un Continent neuf. Tout ce que vous voulez, ce sont des postes. Le pouvoir. Les privilèges. Vous ne me suivrez pas jusqu'au bout...*

La voix d'Isilo s'était brisée. Les derniers mots n'avaient été que murmurés. Il avait épuisé son souffle. La potion qu'il avalait à intervalles réguliers était maintenant impuissante à le revigorer. Furious ne lui a laissé aucun répit.

110

— *Alors, tu dis que nous pourrions hisser le drapeau, constituer un gouvernement, une armée, mais que nous ne le faisons pas parce que tu n'as plus confiance en nous ?*

En posant cette question, il s'est levé. Je me demande ce que les petits comprenaient à cet échange. Voyaient-ils qu'on avait gâché leur vie pour rien ? Pour des délires qui se cassaient la gueule. Oui, je me demande ce que les plus jeunes ont compris, quand Furious a dit :

— *Ce n'est pas en nous que tu ne crois plus, c'est en toi-même. Nous n'avons jamais failli. Nous ne t'avons jamais fait défaut. Nous avons tout accepté. Et lorsque nous te demandons des comptes, tout ce que tu trouves à dire, c'est que tu ne peux pas nous faire confiance... Tu vas devoir continuer sans nous.*

— *Pourquoi dis-tu* nous *? Tu es le seul, ici, à te dresser contre moi.*

— *Ne t'en fais pas. Les autres finiront bien par en trouver le courage. Moi, je quitte les Forces immédiatement.*

Là, Eso est devenu fou. Il frémissait depuis un bon moment, comme le lait sur le feu. Il a débordé, n'a pas laissé une minute à Isilo, qui n'a pu réagir. Il s'est passé une fraction de seconde, entre le moment où Furious a annoncé son départ et celui où Eso l'a mis en joue. Il ne risquait pourtant pas de quitter les troupes en pleine nuit. Il n'y avait aucune urgence à lui tirer dessus. La balle lui a perforé l'épaule. Furious n'a pas riposté. Il a étouffé son cri, touché son épaule blessée, regardant le sang qui lui maculait la main. Puis, il a déclaré :

111

— Tu veux me tuer ? Tu ne seras pas en paix pour autant. Ce n'est pas sur moi que tu devrais tirer. Ce n'est pas moi qui t'ai entraîné dans un cul-de-sac, en te faisant croire qu'un monde meilleur en sortirait.

Eso a tiré de nouveau. Les sarcasmes de Furious lui étaient insupportables. Ce n'était pas la première fois qu'il affichait un pragmatisme ironique. Malheureusement, il choisissait toujours des sujets sensibles. Et même en ce moment, même blessé, il assenait des vérités désagréables à entendre. Eso ne l'a pas loupé. Il ne lui a laissé aucune chance de dire un mot de plus. C'est arrivé en moins de temps qu'il n'en faut pour cligner des yeux. Le corps massif de Furious a rencontré le sol. Il n'a plus bougé. J'ai senti le souffle manquer à tous. À Starlight. Aux gosses. C'est alors qu'Isango s'est levé. Il a parlé à Isilo qui n'avait rien dit, rien fait pour empêcher les choses de dégénérer.

— Est-ce là tout ce que tu avais à leur offrir ? Il y en a déjà un qui est mort. Le tour des autres viendra, si nous te laissons faire. Furious t'a posé une question que nous, tes frères, avions déjà formulée. Tu n'y as pas apporté de réponse satisfaisante. Aussi, nous te retirons le commandement des Forces du changement.

Isilo n'a pas répondu, se contentant d'avaler une gorgée de potion, s'abîmant dans une sorte d'hébétude. Nous n'avons jamais su ce qui s'était passé avant qu'il ne vienne nous trouver dans cette forêt. Personne ne nous a jamais rien expliqué. Nous étions du menu fretin. Ce que j'ai cru comprendre, c'est qu'alors qu'ils allaient de-ci de-là à travers le Mboasu du Sud et le Yénèpasi, les frères d'Isilo l'avaient déjà pressé de donner une tournure concrète aux choses. Pour d'obscures raisons, il n'avait pas souhaité le faire. Isango – qui n'avait pas compris pourquoi Isilo refusait de proclamer la naissance du nouvel État – s'était éloigné de lui. Il n'y avait plus de raison de poursuivre cette guerre. En fait de guerre, il ne s'agissait d'ailleurs que de terroriser les populations du futur État. Les mines de diamant étaient maintenant gardées par des hommes à eux, ainsi que toutes les frontières de la région avec d'autres pays. Leurs alliés à Sombé avaient effectué leur travail de propagande. En dépit des horreurs perpétrées, les populations étaient prêtes à laisser les Forces gouverner. Elles n'avaient pas le choix. La *Communauté internationale* ne semblait pas s'intéresser à la situation. Alors, quel était le problème d'Isilo ? Isango lui a donc retiré le commandement des Forces. Isilo est resté assis en tailleur près du feu. Son regard s'est perdu dans le rougeoiement des flammes, tandis qu'il avalait la dernière goutte de sa potion. Bien entendu, Eso n'a pas accepté cette décision. Il a fait savoir qu'il ne laissait pas les troupes qu'Isilo lui avait confiées entre les mains d'Isango et d'Ibanga. C'était de nous qu'il s'agissait. Tout à coup, nous devenions un enjeu, nous qui n'avions rien été jusque-là. Starlight s'est levé, s'adressant à Eso :

— *Master E, tu viens d'assassiner notre frère. Ton frère. Je ne te pardonnerai jamais cela. Aussi, je ne te laisse pas les petits que tu m'as donnés. Wild fera comme il voudra.*

Wild a rapidement annoncé sa position :

— Je me range aux côtés de Starlight, et je garde mes gars !

Eso était seul. Terriblement. Son maître s'était désagrégé. Il n'en restait rien. Les hommes que lui avait donnés Isilo, lorsque nous quittions Iwié, ne manifestaient aucune envie. Ni celle de se ranger à ses côtés, ni celle de rejoindre les autres pour l'affronter. Ils n'étaient que des pantins entre les mains de qui voulait les utiliser. Il leur a intimé l'ordre de venir à lui. Ils se sont levés comme un seul homme. Pendant ce temps, Ibanga s'était rapproché d'Isango, qui avait rallié la troupe du défunt Furious. Starlight et Wild Thang ont juste eu le temps de nous crier : *À terre, les jeunes !*

À quelques pas de là, le vent hurlait à travers le feuillage des arbres. On aurait dit un chœur enragé. Dans l'obscurité épaisse de cette nuit, les balles ont fusé. Ils se sont tiré dessus jusqu'au point du jour. Nous ne portions pas d'armes, nous autres. Comme je te l'ai dit, on ne nous les laissait pas. On ne nous les donnait que lorsqu'une opération avait été prévue, et seulement à la dernière minute. Ceux d'entre nous qui possédaient des lames, des couteaux ou des pointes de quelque sorte, ne pouvaient s'en servir. Nous étions à plat ventre, cependant que les balles volaient au ras de nos têtes. Parfois, des cris ont été lancés. Près de moi. En face de moi. À côté de moi. Impossible de savoir par qui. Il faisait encore plus noir qu'à notre arrivée. Quelqu'un avait dispersé les branches du foyer, d'un coup de pied mesquin. Les dernières flammes n'avaient pas mis longtemps à s'éteindre. Je suis resté à plat ventre un moment, et la voix d'Eyia a de nouveau résonné

114

à mes oreilles. Il m'a dit : *Tu devrais tenter ta chance maintenant.* Cette fois, je l'ai écouté. Précédant de peu l'aurore, j'ai rampé jusqu'à la route. Une fois là, j'ai avancé comme j'ai pu, laissant derrière moi la fureur des tirs.

Exhalaisons

Nous avons marché en file indienne, nos gardes ouvrant et fermant la marche.

Nous marchions, et ils nous entouraient. Nous avons traversé bien des villages, avant d'atteindre la côte.

Là, nous fûmes jetés parmi d'autres captifs arrachés à des contrées que nous ne connaissions pas : femmes enlevées au bord d'une source, jeunes initiés cueillis au cœur de la brousse, prisonniers de guerre vendus par un notable.

Les navires de ceux qui allaient redéfinir notre monde mouillaient au large. Nous les apercevions par une trouée au mur de notre geôle.

Tandis que nous regardions l'immensité des eaux, nous faisions ce serment secret :

 On s'était emparé de nos corps, mais nous préserverions nos âmes…

116

Vois comme l'aurore est rouge, interminablement. Là d'où tu interroges le monde, les cieux sont de latérite. Les nuages se sont embrasés. Les étoiles sont des caillots rutilants d'écarlate. La pluie est de rouille. La terre est hémophile. Le ciel, ensanglanté, donc. Il ne pouvait en être autrement. Les âmes en souffrance ne sont pas aptes à la douceur. Leur douleur se manifeste dans la corrosion, dans la consomption. Le voudrions-nous, nous ne pourrions agir différemment.

L'Histoire ne sait nous nommer, qui ne passâmes pas le milieu, emmurés dans l'impensable de la traversée. Les musées qui présentent les trop rares archives de ces temps, offrent à la vue du visiteur l'image exacte de l'entassement[pile] *à fond de cale. Nous connaissons cela, mieux que quiconque, mais nous savons aussi l'indescriptible. L'intraçable. L'irreprésentable.*

Nous sommes cette région du monde, aussi vaste que méconnue.

Nous sommes l'insu de tous.

Nous sommes la dette envers soi-même, qui ne peut être remise. [la responsabilité de la mémoire → le peuple africain]

Nous sommes l'accablement intime, le tumulte secret…

Nous sommes le cri de San Ko Fa, qui dit que le passé le plus amer ne peut être ignoré.

Latérite

Epa s'était enfin endormi. Depuis qu'il avait commencé à parler, son sommeil était très agité. Ayané remonta les couvertures, posa la main sur le front du garçon, pour voir s'il avait de la fièvre. Tout avait l'air normal, mais elle préférait rester encore un peu auprès de lui, avant de rentrer chez sa tante Wengisané, qui la logeait. Wengisané aimait que tout le monde soit présent pour le dîner. D'ailleurs, on n'avait plus le choix. Les *rebelles* étaient entrés dans la ville et avaient imposé un couvre-feu. Il n'y avait plus personne dans les rues après huit heures du soir. Il lui restait à peu près une vingtaine de minutes. Ensuite, il faudrait s'en aller, ou décider de passer la nuit à La Colombe. La jeune femme quitta la pièce. Elle s'installa sur le rocking-chair d'Aïda qui trônait sur la véranda, face au portail du jardin, sur l'arcade duquel des bougainvilliers en fleur grimpaient. De là, elle entendrait Epa, s'il se réveillait brusquement. Des lucioles clignotaient dans l'herbe. Les crapauds d'une mare avoisinante donnaient leur sérénade aux rayons naissants de la lune. D'ici une heure, ils se tairaient. En attendant, il fallait supporter leur chorale rocailleuse. Elle se demanda comment annoncer à Epa l'entrée des *rebelles* dans Sombé. Jusqu'ici, il n'y avait eu que les hommes auxquels Isilo avait confié le contrôle de l'aéroport et du port fluvial. L'arrivée en ville des *combattants* n'augurait rien de bon, en ce qui concernait le projet du jeune homme de ramener les enfants d'Eku au village. On ne pouvait avoir la moindre certitude quant à l'endroit où ils se trouvaient.

Ayané soupira. Cette situation était tellement prévisible, en fin de compte. Les *rebelles* avaient pillé tout ce qu'ils avaient pu, entre Ndongamèn, et Sombé. Epapala, Ekakan, toutes les petites villes du Mboasu du Sud avaient payé, au-delà de leurs possibilités, leur tribut à cette *révolution* qu'elles n'avaient pas souhaitée. Il n'y avait plus rien à manger nulle part. Les champs des paysans avaient été dévastés, ce qui avait causé un exode massif de campagnards déferlant sur la grand-ville en même temps que les *combattants*. Au moins, dans la capitale économique qui avait été épargnée, il leur restait une chance de trouver quelques vivres. Sans doute pas pour longtemps. Alors, c'était ça, la *révolution* d'Isilo. Son nouvel État serait essentiellement constitué de populations et de terres qu'il aurait ravagées, traumatisées. Enfin, ne disait-on pas que le Continent n'aimait que la rudesse, qu'il ne se donnait jamais qu'à ceux qui l'outrageaient ? Quelquefois, le Continent s'était épris d'hommes nobles. L'amour qu'il leur avait témoigné leur avait valu, à tous, de mourir presque sans laisser de traces. Le Continent avait alors fini par se persuader qu'il n'était pas digne d'autre chose que d'être mis à feu et à sang.

Depuis que les *révolutionnaires* avaient pénétré dans la ville, bien des gens venaient frapper aux portes de La Colombe. Il n'y avait pas de place. Des personnes trop pauvres pour se payer des soins à l'hôpital demandaient si elles pouvaient y laisser leurs enfants. Pour un oui ou pour un non, il y avait des affrontements dans la ville. De plus en plus de blessés, de morts, sans qu'on sache trop pourquoi. Ce n'était pas encore un cas humanitaire désespéré, pour la *Communauté internationale*. Elle en avait assez des problèmes du Continent, ne commencerait à se soucier du Mboasu que quand la population aurait diminué au moins du quart. Aïda, qui avait installé l'association dans sa maison, ne pouvait accueillir toute cette détresse. Déjà, elle avait transformé les anciennes dépendances, fait abattre des murs du rez-de-chaussée, tout cela pour arriver à placer une vingtaine de lits supplémentaires. Par ailleurs, les autorités administratives, installées à Nasimapula, lui avaient refusé leur agrément et leur aide, arguant de ce que le Sud était une zone *rebelle.* La Colombe était donc, officiellement, une organisation clandestine.

Aïda investissait tout ce qu'elle possédait dans l'association. Enseignante à la retraite, elle n'avait plus que de faibles revenus. Son mari était mort quelques années auparavant. En se retirant de la fonction publique du Mboasu, elle avait découvert que l'homme s'était marié secrètement avec une autre femme, originaire de son village. Des années durant, il avait tenu tête à sa famille qui n'acceptait pas son mariage avec une Européenne. Puis, il avait dû céder. Aïda s'était entendu dire qu'elle ne pouvait pas toucher la pension de veuve qui lui revenait depuis des années. L'agent du ministère avait expliqué qu'il ne pouvait rien faire. Une personne ayant produit un certificat de mariage en bonne et due forme percevait déjà l'allocation que réclamait Aïda, et le défunt n'avait déclaré qu'une seule épouse.

Dans n'importe quel autre pays, il aurait été facile pour Aïda de prouver l'antériorité de son mariage sur celui de la deuxième femme. Il lui aurait été simple de démontrer que son mari et elle avaient opté pour la monogamie, comme la loi les y autorisait. Mais on était au Mboasu. Ici, tout était compliqué. Elle avait pris un avocat pour la forme. D'abord, il n'était pas très commode d'engager des poursuites contre un disparu. Ensuite, il était évidemment hors de question d'espérer l'emporter face au ministère de la Fonction publique. Elle n'avait pas assez d'argent pour corrompre tous ceux qui devaient obligatoirement l'être, si elle voulait seulement qu'on l'écoute. Elle n'avait pas eu d'enfants. Sa famille ne lui avait pas pardonné de s'être enfuie avec celui qui n'était, alors, qu'un étudiant continental. Aïda était seule. La maison était tout ce qu'il lui restait de ce grand amour pour lequel elle avait quitté son pays, changé de nationalité. Lorsque le Président Mawusé avait pris le pouvoir – il y avait trente ans, après avoir fait exécuter son prédécesseur le Président Tukwa et jeter sa dépouille aux crocodiles des marais proches de Nasimapula – , il avait instauré une politique dite d'*authentification culturelle*, interdisant, notamment, l'usage des prénoms chrétiens et musulmans. Depuis, le Mboasu n'accordait la double nationalité qu'aux ressortissants des pays voisins, en aucun cas aux Européens. Aïda avait dû, au moment de sa naturalisation, renoncer par écrit à tout lien avec sa terre d'origine. Elle l'avait fait sans regrets. Elle voulait vivre sur le Continent, qu'elle envisageait comme l'avenir d'un monde artificiel, une planche de salut pour le genre humain qui verrait vite qu'il s'égarait en s'écartant trop de la nature. Pour gagner un peu d'argent, elle faisait des pâtisseries fines, qu'elle vendait à un salon de thé de Sombé, et surtout à l'hôtel Le Prince des côtes, dont le chef, formé sur le tas, avait encore beaucoup à apprendre. La Colombe, cependant, occupait une grande part de son temps. Ayané se demanda ce que penserait Epa de cette femme, s'il la connaissait, s'il apprenait son histoire. Il avait beau savoir que la maison dans laquelle il était soigné lui appartenait, il refusait toujours de lui parler.

Les *rebelles* n'avaient pénétré dans Sombé que depuis quelques jours. Il ne leur avait pas fallu plus de temps pour installer une tension permanente, terroriser les habitants. Les esprits faibles se rangeaient de leur côté, répétant leurs slogans. Les populations du sud du pays avaient toujours su qu'elles ne représentaient rien aux yeux du régime de Mawusé. Si l'armée régulière passait la frontière, ce serait peut-être pour les massacrer. Tout le monde avait entendu parler des rafles que subissaient, à Nasimapula, la capitale administrative où siégeait le pouvoir politique, tous ceux qui n'étaient pas originaires du Nord. On les traitait d'espions à la solde de la *rébellion*. Des escadrons de la mort, qu'on disait téléguidés par le chef de l'État, semaient la terreur dans les quartiers principalement habités par des Sudistes, ou des immigrés venus du Yénèpasi. *L'authentification culturelle*, la fraternité de race, n'était plus en vogue. Tout cela n'avait été qu'une lubie du Président Mawusé lorsque, accédant à la fonction suprême, il voulait régenter le moindre aspect de la vie des populations. Les tueries avaient donc commencé au Nord et, pour la première fois, les Européens n'étaient pas épargnés. Il était reproché à l'APC de tarder à intervenir, alors qu'elle disposait de troupes non loin de Nasimapula, laissant la *rébellion* gagner du terrain. L'Ancienne Puissance Coloniale avait toujours soutenu ce régime avec lequel elle avait ratifié des accords de coopération militaire. Les Nordistes ne comprenaient pas son refus de prendre parti dans les événements en cours.

Au moins, le pays semblait-il unanime, en ce qui concernait le rejet des expatriés européens. À Sombé, on commençait à entendre des slogans qui leur étaient hostiles. Évidemment, ce qu'on leur reprochait au Sud, c'était d'avoir toujours soutenu Mawusé, de l'avoir laissé s'acheter une villa à Sainte-Maxime, un grand appartement à Neuilly, avec l'argent dérobé à son peuple, de continuer à gérer d'épais portefeuilles d'actions, par l'intermédiaire de banques qui se fichaient de savoir d'où venait la fortune qu'il leur confiait *via* ses prête-noms. On ne l'avait pas agressée physiquement, mais dans la rue, Aïda avait reçu, à plusieurs reprises, des invectives fielleuses. À Sombé, le sentiment antieuropéen avait germé sur le campus, comme tous les phénomènes de société. On avait entendu Mabandan, qui n'était pourtant plus étudiant, s'exprimer à ce sujet sur les ondes de la radio locale. Il avait choisi les termes les plus virulents, le média le plus accessible aux masses. Tout le monde n'avait pas encore la télévision, mais chacun disposait d'un transistor. Ceux qui n'en avaient pas profitaient de celui du voisin. Aïda avait entendu ces interviews en forme de prêches, ces discours enflammés au cours desquels Mabandan exhortait les habitants du Mboasu à se détourner de l'APC. Il était habile, avait su attendre le moment où les populations, épuisées de devoir pousser en vain les barrières les séparant d'horizons plus radieux, seraient réceptives à ses discours. Son verbe faisait mouche. C'était une propagande enracinée dans la réalité de faits historiques trop longtemps tus. Comme tous les discours extrémistes, le sien fonctionnait parce qu'il reposait sur un fond de vérité.

— *L'heure a sonné de tourner le dos à l'APC. Les livres d'histoire du Mboasu, tous édités en APC, apprennent au lecteur que nos chefs tribaux, ici sur la côte où nous sommes, ont vendu des hommes. Ils ne disent pas que nombre de ces chefs étaient des usurpateurs, qu'une main étrangère les avait aidés à prendre le pouvoir. Ils ne disent pas que leurs ancêtres chrétiens n'ont vu aucun inconvénient à acheter des hommes, pour ensuite les traiter pire que des chiens. Que nous ayons à déplorer des traîtres ne signifie en aucun cas que le Continent n'ait pas été victime. Si nous avons commis une faute, nous avons déjà payé : une fois les Européens suffisamment riches, industrialisés, ils n'avaient plus besoin d'esclaves. C'est là qu'ils sont devenus extrêmement moralistes. C'était soudain très vilain d'acheter des humains. Il valait mieux se rendre chez eux, se partager leurs terres, les asservir sur place. Vous savez tous que c'est ce qu'il s'est passé ! Vous avez entendu parler du Code de l'indigénat ! De quoi faut-il alors que nous ayons honte ? Ils affirment ne plus être, aujourd'hui, ceux qui ont jadis perpétré ces crimes. Pourtant, lorsque ça les arrange, ils*

127

s'empressent de clamer leur filiation avec ce soi-disant Siècle des lumières qui n'a fait qu'obscurcir notre univers, polluer notre atmosphère... Je prétends, quant à moi, que, s'il y a continuité de l'Histoire, s'il existe une continuité de l'État en APC, alors il y a aussi une continuité de la culpabilité. Il n'y avait pas d'État, ici chez nous, aux temps funestes de la traite négrière. Le crime, ce n'est pas nous qui l'avons commis...

Lorsque Mabandan s'exprimait, il le faisait dans la langue de cette APC qu'il fustigeait, ne parlant pas toutes celles du Mboasu. Les animateurs de radio, à travers le pays, donnaient une traduction de ses discours en langue locale. Les Continentaux se remémoraient leurs douleurs occultées. Tout ce qui leur restait encore en travers de la vie. Le mal refoulé déferlait au-dehors, coulait à torrents ininterrompus. Ils menaient, avec un demi-siècle de retard, les combats dans lesquels ils ne s'étaient pas toujours engagés avec suffisamment de ferveur, du temps de la colonisation. À l'époque, ils n'en revenaient pas de ce qui leur arrivait. Leurs tribus guerrières avaient été terrassées par des armes sophistiquées. L'Histoire n'avait gardé aucun souvenir de leur bravoure. Constatant la mort subite de tous ceux qui s'étaient dressés contre l'impérialisme, ils étaient demeurés pétrifiés, des décennies durant. Ce sursaut d'orgueil venait un peu tard. Il était rance. Ceux sur lesquels cette rage se déversait n'en étaient pas les justes destinataires. Mabandan pouvait dire ce qu'il voulait, du haut de son pathétique ministère de la Rue. Tout ce qui lui importait, c'était d'être le chef de quelque chose, même d'une colère faisandée. Quand Ayané lui avait demandé ce qu'elle ressentait vis-à-vis de tout cela, Aïda avait haussé les épaules. Passant la main dans sa tignasse brune striée de mèches grises, elle avait dit :

— *Les pères ont mangé des raisins verts, les fils ont mal aux dents. Ce n'est pas juste, mais c'est ainsi. Et puis, je les comprends, ces jeunes. Eux aussi paient pour les fautes de leurs anciens, qui ne se sont pas battus. Ni pour leur dignité, ni pour leur avenir. Ces aînés qui continuent de les écraser. Dans l'état où ils sont, ce n'est pas la peine de leur expliquer que ce pays est aussi le mien. Ils n'ont pas envie d'entendre dire que, sur le Continent comme ailleurs, la légitimité ne peut être une simple affaire de couleur.*

Ayané regarda sa montre. À cette heure, Aïda et les quelques femmes du quartier qui venaient chaque jour lui donner un coup de main se trouvaient dans le salon, aménagé en salle de repos. Elles devaient regarder un film avec les enfants, des clips vidéo peut-être, en essayant d'imiter les danseurs qu'on y voyait. Aïda avait mis tout le rez-de-chaussée de sa maison à la disposition de l'association, gardant pour elle le premier étage, qui comprenait une chambre d'amis transformée en bureau depuis des années, un petit appartement ayant une entrée indépendante du reste de la maison, et qu'elle appelait son *boudoir*. C'était là qu'elle s'isolait, lorsqu'elle éprouvait le besoin de se couper du monde, et surtout, de la famille pléthorique de son époux. Ils venaient souvent, toujours sans prévenir, prenant leurs aises et plus, s'installant des mois durant. Ce n'était pas la maison de leur frère, de leur cousin. C'était la leur. Au cours de ses premières années de mariage, Aïda avait eu du mal à s'adapter à tout cela. Elle ne savait rien de la violence des rapports familiaux dans cette partie du Continent, ne s'attendait pas à découvrir ce dévoiement de la solidarité, qui n'était plus qu'un système d'exploitation des individus. Quand il avait été question d'ériger cet étage, elle avait exigé un *boudoir*, pour se préserver des intrusions inopinées et fréquentes de sa belle-famille.

Depuis la véranda où elle était assise, Ayané entendait des rires. Les enfants s'amusaient bien, oubliant leurs soucis auprès d'Aïda qui faisait certainement des pitreries, et des voisines qui leur donnaient une affection maternelle. La voix d'Aïda lui parvint. Elle chantait *Une petite cantate*[1], un chœur d'enfants répétait après elle. Ayané ne pouvait les rejoindre, si elle ne voulait pas trop s'éloigner de la chambre où dormait Epa. Il occupait ses pensées nuit et jour. Elle le découvrait et, à travers lui, touchait du doigt tous les possibles hypothéqués du Continent. Quoi qu'il en dise, Epa n'était qu'un enfant. Le sang neuf. La face du lendemain. Il avait pillé, tué. Contrairement à d'autres, moins scolarisés, moins curieux, il se posait des questions, réfléchissait beaucoup à ce qui lui était arrivé. Cela rognait son aptitude à résister. Ce n'étaient pas seulement les choses qu'il avait vues et faites, qui lui déchiraient le cœur. C'était de n'avoir plus de certitudes, de perspectives, dans un environnement où les pères étaient anthropophages, les pompiers pyromanes. Ayané s'apercevait que les tragédies du Continent étaient, désormais, d'ordre psychologique. Il ne s'agissait ni de cruauté, ni de violence. Tout cela n'était que la manifestation de désordres

1. De Barbara.

intimes. Le monde pouvait-il comprendre cela ? La jeune femme en doutait. Le Continent lui-même n'était pas culturellement outillé pour venir à bout des fièvres qui le terrassaient. Généralement, lorsqu'une personne souffrait d'un mal autre que physique, on parlait immédiatement d'envoûtements, de sorcellerie, d'attaques mystiques.

Pouvait-on guérir définitivement d'un mal sans nom ? Pour le Continent, la rencontre avec l'Occident avait été un basculement. Se relever nécessitait, selon une loi incontournable, de s'appuyer sur le sol ayant accueilli la chute. Or, il était devenu mouvant. Pas uniquement parce que le choc persistait, mais parce que le Continent avait été modifié en profondeur. On lui avait inoculé un mode de vie, des notions qu'il ne maîtrisait toujours pas, que son organisme rejetait, sans pouvoir se permettre de les expulser tout à fait, s'il tenait à demeurer en vie. Les jeux étaient faits. L'Histoire écrite. Il n'y avait aucune possibilité de retour. Bien sûr, de nombreux peuples avaient été soumis. Pendant longtemps, les rapports des humains entre eux n'avaient pas été fraternels. C'était ainsi que les cultures avaient pris forme, que les langues s'étaient façonnées, que la racine unique s'était scindée, donnant naissance au rhizome, balayant les fantasmes de race pure. Les peuples étaient mêlés, imbriqués les uns dans les autres. On avait pénétré dans une aire d'hybridité. Cependant, les Continentaux ne parvenaient pas à inscrire leur expérience dans la globalité de l'aventure humaine. Ils ne pouvaient dépasser les représentations négatives qu'on avait eues d'eux. Encore emmurés dans ces vieilles conceptions, ils ne parlaient jamais de ce qu'ils pensaient d'eux-mêmes, mais de la manière dont ils avaient été considérés :

humains inaboutis, singes un tantinet plus évolués que les autres. Il était donc inutile de leur dire aujourd'hui que tout cela était loin, que c'était fini, que maintenant on les aimait, que *black* était *fashionable*, qu'on savait qu'ils pouvaient travailler à la Nasa et écrire des livres… On pouvait leur dire ce qu'on voulait. Cela ne passait pas, et pour cause : les peuples subsahariens n'avaient pas seulement été dominés, ostracisés. On les avait exclus du genre humain. Le Continent attendait que ceux dont les ancêtres avaient causé tant de drames viennent reconstruire ce qui avait été défait, restituer ce qui avait été dérobé. Rien de tel ne se produirait. La descendance des colons estimait, d'une part, qu'il y avait prescription, et d'autre part, qu'elle n'avait rien fait de mal, puisqu'elle n'était pas née au moment des faits. Les Continentaux n'admettaient pas cela, non plus.

Pour eux, il n'y avait pas prescription. L'humiliation de leurs pères coulait dans leur sang. La douleur innommée ignorait comment employer son temps autrement qu'à clamer sa fierté d'être noir. Comme s'il s'agissait d'un mérite, d'une vertu. Comme si être né noir était une sorte d'accomplissement. C'était une des plus tenaces manifestations de la honte. Elle continuait de creuser un abîme entre soi et le monde. Chasser la honte, c'était se faire l'obligation d'accepter ce qu'on était devenu, et qu'on peinait encore à définir. On refusait de se dire mêlé de colon et de colonisé, de négrier et de déporté, d'Occidental et de Continental. Ce refus empêchait l'éclosion d'un être neuf, somme de toutes les douleurs et, en tant que tel, détenteur de possibles insoupçonnés. On tournait le dos à la responsabilité primordiale des humains : celle de valoriser leur propre existence.

Comme Ayané soupirait d'impuissance, la petite Musango, qui ne disait toujours pas un mot mais consentait dorénavant à sourire, s'approcha d'elle. La gamine apparaissait toujours de manière aussi impromptue que silencieuse. On ne la voyait jamais arriver. La jeune femme lui ouvrit les bras. La fillette, qui ne faisait pas ses neuf ans à cause d'une forme avancée de drépanocytose, vint blottir son corps chétif contre le sien. Elles n'échangèrent pas un mot, se contentant de se balancer doucement sur le vieux fauteuil à bascule qui grinçait un peu. Soudain, la petite parla. Elle avait la voix rauque, comme au sortir d'une angine sévère, certainement parce qu'elle était demeurée muette durant des semaines. Elle dit :

— *Tante*[1] *Ayané... La nuit dernière, j'ai vu ma mère en rêve. Elle m'avait suspendue à une poulie, percé mon corps de petits trous et, sans se soucier de mes cris, elle recueillait mon sang dans une calebasse.*

— *C'est un cauchemar, Musango. Un mauvais rêve qui signifie simplement qu'elle te fait peur.*

— *Oui, elle m'effraie... Comment peut-elle me reprocher d'être malade ?*

— *Peut-être s'en veut-elle de t'avoir transmis ce mal ? Si tes parents avaient fait des examens avant de se marier, ils auraient su qu'il y avait des risques. Peut-être ta mère ne supporte-t-elle pas d'avoir à affronter cela toute seule ?*

— *Est-ce une raison pour chercher à me tuer ?*

1. Par respect pour un adulte, un enfant africain ne l'appellera pas par son prénom. L'usage de Madame ou de Monsieur n'est pas très répandu non plus, en dehors de l'école.

Musango baissa les yeux au sol. Ayané aussi, serrant la fillette contre elle. Comment expliquer à un enfant que sa mère n'avait plus la force de l'aimer ? Comment lui dire qu'il ne s'agissait pas seulement de sa mère, mais d'une partie du Continent, qui se détournait de ses enfants, qu'ils soient proches ou lointains ? Elle n'avait rien à dire à cette petite, hormis la fissure dont elle découvrait chaque jour la profondeur. Cette faille, c'était l'âme crevassée des peuples continentaux, qui ne fraternisaient pas autour de leur avenir, se fédérant sur la croûte d'anciennes meurtrissures. C'était une psyché criblée de contradictions... Epa la tira de ses pensées, en poussant un de ces cris stridents qui annonçaient le début des nuits sans sommeil. Il ne dormirait pas, et elle non plus. Ayané se leva, tenant Musango par la main. Il fallait téléphoner à Wengisané, la prévenir qu'elle ne rentrerait pas ce soir.

*

Le soleil brûlait de tous ses feux, refusant sa pitié aux vivants, se préparant à incendier le monde. Les humains résistaient, empoignant, de leurs mains moites, le collet de ce jour acide. Pas plus que la veille. Pas plus que l'avant-veille. Les visages suintaient d'une sueur que les mouchoirs en papier avaient renoncé à absorber et, sous les aisselles, on observait des disques qui marqueraient durablement les vêtements. Ce n'était pas la bonne heure pour décider de déambuler dans les rues de Sombé. Ayané n'avait pas le choix. Lorsque le ciel consentait à la clémence, on approchait le couvre-feu, et il n'y avait plus guère de temps à consacrer à des recherches aussi importantes que celles qu'elle

avait entreprises. Il lui fallait trouver ce Dr Sontané, le conduire au chevet d'Epa, dont les blessures physiques ne se refermaient que pour creuser
des abîmes dans son cœur et dans son esprit, ne lui
laissant, aux rares heures de sommeil, que des cauchemars. Il avait fait tout ce chemin, abandonné
ses frères, risqué sa vie, uniquement dans le but
de retrouver cet homme chez lequel il effectuait des
travaux domestiques, et qui lui semblait maintenant
la seule personne fiable sur terre. Depuis qu'Eyia
lui était apparu, il considérait le médecin comme
sa dernière chance de tirer les garçons d'Eku des
griffes de ceux qui les avaient kidnappés. De son
côté, la jeune femme n'y croyait pas, mais elle se
disait que ce serait bien qu'il puisse voir cet homme.
En la présence du Dr Sontané, Ayané pourrait plus
aisément annoncer à Epa que les combats avaient
cessé à la frontière, et que les *rebelles* s'étaient
éparpillés dans le sud du pays.

Il serait donc très difficile de trouver les petits
d'Eku, si même ils vivaient encore. Comment
savoir s'ils n'étaient pas au Yénèpasi ? Ce dont elle
était certaine, c'était qu'ils ne faisaient pas partie
des cohortes de gamins dépenaillés qu'on avait
vues déferler sur Sombé, et qui y avaient formé des
grappes, agressant le passant pour lui soutirer
de quoi se nourrir. Elle avait approché ces enfants,
pour leur dire que, si La Colombe ne pouvait les
héberger faute de place, ils pourraient au moins y
manger un repas chaud, se confier, si le cœur leur
en disait. Très peu étaient venus. Ils restaient dans
les rues, à boire et à fumer dès qu'ils en avaient
l'occasion, ce qui les conduisait parfois, lorsqu'ils
avaient abusé de l'une ou l'autre substance, à
se battre et à faire usage des armes que certains

d'entre eux avaient conservées, armes blanches ou à feu, devenues leur unique patrimoine. Leurs chefs les avaient abandonnés. La population ne se souciait pas d'eux, ayant déjà toutes les peines du monde à prendre soin d'elle-même.

Les journaux s'étaient longtemps interrogés sur les raisons pour lesquelles on avait si peu vu Isilo au Mboasu, alors que les combats embrasaient la frontière entre le nord et le sud du pays, au point qu'il avait fallu que l'Ancienne Puissance Coloniale envoie ses hommes pour empêcher les Subsahariens de s'entre-tuer. Du moins, était-ce la réponse des officiers de l'APC, émise froidement, dans un langage policé, lorsque la presse les avait interrogés sur leur mission. On avait finalement découvert le pot aux roses, lorsqu'il avait été question de pourparlers entre les *rebelles* et le Président Mawusé. Les premières rencontres officielles entre les deux parties avaient été filmées. On n'y avait vu qu'Isango et Ibanga, les deux membres secondaires de l'hydre tricéphale qui prétendait restaurer le Continent dans ses limites originelles. Ce soir-là, au journal télévisé, les frères du chef *rebelle* arboraient un brassard noir sur leur uniforme, en signe de deuil. Interrogés sur le chagrin qui les frappait, ils avaient laconiquement répondu que leur frère était *tombé* au combat. Mort pour la cause qu'il avait défendue toute sa vie : celle d'un Continent debout. Ils entendaient, bien évidemment, poursuivre son combat, par tous les moyens nécessaires. Il avait alors fallu leur demander, quitte à les agacer et à avoir l'air de moquer leur affliction :

— *Ne risquez-vous pas, au contraire, de le trahir en signant des accords de paix avec ceux que votre*

136

*frère combattait avec l'acharnement qu'on sait, et en entrant dans le gouvernement d'*union nationale ?

— *Il y a plusieurs manières d'atteindre un objectif. Et puis, l'union des Continentaux, c'est ce que nous avons toujours voulu.*

On n'avait pas cherché à approfondir le sujet. Le Président Mawusé, enfin rentré de la clinique où on lui nettoyait le sang – après que des mutineries avaient eu lieu au sein de l'armée déjà divisée, que des officiers dissidents avaient pris la tête de troupes, soit pour s'affronter les uns les autres, soit pour conclure des pactes avec les *rebelles*, et que le recours à la *Communauté internationale* était devenu la seule issue… Eh bien, le Président Mawusé, qui avait pu sauver son poste, n'était pas d'humeur à entendre davantage de questions. Il s'était levé, et les programmes de la télévision, interrompus par cette réaction inopinée du Père de la nation, avaient fait place à une vieille émission de variétés, enregistrée dans les années quatre-vingt. S'étant tourné vers l'Ancienne Puissance Coloniale avec laquelle le Mboasu avait des accords de coopération militaire, Mawusé avait dû accepter que cette dernière ne lui prête son concours que dans la mesure où il s'engageait à faire la paix avec les *rebelles*, à les inclure dans son gouvernement. On lui avait dit que les temps avaient changé, que l'APC enverrait certainement des troupes pour protéger ses ressortissants expatriés qui subissaient depuis peu des attaques violentes, mais qu'il n'était aucunement question pour elle de prendre parti. Tout au plus, demanderait-elle un mandat des Nations unies, pour assurer une mission de maintien de la paix au Mboasu. On lui avait résumé la

ironique

nouvelle politique en deux formules qui claquaient encore dans son cerveau revitalisé par le sang neuf qu'on lui avait inoculé en Europe : *non ingérence, non indifférence.*

Mawusé avait, en quelque sorte, été lâché. Il lui fallait maintenant partager le pouvoir avec des militaires qu'il ne contrôlait plus, avec des *rebelles* qui tenaient la partie du Mboasu où se trouvaient mines de diamant et gisements de pétrole. Quand il pensait que ces *rebelles* étaient originaires d'un pays voisin, il se sentait deux fois plus humilié. Deux fois moins disposé à répondre aux questions de la presse. Évidemment, il n'avait pas l'intention d'en rester là. Avant de le voir tourner les talons, on avait pu lire, sur sa mine renfrognée, qu'il n'aurait aucune considération pour ces accords de paix ratifiés sur le territoire neutre de l'APC. Puisqu'il ne pouvait plus compter sur l'ancienne métropole, les décisions prises hors du Mboasu n'auraient plus la moindre valeur.

Dans la région Sud et dans la ville de Sombé, on voyait partout d'anciens *rebelles*, armés jusqu'aux dents, et toujours soucieux de ne laisser pénétrer personne dans cette zone, qui puisse faire vaciller leur pouvoir. Or, ils n'étaient rien, ces anciens *révolutionnaires*, que des tueurs à gages au service d'une idéologie dont ils se moquaient bien. *Le Continent debout*, ils s'en fichaient, ne restaient là que parce qu'on leur avait dit qu'ils auraient leur part des revenus tirés de l'exploitation du diamant et du pétrole. Ils voulaient constamment se rappeler au bon souvenir de ceux de leurs chefs qui étaient entrés au gouvernement : que ces derniers ne s'avisent pas de leur tourner le dos. Ils n'avaient plus rien à prouver, en termes de capacité à détruire. Qu'Isango et Ibanga n'envisagent donc pas de les laisser sans le sou, eux qu'on voyait désormais rouler en berlines officielles, et qui logeaient dans les grands hôtels de Sombé, n'ayant pas voulu demeurer à Nasimapula, la capitale politique. Lorsqu'un journaliste hardi venait les questionner sur tous ces enfants drogués et alcooliques qu'on rencontrait partout et qui se disaient anciens *combattants*, ils répondaient sans ciller :   *comme Epa*

— *Il n'y a jamais eu d'enfants dans nos rangs.* → *le déni*

— *Il appartient aux services sociaux de s'occuper des orphelins de guerre.*

Il n'y avait pas, au Mboasu, de services de ce genre. Juste des locaux où s'entassaient des assistantes sociales attendant le paiement de deux ans d'arriérés de salaire. À cela, Isango et Ibanga répondaient, haussant les épaules, qu'ils n'y étaient pour rien. Ils venaient seulement d'arriver aux responsabilités, mais, certainement, le nouveau gouvernement d'*union nationale* y pourvoirait. Il fallait seulement patienter, le temps que tout se mette en place.

Ayané regardait autour d'elle le paysage désolé du centre-ville, dans lequel une école de l'APC avait été ravagée par une foule de jeunes gens poussés par Mabandan, quelques jours avant la signature des accords de paix. Mabandan, alias *Coupe-coupe*, qui ne disposait d'aucune armée véritable, avait tenu à ne pas se laisser évincer du partage du pouvoir. Depuis qu'il s'était associé avec Isilo, il avait mis en place un ministère de la Rue, tenant régulièrement des assemblées dans les quartiers populaires, où il distillait son venin par l'intermédiaire de ses lieutenants, qui se faisaient appeler les Germes du renouveau. Aidé de ces jeunes chômeurs, il avait démontré l'étendue de ses forces en conduisant des attaques barbouzardes contre des cibles précises : le centre culturel de l'APC, accusé d'entretenir l'acculturation et les rêves d'Occident; le lycée de l'APC, dont les élèves étaient en majorité les enfants des bourgeois du Mboasu; la cathédrale de Sombé, bâtie il y avait des décennies par des missionnaires venus de l'APC; une grande boucherie tenue par un homme originaire de l'APC, installé au Mboasu depuis si longtemps qu'on ne savait plus quand il y était arrivé. Il avait été tué, découpé en quartiers laissés épars dans sa boutique.

Les restes du boucher étaient les seuls morceaux de viande qu'on ait pu trouver dans le magasin, lorsque la police s'était enfin décidée à intervenir, à la nuit tombée. Elle avait été appelée vers midi, quand le quartier de Dibiyé tout entier pouvait entendre l'homme crier au seuil de la mort. La marchandise en vente dans la boucherie, comme le stock conservé dans la chambre froide, avait été distribuée à la population. Si bien que les policiers n'avaient trouvé aucun témoin. Personne n'avait rien vu, rien entendu. On ne savait comment ce type avait pu finir de cette façon, ni qui avait pu faire ça. Et on trouvait ça malheureux. Une pitié, ce vieux Paulo que tout le monde connaissait. Bon, il n'avait que des clients riches ou blancs comme lui, et les gens du coin ne faisaient pas leurs emplettes dans sa boucherie, mais, tout de même, quelle pitié. Personne n'avait vendu la mèche. Chacun savait qu'il aurait de la viande pour quelques jours. Il ne fallait pas se mettre à bavasser bêtement, gâcher ses chances de profiter des prochaines occasions. C'était une des clés du procédé d'accession au pouvoir : s'attacher la participation du plus grand nombre. Les meurtriers le savaient. Étant donné qu'il fallait gravir les paliers d'une échelle sanglante, il s'agissait de ne pas le faire seul. La sagesse populaire ne disait-elle pas : *Lorsque tu montes, n'oublie pas ceux que tu laisses en bas. Quand viendra la chute, tu les rejoindras.* C'était clair.

D'ordinaire, les opérations se déroulaient en deux phases. La première consistait à montrer combien on était capable d'étouffer son humanité, en massacrant le plus sauvagement possible ses adversaires. La seconde, quant à elle, était plus subtile, et consistait à ôter son innocence à celui qui pouvait, un jour, se mettre en tête de pointer un doigt accusateur. Il fallait trouver le moyen de l'associer au crime qui venait d'être commis. Il était très facile de transformer en comparses des populations affamées et sans recours. *Coupe-coupe* avait fait voir au monde entier, puisque les exactions commises par ses hommes avaient été relayées par les médias internationaux, que lui aussi méritait d'apposer sa signature au bas du document mentionnant le nom des protagonistes du conflit qu'il fallait maintenant éteindre. Tel était désormais le Mboasu. Il suffisait de prendre les armes, de casser des édifices ou d'y mettre le feu, de tuer des gens et de laisser bien en vue leurs corps déchiquetés, pour se hisser aux plus hautes fonctions. Compte tenu de la manière dont ces individus s'y étaient pris pour acquérir leurs places, il était certain qu'ils seraient constamment sur leurs gardes, afin d'étouffer dans l'œuf toutes les velléités de révolte

141

qui pourraient viser à leur infliger ce qu'ils avaient fait endurer à d'autres. Il n'y aurait donc pas de sitôt de paix réelle. La paix, pendant longtemps, ne serait que de l'encre sur du papier.

La jeune femme poursuivait sa marche. Epa lui avait dit que le Dr Sontané travaillait à l'Hôpital général de Sombé, que les colons avaient bâti, et dont l'État du Mboasu avait logiquement hérité, se croyant ainsi dispensé d'en édifier un autre. Il se trouvait à Kalati, le quartier surchauffé où se situaient le campus universitaire et les différentes cités étudiantes qui n'étaient, en réalité, que des bidonvilles où les jeunes venus des zones les plus reculées du pays s'entassaient à deux ou à trois dans des réduits sans confort ni intimité. Ils ne pouvaient certainement pas y travailler, seulement constater le peu de cas qu'on faisait de ceux dont les parents n'étaient pas assez fortunés pour les envoyer étudier à l'étranger. Il était aisé, pour un Mabandan, d'exploiter ce ressentiment. C'était aussi à Kalati que se trouvait On dit quoi, mon frère, la gargote de Dubé Diamant. Ayané songea que ce serait bien de s'y arrêter un moment, afin de saluer celle qui était devenue une amie, et qui avait secouru Epa.

Elle quitta la route si finement bitumée qu'on voyait, sous le noir du goudron, le rouge de la latérite du sol originel, déterminé à reprendre ses droits sur la modernité. Le long de la route de terre qui menait aux cités universitaires et au bar de Dubé Diamant, des détritus divers formaient une composition à la fois visuelle et odorante, une sorte de performance d'art contemporain. Par ici, un beignet entamé, par là une boîte de sardines vide mais encore pleine d'huile. À gauche, un amoncellement de feuilles de papier journal bien grasses. À droite, des pelures de bananes et d'igname. Le tout sur fond de terre rouge. Il était presque midi. Il n'y avait personne dans la rue, que ce garçon qui cirait avec acharnement des chaussures de cuir élimé, et cette vieille femme qui épluchait les épis de maïs qu'elle allait bientôt faire griller. Contrairement au reste de la ville, il n'y avait pas d'anciens *rebelles* dans ce quartier. Pas un seul homme armé. Pas le moindre uniforme. C'était inutile. Kalati était le fief de Mabandan, alias *Coupe-coupe*. Les gens du quartier étaient habitués à cette situation, qui ne gênait pas leurs activités. Alors, où étaient-ils tous ?

La question n'occupa son esprit qu'un court instant. Il ne fallait pas trop s'interroger, dans des périodes aussi troublées. Lorsqu'elle arriva devant la gargote On dit quoi, mon frère, elle trouva porte close. Et, devant la porte, à quelques pas, le corps d'un garçon tellement mort qu'il semblait avoir été assassiné cinq ou six fois, avant d'être abandonné ainsi, les yeux pochés, les mains écrasées, le thorax strié de plaies horizontales dans lesquelles on avait apparemment versé de la purée de piment. Les mouches lui bourdonnaient dessus. Les chiens s'écartaient de lui. Elle prit le temps de le regarder. Il était jeune. Maigre. On lui avait pris ses chaussures. Ou, peut-être qu'il n'en avait pas. L'hôpital n'était pas loin, mais on l'avait laissé là. Il ne devait pas être du coin, ou alors, on avait trouvé quelque chose de grave à lui reprocher. Oui. Mais quoi ? Tout ce qu'Ayané voyait, c'était un enfant qui ne pouvait rien faire de terrible, dans un quartier peuplé de voyous capables de le maîtriser. Elle avança vers la porte du bar de Diamant qui ne présentait jamais cette figure hermétique. Pas avant les heures les plus avancées de la nuit. Ce n'étaient pas des temps barbares qui feraient perdre de vue la nécessité de gagner de l'argent à une commerçante-née telle que Dubé. Elle frappa et appela :

— *Diamant ! Ouvre-moi, c'est Ayané ! Diamant ! Diamant, oh !*

— *Ça va, tais-toi. Tu es complètement folle.*

Comme elle lui parlait, Dubé lançait alentour des regards plus inquisiteurs qu'inquiets. Ses yeux tombèrent sur le cadavre du môme. Elle attira son amie à l'intérieur, referma à double tour. Ayané vit que Diamant était armée d'un pistolet. Elle recula d'un pas. Ce n'était pas si étrange, compte tenu de la situation actuelle, que les gens cherchent à se protéger. Quand même, on ne s'attendait pas à ce que les amies auxquelles on rendait visite viennent vous ouvrir la porte, calibre en main.

— *Qu'est-ce que tu fais avec ce truc-là ?*

— *C'est chaud par ici, et tu sais que je suis du Nord !*

— *C'est vrai. Je n'avais pas pensé que tu étais en danger pour cette raison. Il y a si longtemps que tu es installée là…*

Diamant *tchipa* avant de répondre, appliquant la langue à l'arrière de ses dents du dessus, laissant échapper un long sifflement :

— *Tsst ! Mon dossier est sale comme celui des Blancs. On veut juste que je dégage.*

— *Et le petit qui est là-dehors ?*

Diamant haussa les épaules, indiquant, par ce geste, la banalité du fait. Les cadavres jonchaient les rues de Sombé, sans que cela soit nécessairement lié au conflit. C'était simplement le quotidien.

— *Une triste histoire,* expliqua-t-elle. *Tu sais comment sont les gens, ici. Ce petit-là a volé une* main[1] *de bananes un après-midi. Apparemment, il crevait de faim. La petite marchande qui vendait ces bananes s'est mise à crier et à pleurer, en disant que sa mère allait la rosser. La foule s'est déchaînée. Ils ont lynché le gosse.*

— *Mais ce n'est qu'un enfant.*

Ayané n'en pouvait plus de toute cette violence. Elle sentait remonter le dégoût éprouvé à Eku, quand les *rebelles* étaient venus, et que la population s'était soumise. D'une oreille distraite, elle écouta Diamant.

— *Oui, mais ici, les gens sont pauvres. Les voleurs qui gouvernent le pays ne sont jamais sanctionnés. Alors, les petits paient pour les grands. Et puisque ceux qui commandent dans ce pays sont aussi des assassins impunis, le peuple les imite, fait foule pour tuer.*

— *Et pourquoi n'y a-t-il personne dehors ?*

— *Ce sera comme ça, tant que le corps sera là. Et ce n'est pas la peine que j'ouvre la boutique. Ils voulaient bien le torturer, mais son cadavre les effraie.*

Dubé Diamant indiqua un banc à Ayané. La gargote n'avait pas changé. Toujours le même comptoir

---

1. Une grappe comportant cinq bananes, et dont on trouve qu'elle ressemble à une main.

de bois, la salle au sol en terre battue sur lequel des clients dansaient. Dans un coin, un empilement de casiers en plastique pleins de bouteilles sur lequel d'autres s'asseyaient, et quelques bancs de bois si bas qu'on avait le sentiment de toucher terre lorsqu'on s'y installait. Toujours cette odeur d'urine et de bière intimement mêlées. Le seul changement était le téléviseur que Dubé avait fait installer en hauteur, derrière le comptoir, et qui devait lui assurer la présence permanente de certains clients, notamment lorsque des matchs de football étaient retransmis. Ayané sourit à son amie dont le teint jaune citron indiquait qu'elle s'adonnait plus que jamais à la destruction de son épiderme, qui allait bientôt abandonner la partie. Il avait été tellement ravagé qu'on ne pouvait décrire avec précision les traits du visage de Dubé. On était trop perturbé par la couleur, par ces taches sombres ou rougeâtres qui lui couraient le long de la mâchoire, là où des poils s'incarnaient avec ferveur. Rageusement arrachés à la pince à épiler, ils ne consentaient à s'en aller qu'en laissant des marques. Ayané ne put s'empêcher de demander :

— *Diamant, pourquoi tu ne laisses pas ta peau tranquille ?*

— *Dis donc, est-ce que je sais même*[1] *? J'ai commencé il y a longtemps, j'étais encore petite*[2]. *Là-bas chez nous, au Nord, c'était la mode.*

1. Tics de langage camerounais : *dis donc*, tel qu'il est utilisé au Cameroun, n'a pas d'équivalent en français standard ; *est-ce que je sais même*, ou plus simplement *je sais même ?* se traduirait par *je n'en sais rien.*
2. Elle ne veut pas dire qu'elle était une enfant, mais simplement qu'elle était jeune.

— *Mais Diamant, tu n'as pas de complexe de couleur !*

— *Je n'ai pas de complexe vis-à-vis de ma culture. Pour ce qui est de ma couleur... Quand j'étais plus jeune, je voulais seulement plaire aux hommes. Dans le temps, certains racontaient que les femmes au teint foncé portaient malheur.*

Ayané ne savait quoi dire. C'était toujours un peu déstabilisant, de découvrir de la fragilité chez une personne aussi forte que Dubé Diamant, cette femme haute, plantureuse, dont les bijoux flamboyaient à toute heure du jour, et dont les mollets étaient si velus qu'on pouvait sans mal les coiffer de nattes. Elle ne portait que des robes courtes pour mettre sa pilosité en valeur. Certains hommes s'éprenaient exclusivement de femmes au caractère masculin très marqué. Ils étaient nombreux, d'ailleurs, mais si on les taquinait sur l'éventualité d'une homosexualité refoulée, ils le prenaient mal. Pas question pour eux d'admettre la moindre ambiguïté, en ce qui concernait leur identité sexuelle. Pourtant, il était manifeste, en particulier dans cette zone équatoriale du Continent, que l'élément viril du couple n'était pas toujours celui qu'on croyait.

— *Diamant, j'étais seulement venue te saluer.*

— *Ne t'en fais pas pour moi. Tout ça va se calmer, et je serai toujours là. Comment se porte le môme ?*

Ayané soupira, sourit faiblement.

— *Il se remet doucement. Je vais à l'hôpital pour trouver son ancien patron, un médecin... C'est un gars de chez moi, tu sais.*

— *Il vient d'Eku ? Ce beau gosse-là ?*

— *Mais oui, qu'est-ce que tu crois ?*

— *Qu'on n'est jamais au bout de ses surprises. Tu boiras bien un coup avec moi avant de t'en aller ?*

Dubé passa derrière le comptoir, se baissa pour sortir une bouteille du réfrigérateur. C'était un de ces sodas bourrés de colorants et de sucre que fabriquaient les brasseries du Mboasu. Il était, en principe, parfumé à l'orange, comme devait en attester la couleur vive. Dubé décapsula la bouteille sur un coin du comptoir, la tendit à la jeune femme. Elle prit une bière brune. Les deux femmes burent au goulot, les lèvres carmin de Diamant laissant une trace épaisse sur le verre brun de la bouteille. Le transistor diffusait un message de Mabandan, un énième appel à la détestation des expatriés de l'APC. Les accords de paix récemment signés par les *rebelles*, leurs alliés et le Président Mawusé, n'avaient rien changé sur ce terrain-là. Les deux parties avaient mal vécu le fait de devoir mener leurs pourparlers en APC, comme des enfants rappelés à l'ordre par un père excédé de devoir sans cesse corriger leurs bêtises. Des deux côtés, on voyait d'un mauvais œil l'arrivée de troupes de l'APC sous mandat onusien, censées jouer les tampons entre les belligérants. Contre l'Ancienne Puissance Coloniale, tout le monde s'accordait, cette haine devenant l'unique lien entre les populations meurtries du pays. Alors, Mabandan, alias *Coupe-coupe*, continuait d'échauffer les esprits, dans un but que lui seul connaissait pour le moment, mais qu'il ne perdait pas de vue. La radio était l'outil idéal pour embraser les cœurs, faire bientôt se propager les flammes. Un vieux poste allumé dans le bar de Dubé diffusait la rengaine fielleuse du ministre de la Rue.

La technique était bien rodée. Ramener le passé au présent. Dire le vrai, mais le dire mal. Partir d'éléments réels, vérifiables, incontestablement douloureux, puis laisser le verbe dériver vers l'amalgame, la vérité partielle, pour finir par s'arrimer au refus forcené d'endosser la plus petite responsabilité. Choisir les mots. Les répéter. Les marteler. En imprimer la résonance dans les esprits de ceux que la faim faisait déjà tituber. En faire la pensée unique de miséreux qui ne réfléchiraient pas, lorsqu'on leur tendrait une hache ou une machette. Se servir du peuple comme outil de sa propre destruction. C'était très efficace. Les gens oubliaient les spoliateurs du cru, les magouilleurs couleur locale, qui s'engraissaient sans vergogne sur leur carcasse. Ils ne voyaient plus que les autres. Les Blancs. Non plus des individus, bons ou moins bons, mais une sorte d'agrégat. Un corps étranger, nocif, à extirper du Continent. Un corps à souiller, à dépecer, à découper en rondelles, à jeter au feu. Un corps sur lequel s'acharner avec l'énergie qu'on avait à revendre et dont on ne voyait pas comment l'employer autrement. Demain, on se tiendrait, chancelant, sur le corps mort des ressortissants de l'APC, pour contempler le gâchis qu'on aurait fait de soi-même. On serait horrifié. On voudrait émigrer – en APC. On serait prêt à risquer sa vie pour mettre les bouts. Parce qu'il n'y avait rien à espérer du Continent. Parce qu'on n'en avait jamais rien espéré. Dubé Diamant coupa la radio à la demande d'Ayané. Elles burent en silence, et la visiteuse se leva.

— *J'essaierai de revenir te voir bientôt.*

149

— *Merci. En général, les gens viennent pour me demander quelque chose. Pas pour voir comment je vais.*

— *Tu n'aurais pas un vieux pagne?*

— *Si. Pourquoi?*

— *Pour couvrir le corps du gosse.*

Dubé Diamant se retira quelques minutes dans ses appartements situés au-dessus du bar, et dans lesquels Ayané n'avait jamais pénétré. Elle revint, lui tendit le pagne.

— *J'aurais pu penser à le faire. Je crois que je me suis habituée à ce genre de spectacle. C'est tellement fréquent...*

Ayané se demanda quel peuple pouvait ainsi abandonner ses morts. Elle prit congé de son amie, après l'avoir serrée contre elle un instant. Dubé sentait le vétiver, mais cela ne suffisait pas à masquer l'odeur de sa peau décapée. Une odeur de chairs en putréfaction. La jeune femme eut un pincement au cœur, en se disant qu'il n'y avait plus rien de vraiment vivant, dans ce pays. Seulement une apparence de vie. Le rire légendaire des populations du Mboasu n'était plus qu'une habitude. Celle de banaliser l'horreur à laquelle on se croyait condamné. On n'était pas philosophe : on encaissait. On vivait la vie qu'on pouvait, sans jamais avouer qu'en réalité on n'en pouvait plus. Or, il fallait tout de même qu'une part de soi continue d'exprimer, même obscurément, combien on trouvait insupportable d'être au monde. Chez Dubé Diamant – maîtresse femme tenant ferme les rênes de son existence, coquette virile couverte de bijoux

150

clinquants, supposés apporter la preuve de sa réussite et donc de son bonheur –, c'était la peau abîmée qui exprimait le trouble. Ayané songea qu'on ignorait tout des déchirures intimes des Continentaux. De ces peuples, il était temps de savoir autre chose que le rire aux éclats, le rythme dans le sang. Il était temps de connaître leur âme blessée, de fraterniser suffisamment avec eux pour embrasser leur complexité : un caractère forgé dans la culture des masques, toujours arborés pour dissimuler l'écartèlement profond. Il fallait creuser pour trouver le vrai. Écouter attentivement pour saisir, sous la parole portée, le non-dit qui palpitait. Elle-même commençait seulement à comprendre.

Les autres zones du grand quartier de Kalati, et notamment celle où se trouvait l'hôpital, étaient aussi peuplées qu'à l'accoutumée. Il y avait là des marchandes, des badauds, des hommes en uniforme de la police. On ne pouvait absolument pas savoir s'ils étaient des policiers mal rémunérés, à l'affût d'un quidam qu'ils menaceraient de verbaliser pour une raison ou pour une autre – un pauvre bougre qui ne pourrait s'en sortir qu'en faisant de son mieux pour leur verser un pot-de-vin –, ou s'il s'agissait de gangsters auxquels des agents de police avaient loué leurs uniformes, ou encore s'ils étaient des voyous ayant dérobé ces uniformes pour tenter de gagner leur croûte. Seuls les habitués de ce coin de rue avaient une chance de les connaître vraiment. Et encore. Les brigands étaient assez futés pour ne pas toujours officier au même endroit, improviser des contrôles routiers sur les artères menant à la banlieue, sur les pistes conduisant à la campagne. Ils se tenaient devant le portail de l'hôpital, scrutant l'activité de la rue, cherchant la petite bête. Il y avait du monde. Les gens ne faisaient rien de précis. Les badauds mendiaient. Les vendeurs à la sauvette essayaient de fourguer leur camelote sans se faire prendre, mais personne ne leur accordait d'intérêt.

Seules les marchandes de médicaments avaient des clients. Elles vendaient de l'aspirine au détail, des compresses, des seringues, de l'alcool à quatre-vingt-dix degrés. Ceux qui venaient à l'hôpital savaient que ce n'était pas la peine d'en franchir le seuil, s'ils ne disposaient pas du nécessaire. Parfois, ils entraient, demandaient à un infirmier ce qu'il fallait pour traiter leur problème, puis ils ressortaient voir si les marchandes pouvaient le leur procurer. En ce moment, elles n'avaient que des produits de base : de quoi soigner les plaies, soulager les douleurs. En ce qui concernait les médicaments à proprement parler, qu'elles recevaient *via* des trafiquants du Yénèpasi, elles n'étaient plus approvisionnées. Les contrebandiers ne parvenaient plus à faire passer leurs produits aussi facilement qu'auparavant. Ils étaient gênés, dès qu'ils traversaient la Tubé et accostaient au Mboasu, par les anciens *rebelles* qui leur demandaient trop d'argent, ne voyant aucun inconvénient à les dépouiller de leur marchandise. Il en était ainsi, pour toutes les importations et exportations du Mboasu, dont l'économie se mourait lentement. Alors qu'elle se demandait comment pénétrer dans la cour de l'hôpital sans être dérangée par les hommes en uniforme qui feignaient d'en garder l'accès, Ayané vit arriver Epupa, qu'elle n'avait pas revue depuis des mois. Son amie était dévêtue, ne portant qu'un chapeau de paille à larges bords, un sac rouge en bandoulière. Son ventre était plus arrondi que la dernière fois qu'elles s'étaient croisées. Elle allait pieds nus, les plongeant dans la latérite. Elle s'arrêta, regarda autour d'elle avec attention, comme si elle cherchait quelqu'un. Les passants s'écartaient ou prenaient le temps de l'insulter avant de poursuivre leur chemin. Les *policiers* ne purent que lui accorder toute leur attention. Elle était nue. Son ventre rebondi, loin de lui ôter sa grâce, y ajoutait un supplément de féminité, non par ce qu'il contenait peut-être, mais par l'harmonie de sa courbe. Elle se gratta entre les jambes, porta la main à ses narines, sourit. Puis elle parla, presque pour elle-même :

— *Depuis l'abysse, ils nous regardent. Ils parlent, mais nous n'écoutons pas. Pourtant, ils ne furent jamais des ossements desséchés, sans conscience...*

Elle fit silence, scrutant la foule d'un regard embué de désespoir, l'air de ne plus savoir quoi dire, tant elle avait prêché, tant elle était demeurée incomprise. Ils ne la prenaient pas plus au sérieux que d'habitude, alors elle hurla :

— *Ceux qui sont morts ne sont jamais partis*[1] *! Ce n'est pas d'aujourd'hui que le sang des nôtres a rougi l'aurore, et nous sommes captifs de leur tourment... Je dis : Sankofa ! Pour qu'ils habitent notre mémoire. Sankofa ! Pour que le passé nous enseigne qui nous sommes à présent.*

Sa voix se faisait plus puissante à mesure qu'elle parlait, comme une tornade qui fondait sur vous

1. Citation extraite du poème *Souffles*, de Birago Diop :
Ceux qui sont morts ne sont jamais partis :
Ils sont dans l'ombre qui s'éclaire
Et dans l'ombre qui s'épaissit [...]
Ils sont dans la case, ils sont dans la foule...

avant que l'idée de fuir ne se soit clairement formée dans votre esprit. Les gens du quartier la connaissaient bien. Toute la ville la connaissait, cette jeune femme dont on disait qu'elle était devenue folle, à force d'étudier l'Histoire. Elle s'approcha d'eux, saisissant un bras qu'on dégageait prestement, un col de chemise qu'on époussetait après l'avoir violemment repoussée. La jeune femme ne reculait pas, opiniâtre à prêcher.

 — *Sankofa! Pour résider en nous-mêmes, mais aussi hors de nous, réconciliés avec nos peines. Sankofa! Pour nous délivrer de toute haine.*

L'observant de loin, Ayané se demanda si Epupa savait qu'elle était enceinte. Aujourd'hui, elle n'était pas vraiment agressive. Les oisifs l'écoutaient, se rinçant l'œil par la même occasion. Elle leur offrait un divertissement gratuit. Ils avaient formé un cercle autour d'elle, prenant garde à maintenir une jambe en position de fuite. Plus que les femmes ordinaires, celle-ci avait l'humeur changeante. Ils ne le savaient que trop, n'oseraient l'affronter : si l'esprit qui la possédait décidait de quitter son corps pour pénétrer le leur ? Alors, elle continuait sa harangue, leur faisant un instant oublier qu'ils n'avaient rien mangé depuis des jours. Se tenant le menton dans la paume d'une main aux ongles longs, Epupa scrutait l'horizon. De temps en temps, elle se mettait sur la pointe des pieds, comme pour tenter d'apercevoir quelque chose, quelqu'un. N'y tenant plus, elle fit un pas en avant, fendit la foule des badauds, qui la gênaient à présent. La voyant de nouveau calme, ils ne résistèrent pas à l'envie de la taquiner un peu, lui demandant ce qu'elle faisait là. Chacun y allait de sa petite question, le ton moqueur, le regard concupiscent. Les hommes étaient les seuls à lui parler, l'approchant doucement, frôlant sa peau si claire. Ils venaient près d'elle à petits pas, essayant de pressentir le moment où son humeur s'assombrirait. Se rendant compte de leur petit manège, elle lança :

— *Laissez-moi tranquille. J'attends quelqu'un. Reculez, je vous dis ! J'attends quelqu'un…*

Elle jetait alentour des regards angoissés. Ses lèvres tremblaient. Les passants la crurent à leur merci, la taquinèrent de plus belle. Pendant que certains riaient des blagues grasses qu'ils se chuchotaient à son sujet, quelqu'un lui demanda :

— *Tu attends même qui comme ça ? Ces morts qui ne sont pas morts ?*

Elle regarda l'homme sans le voir. C'est alors qu'Ayané apparut, pour prendre Epupa par la main. Sans regarder la foule, elle dit :

— *C'est moi qu'elle attend.*

Les badauds, interloqués, firent glisser leurs yeux sur elle. Une autre folle, sans doute. Même si elle était vêtue, propre. Elle ne pouvait qu'être mentalement dérangée, celle-là aussi. Pour sortir dans les rues de Sombé avec cette tignasse crépue, il ne fallait pas avoir toute sa tête. Ou bien il fallait être une broussarde fraîchement débarquée de sa campagne. Les citadines les plus modestes savaient qu'il fallait se défriser les cheveux, se faire poser des rajouts. Les badauds s'écartèrent avec dégoût. Deux démentes réunies en un seul lieu, c'était forcément un mauvais présage. Epupa regarda Ayané, comme si elle s'attendait vraiment à la rencontrer

155

là. Elle lui appliqua deux bises sonores sur les joues. Ayané lui caressa doucement la pommette, entraîna son amie vers l'enceinte de l'hôpital.

Les deux femmes pénétrèrent dans la cour, la traversèrent, se dirigèrent vers le bâtiment principal, dont la devanture portait l'inscription : Médecine Générale, Accueil et Prise de Rendez-Vous. Elles y entrèrent, firent la queue comme tout le monde. La peinture verte des plinthes s'écaillait, le blanc des murs avait viré au jaune clair, mais l'endroit était propre, étonnamment silencieux. Une odeur d'éther et d'alcool flottait dans l'air. Les mines étaient graves. Ce fut bientôt le tour d'Ayané. Epupa lui tenait toujours le bras. Personne ne semblait remarquer sa nudité. Elle s'approcha du guichet, salua l'agent d'accueil, demanda où trouver le Dr Sontané.

— *Vous avez rendez-vous ?*

— *Non, mademoiselle… Je viens de la part d'un de ses amis, qui ne peut se déplacer lui-même.*

— *Bon. Vous avez de la chance. Il va bientôt prendre un moment de pause pour le déjeuner. Asseyez-vous sur le banc là, il ne va pas tarder à passer par ici…*

Ayané et Epupa s'assirent toutes les deux pour attendre le Dr Sontané. Ayané s'aperçut qu'une odeur marine émanait du corps d'Epupa, mais elle n'eut pas le temps de s'interroger. Alors que le hall s'était vidé, et que la jeune femme du guichet accrochait un petit écriteau derrière sa vitre, sur lequel il était écrit : Guichet fermé, un petit homme sec apparut. Il portait un jean et un tee-shirt, se hâtait vers la sortie. Ayané se leva et s'écria :

— *Dr Sontané... êtes-vous le Dr Sontané ?*

L'homme s'arrêta, se tourna vers elle. Il avait le teint très sombre, les yeux marron clair, presque dorés. Il sourit et répondit d'une manière quelque peu affectée. Ayané détestait ces hommes qui passaient des heures devant leur miroir le matin, pour entretenir le fin collier de barbe qu'ils ne portaient plus désormais sur tout le menton mais en bordure. Alors, comme ça, cette petite chose futile était un médecin... L'homme le lui confirma, à la manière précieuse des mignons de Sombé :

— *Oui, je suis bien le Dr Sontané, mais là, je vais déjeuner. Je vous verrai après, si vous voulez bien patienter.*

— *Je ne venais pas vous consulter, mais vous parler d'Epa.*

Entendant ce nom, il cessa de marcher, se retourna vers elle.

— *Epa ? Où est-il ? Il a disparu du jour au lendemain. Lorsque j'ai tenté de me rendre à Eku pour voir s'il avait des ennuis, les* révolutionnaires *avaient barré la route. Ils n'ont levé le barrage qu'au bout de plusieurs jours...*

Ayané lui raconta sommairement la mésaventure du jeune homme, comment les habitants du village d'Eku avaient été séquestrés sur leurs terres pendant plus de quinze jours, comment neuf garçons avaient été emmenés par les *rebelles*. L'homme ne souriait plus. Son air inquiet accentuait le ridicule de sa barbiche stylisée. Il s'était douté de quelque chose, s'en voulait de n'avoir pas creusé davantage, mais avec les troubles, il avait eu tant de travail...

— *Vous devez venir le voir. C'est pour vous trouver qu'il a marché jusqu'ici.*

— *Je viendrai dès ce soir. Je ne suis pas de garde. Dites-moi seulement où…*

Elle lui dit où se situaient les locaux de La Colombe, s'enquit de l'heure de sa venue. Il était impossible de circuler dans les rues de Sombé après huit heures du soir. Comme il l'assurait de tout faire pour être là vers les six heures et demie, Epupa sortit du hall où elle était restée. Elle avait remis son chapeau. Son petit sac rouge sautillait sur son ventre rond, au rythme de ses pas. Le Dr Sontané murmura, après l'avoir longuement regardée, comme pour s'assurer de ce qu'il voyait :

— *Cette dame est nue.*

— *Oui. Elle refuse de se couvrir.*

— *Je vois. Et elle attend un enfant.*

— *En réalité, elle l'ignore, ou ne souhaite pas le savoir. Elle est… un peu déphasée.*

— *Je vois, je vois.*

Il sortit un téléphone portable de sa poche, composa un numéro du bout de l'ongle, demanda à parler à un certain Dr Dikom. Il chuchota à Ayané qu'il s'agissait d'un collègue psychiatre. Tandis qu'il s'éloignait de quelques pas pour qu'Epupa ne l'entende pas demander à son collègue de se présenter sur-le-champ dans la cour de l'hôpital, la *folle* s'adressa à Ayané :

— *C'est pour te bénir que je suis venue ici aujourd'hui. Ton cœur est clair. Qu'il le demeure. Ne te détourne pas des tiens, même s'ils ne sont pas tendres avec toi. Tu es parce qu'ils sont. Ne crains pas de cheminer vers l'origine. Ensuite seulement, tu pourras te déployer. Il en est ainsi pour chacun de nous. Sankofa!*

Epupa posa la paume de ses mains sur le front d'Ayané, prit une longue inspiration, ferma les yeux. Pendant un moment, elle ne dit rien, se contentant de caresser le front, la tête d'Ayané, avec douceur et agilité. Puis, elle plaça sa main droite sur la fontanelle de son amie, tandis que la gauche continuait de vagabonder du haut du crâne à la nuque. Ayané ne savait quelle attitude adopter. Devait-elle remercier Epupa et la laisser s'en aller, ou devait-elle prêter son concours aux deux médecins qui se demandaient comment l'attraper sans l'effrayer? Elle lui prit doucement la main, et dit :

— *Merci, Epupa... Je pense que tu as besoin d'aide. Je te présente le Dr Sontané, et son collègue, le Dr Dikom. Ils peuvent t'aider.*

Epupa se tourna vivement vers les hommes, écarquilla les yeux comme si elle ne connaissait qu'eux, ne fuyait qu'eux depuis le début. Elle détala à l'allure d'une fusée. Ses pieds chaussés de latérite ne touchaient plus terre. Les deux médecins lui coururent après. Epupa alla se cacher derrière l'un des cocotiers qui bordaient la cour de l'hôpital. De sa cachette à ciel ouvert, elle observa un instant ses poursuivants. Elle courut encore, gagna un autre cocotier sur lequel elle entreprit de grimper, la plante du pied fermement appuyée contre l'écorce de l'arbre, les mains placées de chaque côté, comme pour enserrer le cou d'un ennemi. Son ventre n'avait pas l'air de la gêner. Son souffle ressemblait au feulement des grands félins. Les deux médecins et Ayané se trouvaient au sol, lorsque, parvenue en haut, elle se mit à hurler :

— *Ne me touchez pas ! Je vous reconnais ! Vous êtes venus, l'autre jour, aux abords du village, pour éteindre le soleil. Tapis dans les broussailles, vous avez attendu l'heure où les femmes se rendaient à la source. Vous les avez enlevées pour les noyer dans l'abysse. J'étais derrière. Il ne m'est resté que le cri terrifié de mes sœurs...*

Epupa était redevenue la prophétesse primitive qu'Ayané avait croisée un soir dans les rues de Sombé, peu après la nuit d'Eku, et son bannissement du clan. Déjà, elle parlait d'époques qu'elle n'avait pas connues, les mêlant au présent, crachant, éructant, chassant les passants. Quand elle était dans cet état, il n'y avait aucune chance de la maîtriser. Les deux hommes s'arrêtèrent, essoufflés. Ils échangèrent quelques mots, puis le Dr Sontané se tourna vers Ayané qui n'avait pas bougé.

— *Retournez auprès d'Epa. J'essaierai de venir ce soir. Si je ne suis pas là à six heures et demie, attendez-moi demain matin.*

*

Le Dr Sontané n'était pas venu le jour même. Son collègue le Dr Dikom et lui avaient dû passer l'après-midi au pied du cocotier, se faisant remplacer par des infirmiers lorsque leurs patients les requéraient et, à la fin de leur service, ils avaient dû continuer à attendre qu'Epupa veuille bien descendre. Il regrettait vraiment d'avoir été retardé. Ayané le rassura, l'interrogea au sujet d'Epupa.

— *Alors, est-elle bien enceinte ?*

— *Elle approche de son terme ! Et soit elle ignore qui est le père, soit elle ne souhaite pas s'en souvenir.*

Le Dr Sontané demanda des nouvelles d'Epa. La jeune femme lui résuma la situation. Elle évoqua les cauchemars du jeune homme, les visages qui lui apparaissaient en rêve. Epa n'avait pas encore connaissance de la disparition d'Isilo. Ayané ne lui en avait pas parlé, pas plus que de la fin des combats, ni de la difficulté qu'il y aurait à retrouver les petits d'Eku, dans ces conditions. Elle n'avait trouvé ni les mots, ni le bon moment. Elle sourit tristement au Dr Sontané, qui l'écoutait avec attention :

— *Venez, je vais vous présenter ma tante Wengisané et son amie Aïda qui ont créé ce lieu. Ensuite, nous irons voir si Epa est réveillé.*

Ils traversèrent l'ancienne salle de séjour, devenue un hall avec un bureau et une étagère pleine de dossiers colorés dans lesquels on conservait les informations dénichées sur les résidents du foyer et sur les gens qui passaient de temps en temps demander de l'aide. Aïda et Wengisané étaient comme souvent dans la cuisine, où elles supervisaient le travail de Musango et de Musenja, une autre fillette. Les enfants écrasaient à la pierre les condiments destinés à une marinade. La petite Musenja avait été abandonnée par sa mère qui l'élevait seule. Un jour, la femme était sortie pour faire le marché, et sa fille ne l'avait jamais revue. L'enfant était persuadée que rien ne lui était arrivé, qu'elle n'avait tout simplement pas voulu rentrer. Elle avait l'habitude de sortir comme ça, de s'absenter pendant plusieurs jours, pour aller *jouer la vie*[1] avec des hommes en ville. Musenja pensait qu'elle était partie avec un de ces hommes. Elle parlait fréquemment de *faire l'Europe*. C'était son rêve, son unique objectif. Enjamber l'océan pour trouver une autre vie. L'amour d'un homme tendre, ayant de bonnes manières. La terre qui blanchissait en hiver, lorsque la neige tombait. Elle disait : *Tu te rends compte! Même la terre est blanche chez ces gens-là. Je te dis, ma fille, les pays sans hivers sont des pays damnés.* Alors, il n'était pas déraisonnable de penser qu'elle avait trouvé un moyen d'atteindre son paradis. Elle devait être heureuse. Si tel était le cas, tout allait bien. Rien n'était grave. La gamine cachait sa tristesse derrière une grande volubilité. Contrairement à Musango, elle parlait tout le temps, adorait faire la cuisine. Un jour, elle tiendrait un restaurant. C'était ce qu'elle disait. Ayané les embrassa toutes, présenta le Dr Sontané. Un peu embarrassé de troubler cette ambiance familiale, il s'arrêta poliment sur le seuil. Aïda lui permit d'entrer, l'y invitant d'un geste ample. Ayané ne le laissa pas faire, expliquant qu'ils reviendraient plus tard. Pour le moment, il fallait aller voir Epa.

Le tirant par le bras, elle entraîna l'homme derrière elle. Ils quittèrent la cuisine, longèrent un couloir peint à la chaux. Le Dr Sontané était silencieux, grave, sans doute ému à l'idée de revoir Epa. Ayané frappa deux coups à la porte, la poussant avant d'avoir été invitée à entrer. Le jeune homme ne répondait jamais, de toute façon. Depuis peu, il se levait quelques minutes par jour, pour habituer

1. Expression camerounaise : mener une vie de bâton de chaise.

ses jambes à le porter de nouveau. C'étaient surtout ses pieds qui le faisaient souffrir. Lorsque Dubé Diamant l'avait amené à La Colombe, ils étaient en charpie. Assis sur le lit, il inspectait ces plaies qui tardaient à guérir, le retenant là où il n'avait rien à faire. Il fronçait les sourcils, pinçait les lèvres pour barrer le chemin à la bordée d'injures qu'il aurait volontiers adressées au sort. Sa colère ne changerait rien. Ayané avait passé la tête à travers la porte entrebâillée. Il leva vers elle des yeux un peu moqueurs. Ses longues mains lâchèrent le pied qu'elles avaient empoigné pour le soumettre à une observation minutieuse. Il exhala un soupir de dépit, même si le ton léger de sa voix montrait qu'il n'était pas d'humeur sombre.

— *Ah, fille de l'étrangère, c'est toi !*

— *Je vois que tu vas bien. Tant mieux, j'ai une surprise.*

— *Alors, il faut que je me méfie. Tu es tellement bizarre…*

Il avait remonté ses jambes sur le lit, regardait vers la porte qu'Ayané n'avait toujours pas complètement poussée. La jeune femme recula, disparut un instant. Comme il lui lançait : *Cesse de jouer à cache-cache, je ne peux pas te courir après*, le Dr Sontané pénétra dans la chambre. Oubliant ce qu'il venait de dire, Epa se leva, entreprit d'avancer vers l'homme qui lui tendait les bras. Il ne prit pas soin de marcher sur les bords extérieurs des pieds pour éviter de rouvrir ses plaies. Un cri de douleur lui échappa. Le médecin se précipita vers lui.

— *Ne bouge pas, petit.*

— *Dr Sontané… Je n'arrive pas à y croire. J'ai tellement pensé à vous…*

— *C'est ce que j'ai cru comprendre. Je suis content de te retrouver en vie.*

— *Ne parlez pas trop vite. Je ne suis pas certain d'être vivant. Mais vous êtes là ! Vous allez m'aider à libérer mes frères.*

Le jeune homme pleurait et riait à la fois, expulsant d'un coup toutes ses émotions, peu soucieux de garder cette maîtrise de lui-même à laquelle il s'était tant attaché depuis qu'il avait été transporté à La Colombe. Parfois, il pleurait, mais il s'interdisait toujours de rire. Ayané, qui se tenait jusque-là un peu à distance, s'approcha du lit. Elle regarda Epa, si solide et si fragile. Ses yeux la piquaient un peu. Elle posa la main sur l'épaule du jeune homme, sourit. L'adolescent fixait des yeux le Dr Sontané. Des astres encore éteints il n'y avait pas si longtemps s'étaient remis à briller dans ses pupilles. La tension des jours derniers laissait place à une forme d'excitation qu'Ayané connaissait bien chez Epa. Cette passion de l'action, cette ferveur, qui lui avaient donné des envies de révolution. Elle le calma :

— *Ne t'emballe pas. Nous devons d'abord te parler.*

— *Qu'est-ce qu'il y a ? Nous n'avons pas une minute à perdre ! Il faut trouver une voiture pour aller chercher les autres…*

— *Petit, elle a raison. Tu dois apprendre certaines choses.*

Le Dr Sontané et Ayané se relayèrent pour lui expliquer qu'en quelques jours seulement, la situation qu'il avait fuie s'était considérablement modifiée. Les *rebelles* avaient quitté la frontière entre le nord et le sud du pays, après la ratification d'accords de paix entre leurs chefs et le Président Mawusé. Depuis, il y avait eu bien des péripéties. Tout le monde était convaincu que jamais le Président Mawusé n'appliquerait des accords qu'il avait été contraint de signer, et qui lui commandaient d'associer au pouvoir des gens qui l'avaient combattu par les armes, pour des motifs qu'il n'était pas le seul à trouver farfelus. Ces individus n'étaient même pas des ressortissants du Mboasu, et Mawusé ne comprenait pas que l'APC – et la *Communauté internationale* avec elle – permette la remise en question des frontières nationales, sous prétexte d'éviter un carnage. *Et la souveraineté dans tout ça?* avait-il lancé avant de se soumettre aux injonctions des Nations unies, mais le fond de sa pensée était clair comme de l'eau de roche. Il était inévitable que les deux camps s'affrontent de nouveau, bientôt, aussitôt qu'ils auraient, les uns ou les autres, trouvé une raison valable à leurs yeux. Ils devaient terminer la guerre qu'ils avaient entreprise. Pour le moment, ils ménageaient un calme de façade. Isango et Ibanga avaient été respectivement nommés ministres de l'Intérieur et des Sports. Ils ne siégeaient pas au Conseil des ministres, qui se tenait à Nasimapula, au milieu des dorures du palais présidentiel. Ce n'était pas parce qu'on avait apposé sa signature au bas du même document qu'on pouvait se faire une confiance aveugle. Ils craignaient un traquenard, disaient attendre de pouvoir participer aux réunions par visioconférence.

Les deux frères n'ignoraient rien des bruits qui couraient à leur sujet, et qui étaient la vérité.

On racontait qu'ils n'étaient pas nés citoyens du Mboasu, mais qu'ils avaient été naturalisés, eux et leur frère, lorsque ce dernier fréquentait l'université de Sombé. Ils avaient, depuis, la double nationalité du Mboasu et du Yénèpasi, ce qui était parfaitement cohérent avec leur vision d'un nouvel État fondé sur l'appartenance ethnique, mais pas du tout avec le code électoral du Mboasu. Les prochaines élections auraient lieu dans un an, si le calendrier était respecté. Ils comptaient certainement se présenter contre Mawusé, et continuer leur avancée vers la sécession du Mboasu du Sud. Enfin, on ne savait pas ce qu'ils avaient en tête, mais personne ne doutait qu'un plan savamment huilé attendait le moment propice pour se mettre en place. Pour l'heure, ils touchaient leur salaire et vivaient à Sombé, au grand hôtel Le Prince des côtes. Le jeune homme écoutait, estomaqué. On était passé de la pagaille totale à un chaos maquillé en recherche de la paix.

— *Mais pourquoi Isilo laisse-t-il faire cela ? Je sais qu'ils étaient fâchés, ses frères et lui, mais je m'étonne qu'il ne dise rien !*

— *Il est mort, Epa.*

Le garçon ouvrit de grands yeux. Ayané hocha la tête pour confirmer ce qu'elle venait de dire : Isilo n'était plus, d'après ses frères, interrogés sur son absence au moment de la ratification des accords de paix. On n'avait pas vu son corps, personne n'avait assisté à ses obsèques, mais on ne voyait pas pourquoi Isango et Ibanga mentiraient à ce propos. Compte tenu de tout cela, on imaginait que les troupes *rebelles* s'étaient dispersées. Il était donc impossible de savoir où trouver les petits Ekus.

— *La clé du cadenas?*

— *Aïda… C'est à elle qu'il faut la demander.*

Ils peinaient pour porter Epa. Lorsqu'ils atteignirent la cuisine, de nombreux enfants s'y étaient réfugiés. On entendait des pas précipités un peu partout dans le bâtiment, on ne savait où. Le Dr Sontané laissa Epa, Ayané, Musango, Wengisané et les enfants dans la cuisine dont une fenêtre donnait sur l'arrière-cour, leur faisant signe de s'échapper par là. Les assaillants n'avaient apparemment pas encore contourné la maison. Peu importait ce qu'ils cherchaient, ils allaient finir par mettre la main dessus.

— *J'essaie de trouver votre amie et de rassembler les autres gosses. Je crois qu'il ne faut pas trop miser sur la clé du cadenas. Trouvez un couteau, n'importe quoi pour scier la chaîne, et sortez tous au plus vite. Nous vous rejoignons… J'espère.*

— *Je n'irai pas loin avec mes pieds. Je vous attends ici. Que les autres s'en aillent.*

Ayané voulut demeurer près d'Epa, mais c'était lui qui avait raison. Il les ralentirait. Elle l'observa un moment, alors qu'il s'installait calmement sur une chaise, allongeant les jambes. Il lui rendit un regard chargé d'émotions contradictoires :

— *Eyia n'aurait pas dû se fier à moi. Vois comme je le trahis encore… Allez, emmène les enfants. Tu t'occuperas de moi plus tard.*

Elle ne répondit pas. Wengisané et la petite Musango étaient déjà passées par la fenêtre. Musenja, la fillette qui faisait la cuisine avec elles, commençait à en enjamber le rebord. Ayané attendit que tous ceux qui s'étaient réfugiés dans la cuisine sortent également. Elle les suivit. Wengisané avait pris un couteau de cuisine, mais Ayané craignait que ce ne soit pas suffisant pour briser la chaîne. Pendant que les garçons passaient par la fenêtre, elle s'était saisie d'une pierre à écraser qui sentait encore le piment et l'ail, dont elle était pratiquement certaine qu'elle viendrait à bout des maillons de fer forgé. Lorsqu'elle se mit à courir dans l'arrière-cour, vers le portail qu'Aïda avait condamné parce qu'elle n'utilisait plus sa voiture depuis belle lurette, Wengisané et les enfants avaient déjà bien avancé. Elle les rattrapa. Pendant que Wengisané tentait de scier la chaîne, Musenja avait atteint les plus hautes branches d'un goyavier qui se déployait en partie dans la cour et hors de la propriété. Musango ne pouvait accomplir de tels efforts. Elle s'était déjà beaucoup fatiguée, en sautant par la fenêtre, et en courant à perdre haleine. Les autres enfants étaient trop petits.

Ayané fit signe à Wengisané de se pousser. Saisissant la chaîne à pleines mains, elle l'observa minutieusement mais rapidement, pour trouver le maillon le plus usé. Elle en vit un, rouillé, qu'elle attaqua à la pierre à écraser, un énorme galet de granit rond, épais, assez lourd pour lui aplatir irrémédiablement les doigts, si elle n'y prenait garde. On les ramassait sur les rives de la Tubé, dans des criques encore sauvages. Ils servaient en cuisine, pour écraser herbes et épices. Ayané frappa, sans se soucier du bruit qui alerterait peut-être leurs assaillants. La chaîne céda. Essoufflée par l'effort, la crainte de ne pas faire sortir les enfants à temps, rendue fébrile par le désir de retrouver Epa, elle poussa violemment la grille de fer forgé. Wengisané, Musango et les garçons rejoignirent Musenja. Ayané s'adressa à sa tante :

— *Je vais chercher Epa. Nous vous rejoindrons plus tard.*

Lorsque la petite troupe s'en fut allée, Ayané retourna vers la maison. Elle n'entendait plus rien. Les enfants ne criaient plus. Le Dr Sontané n'apparaissait nulle part. Elle n'avait aucune idée de ce que devenaient Aïda et Epa. Elle courut pour regagner la cuisine, se disant qu'elle repasserait par la fenêtre et aviserait. Les battements désordonnés de son cœur allaient lui faire exploser la poitrine. Elle avait peur, mais refusait de s'enfuir sans avoir pris connaissance des événements qui se déroulaient dans la maison. Jamais plus elle ne tournerait le dos au destin des autres, uniquement pour se tirer d'affaire. C'était ce qu'elle avait fait à Eku, et cela la hantait toujours, même si elle savait que ses chances d'influer sur le déroulement des choses auraient été minces.

Lorsqu'elle atteignit la fenêtre de la cuisine, elle vit Epa, de dos, toujours assis. Il regardait un homme vêtu de noir dont Ayané distinguait mal les traits. L'inconnu était à contre-jour. Elle ne vit que les trois anneaux d'or qui tintaient à son oreille, se baissa prestement pour ne pas être repérée, entreprit de longer le mur pour essayer de passer par le garage. Il disposait d'une porte permettant d'accéder à la maison. Elle resta accroupie, tenant toujours la pierre à écraser dont elle pensait devoir se servir une fois de plus. La jeune femme lâcha brusquement l'ustensile. Une chose froide et dure s'était appuyée sur sa nuque. Une chose froide, dure, ronde, avec un trou au milieu. Un cylindre métallique lui happait la peau, sur la nature duquel elle ne se perdit pas en conjectures. La voix de celui qui tenait l'engin annonça :

— *Chef, venez voir ! Il y a une femme ici.*

Quelqu'un interrogea de loin :

— *C'est une Blanche ?*

— *Non, chef.*

— *Bon, ça ne fait rien. Amène-la.*

Une main glacée lui empoigna le coude, alors qu'elle était sur le point de se liquéfier de peur, et priait pour que cela se produise effectivement. Ce serait certainement plus agréable que ce qui l'attendait maintenant. La main la fit tenir debout. Ses genoux craquèrent. On l'obligea à pivoter. Elle croisa le regard noir d'un garçon élancé, au visage émacié. Il avait les lèvres gercées par la fièvre. *Paludisme chronique*, se dit la jeune femme. Cette tête lui disait quelque chose, elle en était sûre, mais elle ne voyait pas quoi. Un souffle de surprise gonfla un moment les joues creuses de l'individu. Il écarquilla ses yeux dont le blanc était d'un jaune aussi vif que la peau d'un *jiba*[1], approcha son visage, pour vérifier qu'il ne se trompait pas, et murmura :

— *Fille de l'étrangère !*

C'est alors qu'elle le reconnut. Il avait maigri, empestait la sueur et l'eau croupie, mais c'était bien lui. Elle sourit, oubliant presque l'arme pointée vers elle, la manière dont ses comparses et lui s'étaient introduits dans la propriété.

1. Mangue sauvage, en langue douala du Cameroun. Pluriel : *miba*.

— *Ebumbu!*

Il agita sa main libre pour lui indiquer de faire silence.

— *Tais-toi! Fais comme si tu ne me connaissais pas.*

Ayané ne l'écouta pas. Elle poursuivit :

— *Mais que fais-tu là?*

— *Tais-toi, je te dis! Je suis obligé de t'amener à mon chef… Tu l'as entendu! Et d'abord, que fais-tu là toi-même? On nous a signalé que c'était une maison de Blancs, ici.*

— *Il n'y a qu'une femme blanche. Le reste, ce ne sont que des enfants noirs…*

— *Bon. Allons-y. Ce n'est pas moi qui décide. Le chef verra ce qu'il faut faire.*

Il la poussa en avant, pointant son arme avec un peu moins d'assurance, mais la tenant tout de même assez fermement pour qu'Ayané se garde de courir, et vers où de toute façon. Ils passèrent par le jardin où se tenaient deux garçons qu'elle ne connaissait pas. Ils ne lui accordèrent pas un regard. Le lourd portail noir en fer forgé gisait sur les graviers blancs de l'allée centrale, portant la marque des impacts répétés du pick-up rouge brique. Il n'y avait personne sur la véranda. Seulement la trace boueuse de chaussures usées qui avaient arpenté les quartiers les plus infréquentables de Sombé. Elles étaient tellement usées, ces chaussures, qu'au centre de l'empreinte qu'elles avaient laissée au sol, on distinguait clairement un ovale attestant de la présence d'un trou percé dans la semelle. Les marques ocre avançaient en zigzag vers l'intérieur de la maison, nombreuses, désordonnées, comme se courant les unes après les autres dans tous les sens. Combien pouvaient-ils être ?

Dans la salle de séjour, Ayané vit les enfants rassemblés. Aïda était là elle aussi, les bras maintenus dans le dos par la poigne résolue d'un jeune homme au visage fermé. Ayané se laissa conduire près de son amie. Ebumbu lui retint les bras dans le dos, comme son camarade le faisait avec la femme blanche. Trois autres garçons se tenaient près des enfants. Bientôt, on entendit des rangers marteler le sol, en provenance de la cuisine. Un jeune homme vêtu d'un pantalon de treillis noir, d'un débardeur de la même teinte, apparut. Une cicatrice courait en biais le long de son visage, du menton à la naissance des cheveux coupés ras. Un creux triangulaire lui perçait le crâne. On ne pouvait détacher les yeux de cette marque et, à force de la regarder, on éprouvait la violence qui en avait été la cause. Le jeune homme était en tout point conforme à la description d'Epa. Ce n'étaient pas seulement les cicatrices, les bijoux, qui le rendaient tellement reconnaissable. C'était le malaise qu'on ressentait en sa présence. Ceux qui l'accompagnaient, en dehors d'Ebumbu, ne portaient pas d'armes à feu, mais des machettes, des gourdins piqués de clous. Eso s'adressa à Ebumbu :

— *Laisse cette femme ici, et va chercher Epa.*

— *Epa ?*

— *Oui, il est dans la cuisine. Tu prends le couloir de gauche là. Vas-y.*

La pièce resta silencieuse un instant, lorsque les pas d'Ebumbu sur le plancher se furent éloignés.

Le regard d'Eso passait d'un visage à l'autre. Il fixait des yeux les enfants, les deux femmes, puis encore les enfants. Il se décida à parler :

— *Bon. C'est quoi, exactement, ici ? On m'a désigné cette maison comme appartenant à une famille blanche.*

Personne ne répondit. Il s'approcha d'Aïda, ne ménageant entre eux qu'à peine assez d'espace pour laisser filtrer l'air. Elle le regarda aussi, sans ciller. Il l'interrogea, après un face-à-face muet :

— *Où sont tes gens ?*

— *Ici, dans cette pièce.*

— *Je parle des autres Blancs.*

— *On t'a mal renseigné. Cette maison est la mienne. J'y accueille des enfants en détresse.*

Eso recula d'un pas, sans détacher les yeux du visage d'Aïda. Il rit à gorge déployée. Ce fut un rire sans joie, dont les sonorités glacèrent les membres de l'assemblée, qui n'avaient jamais rien entendu de tel. Reprenant son souffle, il lança :

— *Encore une Blanche qui veut sauver les Noirs.*

Aïda haussa les épaules. Le ton de sa voix était tranquille, lorsqu'elle lui dit :

— *Je n'ai pas à te convaincre de ma bonne foi. Cette maison est la mienne. Ces enfants sont les miens tant qu'ils ont besoin de moi, tant qu'ils se souviennent de moi après m'avoir quittée. Et ce pays est le mien, quoi que tu puisses penser.*

Un rictus tordit les lèvres d'Eso, qui ne savait comment manifester sa haine, son mépris. Frapper cette femme ne servirait à rien. Elle avait d'elle-même une telle idée, que nulle violence physique ne pourrait la soumettre. Le sourcil levé, il ne put que répéter :

— *Ce pays est le tien ?*

— *Oui. Et j'ignore ce que tu feras de moi, mais ce ne sera pas pire que ce que tu as pu faire subir à des Noirs.*

Eso allait lui répondre, quand Ebumbu revint, précédé d'un Epa qui s'appuyait sur l'épaule du Dr Sontané. Le chef des assaillants posa des yeux étonnés sur le visage du médecin.

— *D'où sort-il, celui-là ?*

— *Je l'ai trouvé avec Epa. Ils tentaient de s'échapper par-derrière.*

— *Bon. Prends un gars là-dehors. Fouillez-moi bien cette maison.*

Le Dr Sontané voulut installer Epa sur une chaise. Eso l'en dissuada :

— *Pas question qu'il s'asseye. Il reste debout comme nous tous. Il a plus d'estomac que je ne le pensais, s'il a pu marcher de la frontière jusqu'ici.*

Epa ne dit rien, se contentant de se tenir sur les bords extérieurs de ses pieds. Une de ses plaies avait recommencé à saigner. Des gouttes de sang noircissaient le plancher. Son visage ne trahissait aucune émotion. Eso et lui se fixaient du regard. Les autres les observaient, tentant de déchiffrer les sous-titres de cette communication silencieuse. Eso rompit le silence :

— Le grand *est mort en demandant de tes nouvelles. Je me demande vraiment ce qu'il te trouvait.*

— *Moi aussi.*

— *Tu ne veux pas savoir comment il a rejoint
l'autre monde ?*

— *Seulement si tu tiens à me le dire.*

Eso raconta qu'on avait découvert, après la nuit
où Furious avait perdu la vie, que la fiole d'Isilo
contenait une toxine. Il soupçonnait son frère
Ibanga d'avoir introduit le poison dans le flacon. Il
n'avait pas de preuves, mais des bribes d'une
conversation entre Isango et Ibanga lui étaient par-
venues, le premier disant, sur le ton de l'écœure-
ment : *Comment as-tu pu faire ça... C'est l'enfant de
notre mère*[1] ! Et l'autre, répondant : *Je voulais être
plus libre...* Eso n'avait pas cherché à en entendre
plus. Pendant qu'on tentait en vain de soigner Isilo
dans son village d'Iwié, le général Misipi lançait une
attaque aérienne sur les positions *rebelles*, massacrant une des colonnes de jeunes gens qui gardaient un tronçon de la frontière. Il n'y avait pas
eu de survivants. Ils avaient compris que leur tour
viendrait. Alors, ils étaient descendus sur Sombé,
envoyant les plus jeunes dans un camp au Yénèpasi. Isilo venait d'être démis du commandement
des Forces. Wild Thang et Starlight avaient fait
allégeance à Isango et Ibanga. Comme il n'était plus
en très bons termes avec aucun d'eux, Eso était
resté au Mboasu, où il avait intégré les milices de
rue de Mabandan, qui avait besoin de combattants
aguerris. Tandis qu'il relatait ces événements, Eso

1. Signifie : *c'est notre frère.* Traduction littérale du douala
du Cameroun.

177

arpentait la pièce en long et en large. De temps en temps, il s'arrêtait, plongeait son regard dans celui d'un Epa impassible, qui s'enquit :

— *Alors, c'est quoi, votre plan ?*

— *Rassure-toi, frère. On en a un. Avant de te le dévoiler et d'abréger définitivement tes souffrances, je veux savoir comment tu es arrivé jusqu'ici.*

Epa n'eut pas le temps de répondre aux exigences d'Eso, à supposer qu'il en ait eu envie. L'un des jeunes gens qu'il avait postés à l'entrée de la demeure vint lui chuchoter quelque chose à l'oreille. Une femme demandait à être reçue. Elle avait prononcé le nom d'Eso, exigé qu'on la conduise à lui. Bien sûr, les gardes ne voulaient pas ennuyer leur chef, mais cette femme était étrange. Ils ne voulaient pas palabrer avec elle. Eso *tchipa*. Il ne connaissait aucune femme à Sombé qui puisse le réclamer. Qu'on ne lui fasse pas perdre son temps. L'adolescent insista. Il respectait son commandant. S'il se permettait de le déranger, c'était que la situation l'imposait. Eso affirmait ne connaître personne dans la ville. Pourtant cette femme l'avait demandé, lui, l'appelant par son nom. Eso eut l'air de réfléchir un instant. Il ne sortirait pas. Il avait pénétré dans cette maison pour y régler un problème, entendait le faire. Qu'on amène cette femme, il verrait de quoi il s'agissait.

Exhalaisons

Comprends ce que nous disons : le linceul qui ne nous fut pas tissé voile la face du Continent. Son ombre est sur les jours de cette terre. Nous sommes las de sévir. Épuisés de châtier. Qu'on nous donne la route.

Qu'est-ce qu'une stèle, sur ce sol qui regorge de richesses ? Qu'est-ce qu'une journée du souvenir, pour ceux dont la généalogie se confond avec le premier matin du monde ? Qu'on nous donne la route.

Nous ne savons plus la joie. Nos danses n'ont de rythme que le tremblement de squelettes ballottés par le ressac. Nous voudrions la paix, enfin. Accéder, nous aussi, à cet autre monde où les trépassés deviennent des figures tutélaires. Que notre arrachement n'ait pas été vain. Que nos déchirures soient lues de par le monde, pour être, dans la conscience du monde, au-delà de l'effroi, l'expérience de chacun. Qu'on nous donne la route.

Nous sommes las de semer la mort, de torturer l'espérance. Pourtant, nous l'avons déjà dit : nous ne pouvons agir que selon notre essence actuelle, et nous ne sommes que mort. Nous n'avons que torture au bout de nos phalanges ténébreuses. Si même nous voulions caresser les vivants, notre toucher ne pourrait que flétrir leur existence. Si même nous voulions apaiser les souffrants, notre main ne ferait que calciner leur chair. Qu'on nous donne la route.

Sache : il ne nous agrée pas de devenir un capital victimaire. Il ne nous agrée pas qu'on s'abaisse à demander réparations sonnantes et trébuchantes, quand on s'est détourné de son sang. Il ne nous agrée pas qu'on montre du doigt les fautifs, quand on est soi-même l'auteur d'un crime moral. Toujours, nos communautés ont abrité vivants et trépassés, jusqu'à ce que nous fussions les premiers repoussés d'une longue liste de niés à présent.

Nous voyons une injure supplémentaire à être brandis devant la mauvaise conscience des Occidentaux, qui ne soupçonnaient pas combien nous les hanterions. Nous voyons du mépris, chaque fois que le mot de traite *est prononcé, pour justifier qu'on se soit agenouillé, au lieu d'aller vaillamment sur son chemin d'homme.*

bravely

Nous étions les vaillants, et nous étions les braves. Nous étions la beauté, et la vitalité. Nous étions la promesse, et la fertilité. Nous étions le courage, nous étions la cadence. Nous étions l'endurance et l'imagination.

C'est pourquoi on nous prit : au cœur de la forêt, en route vers la source, au milieu du sommeil. Nous ne passâmes pas le milieu, fûmes projetés dans ce

180

creux, entre ciel et terre. *Tandis que nos corps s'affaissaient sous les vagues, nous devînmes la longue expiration qui te parvient ce jour, à toi qui sondes l'intangible, en quête de sens.*

Si le rapport au monde jaillit de l'appartenance à un espace donné, s'il ne peut se concevoir qu'à partir de soi, rien n'est possible pour ceux qui s'amputent d'un morceau d'eux-mêmes. Il n'est nulle part de puissant, qui foule aux pieds la mémoire de ses défunts…

combattre
l'oubli

Coulées

Flow

L'assemblée était silencieuse. Epupa comprenait que son apparition les laisse sans voix. Même pour elle, il n'était pas si simple d'endosser ce nouveau rôle. Tout se déroulait comme s'il lui fallait partager son corps avec une autre. Se tenir, muette, dans une région cachée de son être, observant les actes de celle qui agissait, portant son visage, se servant de sa voix. Nul n'entendait rien à ce qu'elle disait, à commencer par celui qu'elle venait chercher. Eso se tourna vers le jeune qui l'avait introduite dans les lieux. Il ne pipa mot, mais son regard était éloquent. S'il s'agissait d'une plaisanterie, elle ne l'amusait pas, le coupable serait sanctionné. La regardant à nouveau, il sembla chercher quelque chose à dire, mais pas une parole ne lui vint. Quelque chose en elle le désarmait. La femme planta ses yeux dans ceux d'Eso, qu'elle n'avait jamais vu auparavant, qui ne la connaissait pas. Elle l'interrogea pourtant, comme s'ils étaient des intimes :

— *Que fais-tu ici quand Esaka te cherche? Des enfants d'Ibon, tu es le seul à n'avoir pas enjambé la tombe de sa mère. Comme chacun de nous, tu dois effectuer ton retour à l'origine...*

Eso rugit douloureusement, bondit vers la jeune femme, les mains tendues. Aïda, Ayané et le Dr Sontané s'interposèrent spontanément, se jetant d'un même élan entre le jeune homme et la femme. Tous basculèrent au sol, à l'exception d'Epupa, qui contempla brièvement ce désordre, avant d'ordonner à Ebumbu de lui apporter une chaise. Ce n'était pas une façon d'accueillir les *étrangers*[1]. Eso était à terre, écrasé sous le poids des défenseurs d'Epupa. Ebumbu ne sut quoi faire sans les ordres de son chef. Ce dernier demeurant silencieux, il se dirigea vers le fond de la pièce, y trouva une chaise qu'il apporta à la nouvelle venue. Elle s'y installa, reprit le fil de son propos, auquel personne – en dehors d'Eso et d'elle-même – ne comprenait toujours rien. Cette fois, elle s'adressa à l'assemblée. Pointant nonchalamment l'index vers Eso, elle le leur présenta :

— *Voici Eso. Fils d'Esaka et d'Ibon, sa troisième épouse. Il est né à Eku, même s'il ne semble pas s'en souvenir, même s'il lui semble que nul ne s'en souvient. Un jour, alors qu'il avait douze ans, Eso disparut. Il s'en était allé à la grand-ville pour travailler, ramener de quoi aider les siens. Ce jour-là, contrairement à ses habitudes, Eso était seul. Sur le chemin menant d'Eku à Sombé, il s'était disputé avec Ewudu, son meilleur ami. Ils s'étaient alors séparés à l'entrée de la ville, sans se promettre de se retrouver, comme ils le faisaient toujours, à l'endroit même où ils s'étaient quittés, et avant la tombée de la nuit.*

1. Les invités.

186

Epupa expliqua que, ce fameux jour, Ewudu, pas fâché au point d'abandonner son ami, avait attendu. En vain. Alors qu'il travaillait comme porteur dans le marché très animé de Kalati, Eso avait été enlevé. La suite, on la connaissait. Epupa n'était pas venue expliquer comment Eso était devenu celui qu'il était. Les événements du présent, affirmat-elle, ne l'intéressaient que dans la mesure où ils prenaient leur source dans des failles anciennes, laissées béantes à la surface du Continent. Désormais, l'existence des populations se passait à tenter de contourner ces fosses ou à les enjamber comme elles le pouvaient. Évidemment, sur un sol criblé d'autant de tombeaux, symboliques ou réels, l'exercice était rude, inhumain. N'était-il pas temps de savoir de quoi il retournait exactement ? Le monde feignait parfois de s'interroger sur le sort des peuples continentaux. On le voyait à la télévision, dans les demeures cossues des bourgeois locaux qui regardaient, en deuxième partie de soirée, des émissions tournées en APC. De temps en temps, on y invitait des Continentaux ayant déserté les fureurs de la terre originelle, pour qu'ils diagnostiquent le mal, proposent un remède. Ils parlaient beaucoup, sans avoir rien à dire. À la fin du programme, le problème restait sans solution. C'était compréhensible : hors du Continent, la question ne pouvait être posée comme il se devait. Elle ressortissait de profondeurs inaccessibles aux étrangers, quelle que soit leur bonne volonté. Ils ne pouvaient parler que d'économie, de politique, de droit. En réalité, ils n'évoquaient que les conséquences d'une chose impossible à appréhender pour eux.

Le mal continental était spirituel. C'était sur ce terrain-là que le drame ne cessait de se nouer, engendrant les répercussions qu'on connaissait dans le monde manifesté. La faute ne résidait pas uniquement dans le commerce d'êtres humains, que les Continentaux n'étaient pas les seuls à pratiquer. Le péché continental résidait dans l'oubli. Ceux des déportés du trafic triangulaire qui n'avaient pas peuplé, fécondé les Amériques, avaient péri dans les flots. Alors, des paroles prononcées dans des langues continentales étaient sur leurs lèvres. Tandis qu'ils sombraient, ils avaient nommé la divinité comme on le faisait dans leur pays natal. Ils en avaient appelé au clan, à la tribu. À ce jour, leurs ossements ne s'étaient pas désagrégés. Quelque chose d'eux subsistait, qui hurlait encore, qu'on prétendait ne pas entendre. Ils réclamaient la mémoire. Une sépulture digne, qui leur permette de n'être plus, ainsi qu'ils le demeuraient, suspendus entre ce monde et l'autre. Les transbordés qui n'avaient atteint aucune côte demandaient le droit de mourir enfin. Celui d'être arrachés au silence, qui n'était pas la mort, mais le refus de la délivrance. Tant que la paix ne leur serait pas accordée, ils la refuseraient au Continent. Leur peine s'infiltrerait dans l'existence des peuples. On ne connaîtrait plus les siens. On ne les reconnaîtrait plus. Pour avoir perdu la trace de son propre sang, on aurait empoisonné son existence, la précipitant dans des coulées de lave, l'immergeant dans des torrents de boue. Tel était désormais le quotidien, en ce cœur amer du Continent : le sang était devenu de l'eau. Comme elle, il croupissait, fermentait, empuantissant l'atmosphère.

Epupa se tut un instant. Son autorité s'imposait à chacun. D'une main légère, elle lissa un faux pli sur l'étoffe rouge de sa robe, planta à nouveau des yeux enflammés dans ceux d'Eso. Elle lui dit :

la
responsabilité

*— Tu penses que les tiens ne t'ont pas cherché...
Depuis que tu arpentes en long et en large le mitan
de notre terre, tu as eu, à maintes occasions, la possibilité de rentrer à Eku. Lorsque tu t'y es présenté
pour enlever tes frères, tu n'as pas dit ton nom. Tu
n'as pas cherché à savoir si tes parents vivaient
encore. Ceux qui te cherchaient ne pouvaient te
retrouver, car ton cœur les avait rejetés. Tu n'es pas
seul fautif, mais nous verrons cela plus tard...*

Eso ne broncha pas. Son regard était rempli de
crainte à l'égard de cette femme, qui savait de lui
des choses qu'il avait oubliées. Il partageait les
croyances des peuples de cette zone équatoriale du
Continent et savait que, comme on le disait cou-
ramment, Epupa n'était pas *venue seule*. Assise face
à eux tous, elle faisait entendre la voix des esprits,
des disparus. Elle voyait au-delà du visible, traversait le temps. Le jeune homme baissa les yeux.
Même Isilo n'avait pas eu ce pouvoir. S'il affron-
tait cette femme, les représailles qui s'ensuivraient
étaient inimaginables. Epupa poursuivit, lui rappelant qu'il était un proche d'Isilo, depuis longtemps
déjà. Il avait des hommes sous son commandement,
la liberté d'aller et venir. Ce n'était pas comme si le
village de ses parents se trouvait sur la lune. Jamais
il n'avait songé à y faire une halte.

Or, tels étaient les faits. Ewudu, rentré seul à
Eku, s'était lamenté en chemin sur le sort de son
frère, persuadé qu'il lui était arrivé malheur. Sitôt
arrivé au village, il s'était présenté devant la case
d'Ibon, lui avait tout dit. Esaka, comme souvent les
hommes du clan, était absent. Il ne devait pas rentrer avant plusieurs mois. Ses épouses, dont Ibon
était la troisième, n'avaient aucun moyen d'entrer

en contact avec lui. La mère d'Eso avait écouté l'enfant venu l'informer. Puis, elle s'était retirée dans sa case, demandant à ne pas être dérangée. Elle avait fait ses ablutions, revêtu un pagne propre, s'était agenouillée pour supplier Nyambey de lui donner la force de faire face. Ensuite, elle était sortie, contournant sa case pour rejoindre l'autel sacré de la famille. Là, elle en avait appelé aux ancêtres, afin qu'ils gardent son fils, le ramènent auprès d'elle. Enfin, elle s'était rendue chez Eyoum, le chef du village, pour que le Conseil des anciens soit convoqué. Eyoum, qui était également le guérisseur et l'intercesseur privilégié des habitants d'Eku auprès de l'invisible, avait, bien entendu, accédé à sa requête. Une réunion extraordinaire s'était tenue au milieu de la nuit, au cours de laquelle les mânes du clan avaient été interrogés.

Les réponses de l'au-delà n'avaient pas été de bon augure. Les ténèbres s'étaient emparées de l'enfant Eso. Les forces négatives qui planaient au-dessus du Mboasu et des pays limitrophes, prenant la forme d'hommes malfaisants, avaient soustrait le gamin à la vue des siens. Ils lui avaient également fermé les yeux, les oreilles, au moyen de pratiques que le garçonnet ne se souviendrait jamais avoir subies. Des années durant, son cœur serait inaccessible aux cris des siens. Il serait entraîné dans une vie de fraude et de violence, jusqu'au jour où il reparaîtrait. D'abord, on le verrait rôder dans le marché de Sombé, sur les lieux mêmes de sa disparition. Il fallait à tout prix le reconnaître à ce moment-là. L'appeler par son nom, s'assurer qu'il réponde. Après, il serait trop tard. L'enfant devait rentrer au village en compagnie de

lui revenait. Si son cœur s'était asséché, il entendait, dans la voix de celui qui l'appelait, qu'on n'avait pas cessé de le chérir, et sa rancœur fléchissait. Esaka était déterminé à faire ce qu'il fallait. Il avait pris ses quartiers au cœur du marché de Sombé, là où Eso avait été kidnappé, là où le destin devait le ramener un jour. Le père était résolu à attendre ce jour, ce qu'il fit, ne rentrant parfois pas au village le soir, lorsque le marché fermait, qu'il n'y avait plus personne, en dehors de marchandes venues de villages autres que le sien et qui avaient, contrairement aux femmes d'Eku, le droit d'aller et venir à leur guise. Il demeurait non loin d'elles sous des cieux sans lune, passant pour fou, tandis qu'elles vaquaient à leurs occupations. Il écoutait leurs conversations, les voyait, au bout d'un moment, étendre à terre des cartons ou des nattes. Les yeux d'Esaka ne se fermaient jamais, tant il craignait de ne pas voir son fils, s'il repassait par là. Il scrutait les voiles sombres de la nuit, écarquillait les yeux sous les flammes de l'astre diurne. Pour gagner sa vie et celle des siens demeurés à Eku, il vendait des arachides, grillées ou fraîches. C'était un commerce de pauvre. Les arachides poussaient n'importe où, n'importe comment, dans ce pays. Il n'y avait qu'à les enfouir sous la terre. Une denrée si ordinaire ne rapportait pas grand-chose.

Le temps passant, Esaka avait perdu la vue. Le jour où Eso, devenu un jeune homme, s'était présenté devant son étal pour acheter des cacahuètes, aucun des deux n'avait reconnu l'autre. Eso était alors en compagnie de ses amis, Furious, Starlight et Wild Thang, qui l'appelaient *Master E*. En route vers le Yénèpasi après avoir rencontré Mabandan pour le compte d'Isilo, ils avaient fait une halte au marché pour s'offrir de quoi grignoter. Arrivés devant la petite table où étaient disposées les arachides d'Esaka, ils avaient été impressionnés par l'adresse de l'aveugle, lui avaient donné quelques pièces supplémentaires. À l'heure où Epupa révélait tout cela, Esaka était toujours au marché de Sombé. Ses autres enfants se relayaient auprès de lui, rapportant au village le fruit de son commerce, cependant qu'il attendait Eso. Il ne voyait plus, mais se disait que Nyambey le prendrait en pitié, l'aiderait, par un moyen ou par un autre, à reconnaître son plus jeune fils. À ce stade de son propos, Epupa se tut à nouveau, avant de s'adresser à Eso d'une voix forte :

— *Que fais-tu ici, quand Esaka t'attend? Il ne te reprochera pas de n'avoir pas, de ton propre chef, regagné le lieu de ta naissance. Il sait que ta volonté a été bridée, ton regard brouillé. À présent, je viens de te déciller les yeux. Je ne peux te remettre tes fautes, n'ayant pas ce pouvoir, qui appartient à l'Unique. Pourtant, je te donne la possibilité d'alléger le fardeau dont tu as chargé ton âme. Rends-toi sans tarder au Yénèpasi. Là, tu rassembleras ceux qui restent de l'ennéade de garçons arrachés à Eku. Nul ne peut entraver tes pas. Isilo n'est plus, et ses frères n'ont que faire de ces enfants, qu'ils prétendent aujourd'hui ne pas connaître. Ensuite, présente-toi devant ton père. Reconnais-le, puisqu'il ne te verra pas, puisque tu n'es plus le fils qu'il a perdu… Ne réponds pas immédiatement. J'ai encore à dire, avant que tu ne me fasses connaître ta décision.*

Epupa caressa doucement son ventre rebondi, adressa un sourire à Aïda. Avant qu'elle ne reprenne la parole, la voix d'Epa se fit entendre. Il affirma ne pas souhaiter retourner à Eku. Si ses frères y étaient ramenés, il en serait heureux, mais il ne voulait à aucun prix revivre au village. D'ailleurs, il n'y avait plus personne, depuis la mort d'Eyia, son cadet. Les yeux d'Epupa se détachèrent du visage d'Aïda, pour se fixer sur celui de l'adolescent. Elle exhala un long soupir, manifestement excédée, mais ne perdit pas son calme. Comme s'il lisait dans ses pensées, Epa parla encore, exprimant les reproches que la jeune femme s'apprêtait à lui adresser. Il dit qu'il savait que ce serait une défection de plus vis-à-vis de ses frères kidnappés. Il reconnut aussi que ne pas retourner à Eku signifierait abandonner les restes d'Eyia au néant, ne plus se rendre sur la tombe de sa mère, s'exposer à ne jamais revoir son père. Il savait tout cela, l'acceptait. Depuis la nuit du meurtre et de l'enlèvement, où que ses pas le portent, ses morts étaient avec lui. Leur douleur le suivait partout. Il n'avait pas besoin de s'infliger, par-dessus le marché, les reproches du clan. Là-bas à Eku, nul n'avait envie de l'écouter, nul n'était en mesure de le comprendre. Rien d'étonnant à cela : lui-même ne se trouvait aucune circonstance atténuante. Sans quitter l'adolescent du regard, Epupa hocha la tête. Elle dit :

— *J'avais prévu que tu serais dans cet état d'esprit. Tu résideras ici, à Sombé, avec Ayané. Je crois que vous pourrez vous entendre et veiller l'un sur l'autre. Ton père en sera informé. Avant de vous établir en ville, Ayané et toi devrez nous accompagner à Eku, pour la cérémonie de Sankofa.*

Ayant prononcé ces paroles, la jeune femme se tourna vers Eso. Ce dernier avait baissé la tête. Une expression indescriptible s'affichait sur son visage, mêlant l'humiliation, la rage, l'accablement. Elle ne lui parla pas. Ne réitéra pas ses injonctions, n'attendit pas de connaître sa décision. Au bout d'un long silence, il se dirigea vers la sortie. Aucun de ses hommes ne lui emboîta le pas. Arrivé sur le seuil de la porte, le regard fixé vers le jardin, donnant le dos à l'assistance, il souffla :

— *Quelqu'un viendra-t-il au Yénèpasi avec moi ? Seul, je n'aurai pas la force de ramener les enfants...*

*

Le Dr Sontané avait accompagné Eso, devenu inoffensif. Les paroles d'Epupa l'avaient infiniment troublé. Il était redevenu le garçonnet qu'on enlèverait, qui basculerait dans une autre vie. Au volant de la Jeep, il n'avait pas ouvert la bouche. Le Dr Sontané, installé près de lui, avait pourtant eu le sentiment d'entendre les interrogations qui se bousculaient dans son esprit. Il les partageait. Comme Eso, il tentait d'associer les désordres de l'existence actuelle avec les horreurs d'hier. Avant d'entendre cette femme, jamais il n'avait fait le lien. Pourtant, il était de ceux qui passaient le plus clair de leur temps à chercher, dans les livres d'Histoire, les raisons du marasme. Il avait l'intuition que la clé résidait dans le passé. Il connaissait par cœur la période coloniale, tout ce qu'il était possible de savoir concernant la traite négrière... Epupa avait raison d'affirmer qu'on avait failli à son devoir. Cela le frappait brutalement. Il existait, bien entendu, des ruines témoignant du commerce triangulaire. Certains ports négriers étaient devenus des lieux de pèlerinage. Pourtant, le Continent n'avait pas érigé de monument à la mémoire de ses morts.

Les vestiges avaient valeur d'archives. Ils ne pouvaient remplacer des édifices jaillis de la volonté, de l'effort des peuples continentaux. S'ils rappelaient le drame, ils ne disaient rien de ce qu'on avait fait pour le prendre en charge et, surtout, pour revendiquer les morts comme étant les siens. Or, leur impossible recensement ne permettait pas de douter de ce qu'ils représentaient : le premier ensemble trans-continental qui ait existé. Celui qu'on ne parvenait pas à construire, dans la réalité vécue de ceux demeurés à terre. Dans l'ensevelissement, les différentes populations déportées lors du *Passage du milieu* s'étaient mêlées. Elles ne connaissaient plus qu'une seule langue, charriant l'écho de toutes celles qu'elles avaient parlées. Elles ne transmettaient plus qu'un message unique, mettant en garde ceux qui croyaient pouvoir bâtir l'avenir sur l'oubli. Il était aussi tentant qu'illusoire de penser que le silence puisse tenir le mal à distance. Il ne faisait que le renforcer. La danse macabre des squelettes ne prenait pas fin. Ils tambourinaient aux portes des placards où on pensait les avoir enfermés. Leur insistance faisait maintenant sauter les planches. Ils s'évadaient en cohortes.

À cette pensée, l'homme avait tressailli, laissant glisser ses yeux vers le crâne fendu d'Eso, dont le regard, rivé à la route, luisait de larmes vieillies. Il avait compris les propos d'Epupa. Chaque fois que les liens familiaux se défaisaient, chaque fois qu'on se dressait contre son semblable, l'Histoire se répétait. Douloureusement, impitoyablement, dans un entre-soi subsaharien. La traite

197

négrière était à inscrire au patrimoine tragique du genre humain. Parce qu'elle avait impliqué des régions différentes du monde. Parce que les bourreaux n'avaient pas été que d'un côté. Parce qu'elle était, à cette échelle-là, le premier crime contre l'humanité dont on ait gardé trace. Celui qui, trop longtemps ignoré, avait engendré les autres. Une fois qu'on avait réduit des humains à cela, qu'hésiterait-on à commettre? Devant quoi reculerait-on? Aux quatre coins du monde, on se surpasserait pour défier l'horreur. La zone subsaharienne du Continent était concernée au premier chef. Elle avait été la source unique du trafic. On ne s'était pas servi ailleurs. Et depuis, les rapports de cette région avec le reste du monde demeuraient les mêmes. Elle était le puits sans fond d'où les autres tiraient leur croissance. Et, comme par le passé, il se trouvait toujours une main autochtone pour participer au crime. Les soulèvements populaires observés çà et là, loin du regard de la *Communauté internationale*, ne venaient jamais à bout des régimes scélérats. Le mal venait de loin. Trop de temps lui avait été laissé pour prospérer. Au fil des âges, il avait tellement profité qu'il se dressait maintenant, haut en stature, expert en cruauté. Il enfantait des monstres à n'en plus finir, de toutes tailles, catégories et aspects. On en était là. Évidemment, il semblait pour le moins ardu d'envisager de faire comprendre la chose aux masses. Accablées de difficultés, privées des plus chétives espérances, désignées sur le moindre coin de terre comme étant l'ombre la plus ténébreuse au tableau du monde, les populations subsahariennes ne pouvaient aisément entendre un discours rappelant leur dette envers les morts. Partout, on ne parlait du Continent que pour en souligner les échecs, les rendez-vous manqués, les retards irrattrapables.

La plupart des gens doutaient de la valeur de leur existence. Comment exiger d'eux, qui n'étaient pas certains d'être pleinement en vie, qu'ils le soient de manière signifiante, significative, qu'ils s'acquittent de leurs obligations à l'égard de disparus dont nul ne prononçait le nom ? Sans doute la diaspora issue des anciennes razzias souffrait-elle du silence subsaharien sur le sujet. Sans doute avait-elle besoin, elle aussi, que des lieux de mémoire soient bâtis sur la Terre Mère. On n'avait que trop tardé... Dans les familles de la côte du Mboasu, le temps n'était plus guère évoqué, où les chefs locaux fournissaient des hommes aux négriers. Leurs navires mouillaient au large, quelquefois durant des mois. Déjà à l'époque, ils savaient prendre le temps d'analyser la situation sur le Continent : jeux de pouvoir, rivalités, rancœurs exploitables. Ils n'avaient pas été étrangers à bien des intrigues, dont ils avaient su tirer avantage, afin de remplir les cales des bateaux. Pas seulement parce que la fraternité de couleur n'existait pas, dans ces zones peuplées uniquement de Noirs. Pas seulement parce que la cupidité était un travers équitablement partagé parmi les humains. S'il avait été si facile aux négriers de s'associer à des chefs continentaux, c'était parce que ces derniers n'avaient, déjà, aucun souci des leurs, aucune vision d'avenir. Autrement, ce commerce n'aurait pas duré des siècles. Un frisson glacé avait de nouveau parcouru l'homme, quand il s'était demandé ce qu'il serait advenu, si les Occidentaux n'avaient pas décidé, y voyant leur intérêt, d'abandonner le trafic humain pour venir s'approprier le Continent.

Le Dr Sontané venait de commencer à mettre l'expérience d'Eso en perspective avec les faits historiques. Ce n'était pas si simple d'appliquer, de manière transparente, la logique d'Epupa. Puisqu'on ne pouvait effectuer de transposition parfaite, il fallait trouver, à chaque fait récent, une signification cachée, sous-jacente, qui mime le passé ou le traduise. Il abandonna l'exercice. La journée avait été suffisamment chargée en émotions, et ce n'était pas fini. Il reporta son attention sur le paysage, s'étonnant intérieurement de se trouver là, assis dans ce véhicule où il n'avait rien à faire. Cette histoire n'était pas la sienne… Il ne connaissait pas les enfants qu'ils allaient chercher, n'avait aucune idée de ce qui les attendait, une fois sur place. On ne pouvait exclure la possibilité qu'Eso ait simplement saisi l'occasion de s'enfuir. Ce n'était pas vraiment son genre, mais le médecin ne savait, au fond, pas grand-chose de lui. Là-bas, au Yénèpasi, un comité d'accueil armé jusqu'aux dents les recevrait peut-être. Les gamins pouvaient avoir été déplacés. Si tel n'était pas le cas, rien n'indiquait qu'ils veuillent les suivre. Eso était devenu un paria, au sein des Forces du changement, désormais dissoutes, d'ailleurs. Ceux derrière lesquels les enfants avaient dû se ranger, n'ayant pas d'autre choix, ne les laisseraient sans doute pas filer comme ça. Juste parce qu'une femme en contact avec l'invisible en avait donné l'ordre.

Alors qu'un singe enroulait sa queue autour de la branche de l'un des arbres bordant la route, l'homme soupira, se dit qu'il verrait bien. Sans crier gare, Eso arrêta la voiture, descendit. Le Dr Sontané le regarda faire quelques pas vers les fourrés proches. Il urina, fit tomber la dernière goutte d'un geste machinal, regagna sa place derrière le volant. Le vrombissement du moteur couvrit un instant les bruits alentour. Puis, on entendit à nouveau des voix égarées, solitaires. Le croassement des crapauds dans les rigoles. Le jour commençait à décliner. La route menant aux rives de la Tubé, qui séparait le Mboasu du Yénèpasi, déroulait ses crevasses avec une régularité métronomique. Aussi s'habituait-on à la cadence des plongeons, suivis de retours chaotiques à la surface. De rares pêcheurs rentraient chez eux. Quelques marchandes de rue arrangeaient leurs effets, avant de se mettre en chemin elles aussi. Scènes d'une vie ordinaire. Après tout, la paix était signée. Il n'y avait pas de raison que les choses ne reprennent pas leur cours, à l'endroit exact où la guerre l'avait interrompu. Enfin, si cette aporie pouvait porter le nom de guerre. L'ineptie régnait depuis si longtemps que le sens des mots s'était perdu, sans que nul ne le relève.

Ils atteignirent enfin les berges du fleuve. Le soleil, trempant ses dernières lueurs dans l'eau obscurcie, se noyait lentement à l'ouest. Ils étaient seuls, quand ils descendirent de voiture. Le Dr Sontané se demanda comment traverser, si personne ne les y aidait. Il garda le silence un moment, n'osant s'adresser à Eso, dont le regard s'était fixé sur l'autre rive, comme s'il entendait la rejoindre par la pensée. N'y tenant plus, il l'interrogea :

— *Et maintenant, que faisons-nous ?*

— *Nous attendons.*

— *Ah ?*

Eso se retourna, daignant enfin abaisser les yeux vers ce fou qui s'était proposé de l'accompagner. Il

le scruta longuement, bien qu'il n'y eût rien de spé-
cial à contempler, qu'un petit bonhomme vêtu
d'une chemise élimée, d'un vieux jean blanchi par
les ans. Le Dr Sontané soutint ce regard, qu'il savait
être celui d'un assassin. Loin de lui l'envie de défier
le garçon. Il était simplement épuisé à un point
tel qu'il ne songeait pas à prendre la fuite. Dans ces
conditions, il ne restait qu'à s'enquérir des possibilités véritables d'accéder à leur destination. Consentant finalement à l'éclairer, Eso se remit à examiner
le lointain, tandis que ses lèvres laissaient échapper
l'explication :

— *La nuit, il y a un commerce ici. Des pirogues
acheminent des biens et des personnes, d'un côté à
l'autre. Il suffira de payer.*

Il se tut un moment, avant de conclure :

— *Ne vous inquiétez pas. Il y a toujours quelqu'un. Les gens ont besoin d'argent. On n'en gagne
pas par des moyens légaux, dans ce pays.*

La fin de son propos coïncida avec l'arrivée de la
pluie. C'était la saison sèche.

*

Epupa ouvrit les yeux. Son esprit avait voyagé
avec Eso et le Dr Sontané, veillant à ce qu'ils
accomplissent leur mission. Cette certitude acquise,
elle pouvait retrouver les autres. Ayané était pen-
chée au-dessus d'elle, lorsque ses paupières s'écartèrent. Elle lui sourit. Comme son amie allait
remonter les couvertures, Epupa secoua la tête.
Se redressant, elle s'adossa à la tête du lit, balaya
du regard la petite pièce dans laquelle elle ne se

souvenait pas être entrée. Il lui semblait avoir les yeux encore humides de la pluie qui s'était soudain abattue sur les rives du fleuve, tandis qu'Eso et son compagnon attendaient un éventuel passeur. Elle avait embarqué avec eux, à bord d'une pirogue surgie de l'épaisse mangrove avoisinante. La femme d'âge mûr qui la manœuvrait avait refusé toute rétribution pour son aide. Assis juste derrière elle, le Dr Sontané lui avait trouvé une forte odeur marine, mais il n'avait rien dit. Les ayant conduits de l'autre côté, elle s'était adressée aux hommes :

— *Faites vite. Vous les trouverez rassemblés dans les broussailles, à quelques kilomètres d'Iwié. Vous serez ici demain, lorsque le coq aura chanté deux fois. Nous vous attendons.*

Eso s'était tourné vers elle, sans rien dire. Il reconnaissait cette femme, l'avait déjà vue. Où ? Il l'ignorait. Au cours des années écoulées, il n'était pas une miette de terre, dans ces parages, que ses pieds n'aient foulée. Il pouvait l'avoir rencontrée n'importe où. En sa présence, il éprouvait un sentiment de familiarité, presque d'intimité. Elle portait un pagne noué sous les aisselles, comme les femmes d'Eku, son village natal. Trois larges nattes s'étiraient sur son crâne, celle du milieu un peu plus bombée que les autres. Hochant la tête, elle sourit. Il détourna les yeux, les épaules s'affaissant. Tout à coup, il eut honte de lui. Cela ne s'était pas produit depuis bien longtemps. La dernière fois que la sollicitude et la patience d'une personne lui avaient si violemment pincé le cœur, il venait de manquer à la parole donnée à sa mère. Elle lui avait pardonné, rendant sa faute encore plus inacceptable à ses propres yeux. Tandis qu'il avançait, ses rangers s'enfonçant dans le sol limoneux du Yénèpasi, il entendit la voix du Dr Sontané, interrogeant la femme :

— *Pourquoi dites-vous* nous *?*

— *Homme,* répondit-elle, un rire dans la voix, *seule, je n'aurais pu vous conduire ici. Hâtez-vous, à présent. Cette nuit ne sera pas assez longue pour retarder le jour. Le soleil ne doit pas nous voir.*

La femme, qui s'était tue un moment, avait ajouté, à l'intention du médecin :

— *Homme, n'aie aucun doute : cette histoire est bien la tienne. Elle parle de tous les arrachements, de tous les enfermements, de toutes les disper-sions. Elle dit les pertes innombrables, mais aussi, l'immensité des possibles... Va, maintenant.*

*

Ils avaient trouvé les enfants, qui avaient dit s'être échappés, le lendemain de la nuit où les *rebelles* avaient commencé à s'affronter les uns les autres. L'un d'eux, Elimbi, avait remarqué la dispa-rition d'Epa. Ils ne lui avaient plus adressé la parole depuis leur enlèvement, mais il était leur frère aîné. Ils ne pouvaient demeurer là où il n'était plus. N'ayant pas vu sa dépouille, ils surent qu'il n'avait pas été tué pendant la fusillade. Ils se seraient évadés à l'instant même, si on ne les avait regroupés de force, ramenés au Yénèpasi. Leur fuite avait été retardée, mais ils étaient résolus à se sauver. Plusieurs semaines avaient été nécessaires pour trouver le courage de mettre leur projet à exé-cution, déjouer la vigilance de leurs chefs, s'élancer vers l'incertain. La providence avait protégé leur avancée. Ils n'avaient craint ni les ombres nocturnes, ni les imprévus embusqués de part et d'autre du chemin, une fois le soleil levé. Depuis quelques jours, ils se terraient dans la brousse, entre Iwié et la rive du fleuve, cherchant le moyen de traverser. Ils n'avaient pas d'argent pour payer les passeurs, ne se fiaient pas à la charité des inconnus. N'importe quel pêcheur pouvait cacher un trafiquant d'âmes. Ils avaient été assez durement éprouvés, ne voulaient pas prendre de risque inconsidéré.

Au bout de la troisième nuit passée dans la brousse, alors que la faim leur déchirait les tripes, quelqu'un les avait approchés. Ils avaient tous vu la même personne, dont ils ne pouvaient aujourd'hui décrire les traits. Tout ce qu'ils se représentaient à présent, c'était sa démarche quand elle leur avait donné le dos, la couleur sombre du pagne noué sous ses aisselles. Au début, chacun pensait avoir rêvé de sa propre mère. Ils avaient mangé goulûment les mets qu'elle leur offrait, dévorant dans leur sommeil, se sentant repus au réveil. Elle s'était présentée toutes les nuits, sans dire un mot, chargée de plats fumants, odorants, tels qu'ils n'en avaient plus goûté depuis leur départ du village. Au cours de la sixième nuit, elle leur avait parlé. Des hommes viendraient bientôt. L'un d'eux aurait le visage barré d'une longue cicatrice, un trou à l'avant du crâne. Ils ne devraient pas prendre peur. On les ramènerait à Eku. Sans cette annonce, ils auraient sans doute détalé en voyant Eso. Au contraire, ils étaient venus à sa rencontre, se mettant à découvert, parce qu'ils l'avaient reconnu, lorsque la femme l'avait décrit. Le Dr Sontané avait rapidement examiné les enfants, avant de regagner la pirogue qui n'avait pas bougé d'un pouce. Ils seraient bientôt de retour.

Le sourire d'Epupa s'élargit. Elle demanda :

— *Combien de temps ai-je dormi ?*

— *Plusieurs jours. Nous nous sommes inquiétés.*

— *Rien de grave. Parfois, il est difficile de se trouver en plusieurs endroits à la fois. Je n'y parviens pas toujours.*

— *Dans quelle réalité vis-tu, Epupa ?*

— *Quelle façon élégante de me demander si j'ai toute ma tête… Je vis dans toutes les dimensions de ce que tu nommes* réalité*. J'aimerais bien qu'il en soit autrement. En tout cas, les hommes rentreront ce soir, avec les enfants.*

— *Bien.*

La jeune femme ne demanda pas comment Epupa le savait. Elle l'avait vu et, comme pour tout le reste, il valait mieux la prendre au sérieux. La réaction d'Eso, son changement d'attitude à l'écoute du récit d'Epupa, auraient convaincu les plus incrédules. Et ça ne s'était pas arrêté là. Dès qu'Eso et le Dr Sontané s'en étaient allés, l'autre jour, Epupa avait fait des révélations à chaque personne présente. Sans avoir jamais rencontré aucun d'entre eux, elle avait évoqué des événements précis de leur vie, mêlant à la fois le passé, le présent et l'avenir, au-delà de ce que les concernés eux-mêmes pouvaient savoir. S'adressant à Aïda, elle l'avait informée des suites favorables de son procès. Contre toute attente, justice serait faite. Ce qui lui revenait de droit lui serait restitué. Le pays reconnaîtrait également ses œuvres sociales, l'État lui apporterait son concours. Il ne fallait rien espérer d'extraordinaire, cependant : les fonds seraient versés de manière erratique. Ce qui était certain, c'est que plus personne n'insulterait Aïda dans la rue. À Epa, elle avait dit qu'Eyia le remerciait d'avoir eu foi en lui, et d'avoir tenté d'accomplir ce qu'il lui avait indiqué. C'était ce qui importait. Lorsque, massant son ventre proéminent, Epupa avait ajouté qu'Eyia espérait que son aîné fasse de bonnes études, Epa avait fondu en larmes. Ses sanglots s'étaient élevés, rauques, désespérés. Epupa avait alors quitté son siège, pour se diriger vers l'adolescent. Lui posant une main apaisante sur l'épaule, elle avait murmuré :

— Ne pleure pas trop. Les morts n'ont que faire de nos regrets. Ce qu'ils demandent, c'est le respect. Implore sincèrement le pardon de ton frère, plutôt que de laisser la honte te submerger. Trouve le moyen de l'honorer. C'est pour cela que l'Unique t'a épargné, et gratifié de longs jours.

Les pleurs d'Epa avaient redoublé. Depuis sa fuite du campement *rebelle*, il suppliait intérieurement qu'on le délivre de la vie. Epupa lui apprenait que l'irresponsabilité ne lui serait pas accordée. Sa faute serait devant lui, en lui. Cependant, il ne devait pas se méprendre : Eyia n'était pas mort par sa volonté. S'il n'avait pu le protéger, il ne l'avait pas tué. Chacun ne devait porter que sa part du faix. La journée avait été longue. Au fur et à mesure des prédictions d'Epupa, on avait oublié Eso et le Dr Sontané. Une pluie battante s'était mise à tomber, à l'heure exacte du crépuscule. Epupa avait demandé qu'on l'aide à préparer un bain. Les personnes présentes devraient se laver avec une eau contenant des feuilles de basilic, de l'ail et du citron. Puisqu'il n'y avait pas assez de ces ingrédients pour effectuer des lavements individuels complets, il ne s'agirait que d'ablutions. Précédant les interrogations, elle avait expliqué que c'étaient les premières étapes d'un rituel de purification. Aïda avait levé un sourcil, se gardant de donner son avis. Ce n'était pas la première fois qu'elle entendait quelqu'un parler ainsi. À une époque, Wengisané, qu'elle fréquentait depuis longtemps, avait eu une sorte de crise mystique, qui lui avait fait rejoindre une secte appelée *La porte ouverte du paradis*[1]. Elle était finalement revenue à la raison, mais au cours de cette période, elle n'avait eu que les mots d'impureté et de souillure à la bouche. Leur amitié avait failli ne pas y résister. Lisant dans ses pensées, Epupa avait souri :

— *Je connais bien Papa et Mama Bosangui, ces charlatans qui tiennent* La porte ouverte du paradis. *Ce sont des prédateurs. Je t'assure que nous ne faisons pas le même travail. C'est une bonne chose que ton amie les ait quittés.*

Baissant la tête, Aïda avait fait quelques pas vers le panier rouge d'Epupa, qu'elle avait emporté à la cuisine. Ayané l'y avait suivie. En silence, elles s'étaient attelées au découpage des citrons, selon les indications d'Epupa : une moitié en trois morceaux, l'autre en quatre. Ensuite, elles avaient épluché l'ail, taillé les feuilles de basilic. Une fois leur tâche achevée, Epupa avait réclamé une

1. Le lecteur trouvera une description de cette secte dans Léonora Miano, *Contours du jour qui vient*, Plon, 2006 ; Pocket, n° 13253. (*N.d.E.*)

grande bassine d'eau. Elle y avait incorporé des ingrédients connus d'elle seule, poudres et liquides conservés dans des bocaux, dans des fioles cachés au fond de son panier. Nul n'avait osé manifester son inquiétude, son dégoût. On s'était, selon ses recommandations, frotté le visage et le corps avec la mixture, chacun passant à tour de rôle devant la bassine, placée au centre de la pièce principale. Pendant ce temps, les lieux avaient résonné de maintes incantations et prières. Après le dernier lavement, l'ultime adresse à l'invisible, Epupa s'était évanouie. Ayané et Aïda l'avaient transportée dans cette chambre, se relayant à son chevet. Ayané concentra son attention sur son amie :

— *Je pensais qu'Eso devait ramener les petits au village ?*

— *Moi aussi, mais telle n'est pas la volonté de l'au-delà. Ils passeront d'abord nous chercher.*

Ayané examina longuement Epupa. Ses yeux s'attardèrent sur le renflement que formait son ventre, sous les draps. Cet enfant, s'il était laissé entre les mains de sa mère, comme on pouvait penser que ce serait le cas, aurait une existence peu commune. Ne se sentant pas capable de prendre à sa charge ce destin-là, quand le sien propre lui paraissait encore dépourvu de sens, elle annonça simplement :

— *Bon, je vais te chercher quelque chose à manger.*

— *Merci. Pas de viande, surtout.*

Avant que la porte de la chambre ne se referme sur le dos d'Ayané, Epupa lui lança :

— *Au fait... J'ai oublié de te dire, l'autre jour.*

La jeune femme se retourna, attendant des précisions. Le ton enjoué d'Epupa, son enthousiasme semblaient assez inappropriés à la situation. Epupa fit un clin d'œil appuyé, et susurra :

— *J'ai oublié de te parler de Louis.*

— *Pardon ?*

— *Il va bientôt venir ici, au Mboasu. Il te cherche partout.*

La porte claqua derrière Ayané, qui avança en frissonnant dans le couloir. Louis était l'homme qu'elle avait épousé sur un coup de tête des années plus tôt, avant de le quitter. Il voulait des enfants, pas elle. Elle n'avait plus pensé à lui depuis des lustres, n'en avait jamais dit un mot à Epupa. Il faudrait au moins une triple cuite, associée à l'ingestion de stupéfiants, pour qu'elle prononce seulement le nom de Louis. Son sang se figea, quand elle se demanda s'il fallait croire à l'existence de mondes parallèles, au fait que l'esprit humain puisse connaître à la fois la surface et les profondeurs. Comme si on n'avait pas assez d'ennuis... Alors qu'elle se dirigeait vers la cuisine, il lui sembla entendre, tout près d'elle, le souffle court d'un être à bout de forces, une lamentation étouffée. Le cliquetis d'une chaîne secouée avant d'être traînée sur un sol en bois. Et un cri : *Sankofa !* Ayané pressa le pas, tentant de se convaincre qu'il n'y avait rien. Tout cela n'était que le fruit de son malaise, des illusions auditives, causées par tout ce qu'elle avait entendu récemment. Elle soupira. Les battements de son cœur ne s'apaisèrent pas, quand elle posa des mains tremblantes au bord de l'évier.

Ils avaient pris un repas composé essentiellement de légumes et de fruits. Epupa en avait elle-même dressé le menu. On ne s'était pas aventuré à la contrarier. Quand elle ne sondait pas le passé ou l'avenir d'un simple regard posé sur quelqu'un, elle avait une façon de murmurer pour elle-même des phrases entrecoupées d'interjections, tout en faisant les cent pas dans la maison, courbée comme une vieille femme exécutant la danse des morts. Lorsque les enfants étaient revenus, ceux d'Eku, entassés comme des sardines dans la voiture d'Eso, Ayané était montée à l'étage. Aïda et Epa s'y étaient réfugiés. L'aversion du garçon pour les Blancs avait laissé place à une association raisonnable, avec une personne qui partageait avec lui le besoin de se préserver du parfum d'au-delà qu'Epupa faisait flotter à La Colombe. Dans cette pièce, l'ancien boudoir d'Aïda, un petit appartement aux murs en pierre de taille, avec une cheminée parfaitement inutile mais du plus bel effet, ils parlaient peu. Aïda avait laissé une pile de vieux vinyles et de CD sur la moquette prune. Epa se chargeait de les poser sur la platine, de les enfourner dans le lecteur. Il était soulagé que le disque qu'ils écoutaient se termine. Les inflexions douloureuses de cette Billie Holiday le dérangeaient. Chaque note chantée lui pinçait au cœur des cordes dont il ignorait l'existence. Ce n'était pas ce qu'il recherchait. Espérant que la chanteuse suivante soit moins tourmentée, il glissa le CD dans le lecteur, s'allongea sur la moquette, examinant la photo de la femme sous l'étui transparent. Une voix profonde emplit la pièce, chargeant l'espace d'une mélancolie lancinante, hypnotique. L'auditeur avait le sentiment d'être entraîné, malgré lui, dans un univers envoûtant, peuplé d'esprits, de femmes sauvages prêchant une spiritualité aussi ancienne que l'humanité. Epa avait l'impression de sentir lentement tournoyer des derviches noirs. Le divertissement n'était décidément pas au rendez-vous. Tandis que les morceaux s'enchaînaient, il se demanda ce que ces choix musicaux disaient d'Aïda. Que trouvait-elle dans ces musiques qui évoquaient des existences sur le fil du rasoir, les inévitables chutes, mais aussi, la puissance de ce qui n'avait pu être enchaîné ? Le garçon s'interrogeait sur la possibilité, non pas seulement d'aimer écouter cela, mais de se l'approprier, pour Aïda, mais aussi pour lui. Les harmonies vocales d'une chanson vinrent interrompre sa réflexion. Il se redressa, reconnaissant le cri qu'avaient poussé les compagnons d'Eyia, dans son rêve. Il écouta attentivement cette scansion douce, rythmée, bien plus apaisée que les hurlements des spectres enchaînés :

Oh Sankofa, high on the heavens you soar
My soul is soon to follow you
Back to yesterdays moon…
Sankofa flies again and again [1]

Pénétrant dans la pièce après avoir frappé sans obtenir de réponse, Ayané assista à un échange surréaliste, entre un Epa non pas en larmes mais en déluge, et une Aïda manifestement déterminée à passer le restant de ses jours allongée sur la méridienne en velours cramoisi, d'où elle promenait son regard dans le vague.

1. Extrait de *Sankofa*, de Cassandra Wilson. Ce titre figure sur l'album *Blue Light Til' Dawn* (Blue Note, 1993).

— *C'est loin d'être mon disque le plus gai, mais tu n'en fais pas un peu trop ?*

— *Je ne peux pas vous expliquer...*

— *Tu m'étonnes !*

— *Vous comprenez ce que dit la chanson ?*

— *Sankofa est le nom d'un oiseau mythique. Il vole vers l'avant, le regard tourné en arrière, un œuf coincé dans son bec. L'œuf symbolise la postérité. Le fait que l'oiseau avance en regardant derrière lui signifie que les ressorts de l'avenir sont dans le passé. Il ne s'agit pas de séjourner dans l'ancien temps, mais d'en retirer des enseignements. Dans cette chanson...*

Epa l'interrompit, étonné qu'elle soit si bien renseignée sur la mythologie continentale :

— *Comment connaissez-vous toutes ces choses ?*

— *Je vivais sur le Continent bien avant ta naissance, jeune homme.*

Epa la regarda longuement, avant de déclarer qu'il lui reconnaissait cela. Il pria Aïda de lui offrir le disque. Elle accepta. Tous deux souriaient sans rien dire, quand Ayané pénétra dans la pièce pour annoncer le retour des petits Ekus. Aïda se redressa mollement. Cet avachissement lui ressemblait peu, mais ces derniers temps, rien n'avait son allure habituelle, dans la maison. Il y avait quelque chose de pesant, depuis l'arrivée d'Epupa. Epa fourra sa nouvelle acquisition sous la chemise bleue qu'on lui avait donnée à La Colombe, en remplacement des haillons qu'il portait à son arrivée. Suivant Ayané dans l'escalier, il demanda :

— *Partons-nous immédiatement pour Eku ?*

— *Ce ne serait pas sage. La nuit est tombée. Les routes doivent être épouvantables, après la pluie... Demain, à l'aurore, certainement.*

*

Un ciel lourd recouvrait la ville, lorsqu'ils prirent la route. Des nuages gorgés de houle prolongeaient la nuit. Le coq avait chanté trois fois, dans la cour voisine de La Colombe. On avait entendu la dispute quotidienne des deux harpies du coin :

— *C'est mon mari. Laisse-le en paix.*

— *Hier soir, près de moi, il n'était pas ton mari.*

— *Je te dis que c'est mon homme, et...*

— *Ah, quitte là*[1] *! Tu crois que Dieu l'a créé pour toi seule ?*

Les moteurs avaient vrombi à l'instant où les femmes échangeaient une première série de taloches et se roulaient à terre, l'une cherchant à étrangler son adversaire qui lui mordit l'avant-bras. Les deux véhicules, la Jeep d'Eso et une voiture que le Dr Sontané avait empruntée, s'étaient ébranlés, bondissant par-dessus les ornières, l'un derrière l'autre. Epupa et Ayané étaient dans le break du médecin, en compagnie de trois garçons Ekus. Epa, Ebumbu et les autres, avaient pris place dans la Jeep. Aïda était restée auprès des enfants recueillis sous son toit, espérant que certaines de ses voisines viendraient l'aider. On était sans nouvelles de

1. Familier, signifie : *dégage !*

Wengisané, des petits qu'elle avait pris sous son aile quand Eso avait débarqué avec sa bande, mais Epupa avait dit de ne pas s'inquiéter[1].

Lorsqu'ils avaient été conduits à La Colombe, les enfants n'avaient pas beaucoup parlé. Elimbi seul avait dit quelques mots, pour expliquer qu'ils savaient qu'on viendrait les chercher. Un repas leur avait été servi. Ensuite, ils s'étaient endormis, le plus naturellement du monde, comme si toute leur aventure n'avait été qu'une promenade un peu sportive. Epa n'avait pas osé les approcher, lui dont ils avaient pourtant occupé les pensées. Au petit jour, quand Epupa avait rassemblé les occupants de la maison, les petits Ekus s'étaient avancés vers Epa. Ils l'avaient embrassé à tour de rôle, l'enlaçant, frottant leur front contre le sien. Il avait encore pleuré. Brièvement, sans bruit. Il ne supportait pas qu'on lui pardonne. Les petits, eux, étaient déjà passés à autre chose. Ils pensaient à leurs familles, à leurs mères demeurées au village, qu'ils avaient bien cru ne jamais revoir. Depuis la nuit de leur enlèvement et jusqu'aux toutes dernières semaines, leur plus grande crainte n'avait pas été de mourir. Pas tellement. C'était de finir comme Eyia, démembrés, décapités, la cage thoracique fendue en deux, qui les avait effrayés. À présent, ils ne craignaient plus rien. Les trois qui se trouvaient dans la voiture que conduisait le Dr Sontané regardaient par la fenêtre. Ils riaient à voix basse, pointant du doigt une femme qui hélait une moto-taxi, et dont le postérieur seul occuperait trois sièges d'un bus. Ils faisaient la grimace, après qu'on avait

1. Musango raconte la fuite de Wengisané et des enfants dans *Contours du jour qui vient, op. cit.* (*N.d.E.*)

dépassé un vieux monsieur à la mine sévère, qui leur rappelait leur instituteur du cours préparatoire. Un homme rachitique, qui leur tirait les oreilles en appliquant une clé derrière le lobe. Ils avaient beau ne pas aimer Eyoum, chef et marabout de leur village – cumul de fonctions interdit par la tradition –, ce qui leur permettait de tenir sitôt la porte de la classe franchie, c'était de savoir qu'ils n'iraient pas longtemps à l'école. Eyoum, qui n'avait pas été scolarisé au-delà du cours élémentaire, voyait d'un mauvais œil l'instruction de ses sujets. Par ailleurs, les parents démunis d'Eku avaient besoin que leurs enfants travaillent et gagnent de l'argent.

En dépit de l'état des routes après les pluies des jours précédents et avant celle qui n'allait pas tarder à déverser ses trombes, les collines protégeant le village d'Eku du reste de la Création furent bientôt en vue. Il ne se trouvait qu'à quelques kilomètres de la ville de Sombé, vers le sud, juste après le quartier de Losipotipè, d'où venait Aama, la mère d'Ayané. C'était un long chemin à franchir, pour les garçons d'Eku qui se rendaient chaque jour à la grand-ville, faisant le trajet dans les deux sens. En voiture, on était vite arrivé. De loin, on avait l'impression de voir l'enflure des nuages s'affaler lourdement sur la crête des dunes. C'était beau et perturbant. Les couleurs mêlées du ciel et de la terre révélaient la fragilité de ce petit village oublié. La Jeep d'Eso s'était déjà rangée sur le bas-côté, à une courte distance d'Eku. Epa en était descendu. Il se tenait fixe, les collines dans le dos, les yeux rivés à l'autre véhicule du petit convoi. Epupa demanda au Dr Sontané de couper le moteur. Depuis qu'ils avaient quitté La Colombe, elle n'avait pas ouvert la bouche.

— *Les bruits de moteur pourraient effrayer les habitants. Personne ne vient jamais jusqu'ici.*

Hochant la tête, le médecin s'exécuta. Pendant tout le trajet, il avait cherché le moyen de s'entretenir avec la jeune femme. Il aurait voulu parler de son état, de l'avenir du bébé. Il n'en avait pas eu l'occasion. Assise sur le siège du passager, Epupa avait feint l'endormissement profond. Il n'avait pas osé la déranger. Il n'était pas improbable que ces paupières closes aient été le signe d'un court exil dans des plans inconnus de lui. Elle descendit de voiture, fit claquer la portière, lissa du plat de la main les volants de sa toilette rouge. Lorsqu'il fut dehors lui aussi, elle darda un regard indéfinissable sur le Dr Sontané. Sans le quitter des yeux, elle déclara :

— *Ne vous en faites pas pour mon enfant. Il sera protégé. Et vous avez raison, je ne dormais pas. J'étais ici, pour voir ce qui nous y attendait.*

Ce don de double vue qui pénétrait absolument tout exaspérait le médecin. Ce n'était pas ce qu'il préférait chez Epupa. Il aurait voulu le lui dire, mais c'était risqué. D'ailleurs, elle ne s'intéressait déjà plus à lui. S'adressant à Ayané, elle lui apprit que ce serait elle qui ouvrirait la marche vers le village.

— *Au pied des collines, nous allons rencontrer un groupe de femmes. Elles rentrent de la source où elles viennent de puiser de l'eau. Une sorte de dragon marche à leur tête. Une femme noire comme l'intérieur de la nuit, avec des cheveux courts et la langue fourchue.*

— *Je la connais. C'est ma tante Ié, la doyenne des villageoises.*

— *Il faut la convaincre de nous laisser passer et de se joindre à une cérémonie de réintégration.*

Pour une raison qu'Epupa n'avait pu découvrir au cours de sa visite immatérielle dans le village, la vieille Ié s'opposerait, non pas au retour des fils d'Eku, mais à la venue d'étrangers. Ayané rit en entendant ces propos. Si les étrangers posaient problème, elle ne voyait pas comment persuader Ié de quoi que ce soit. La communauté d'Eku ne l'avait jamais reconnue comme l'un de ses membres. Son exclusion avait commencé le jour où son père avait refusé que sa fille voie le jour au village. Il avait préféré s'en remettre à la science des médecins de Sombé, plutôt qu'au savoir séculaire des femmes Ekus. On y avait vu un affront, une injure à sa propre mère, qui assistait toutes les parturientes du village. Lorsque les parents s'étaient présentés avec la fillette chétive dont nul n'avait voulu prononcer le nom, on s'était détourné d'eux. Ayané n'avait pas le temps de raconter tout cela à Epupa. Elle ferait ce qu'on lui demandait, mais il lui était impossible, connaissant Ié, de garantir un résultat positif. Elle tint à le dire. Epupa s'approcha d'elle. Appliquant la paume de sa main droite sur la fontanelle de son amie, elle murmura :

— *Tu dois retourner à la source.*

Puis, Epupa s'adressa à la troupe. Ils devaient s'aligner dans un ordre précis. Ayané marcherait devant, suivie d'Eso et d'Epa, côte à côte. Derrière ce triangle, se tiendraient les enfants retrouvés. Ebumbu les rejoindrait, puisqu'il faisait, lui aussi, partie des enlevés. Elle-même les suivrait directement, le Dr Sontané se tenant à sa gauche. Les guerriers urbains d'Eso fermeraient la marche. Ils n'avaient rien à faire là, mais certains n'avaient pas voulu rester à La Colombe. Il en fut fait ainsi. Le sol ruisselait encore de la rémanence des dernières pluies. Leurs pieds s'enfonçaient dans la boue argileuse comme des ventouses, faisant un bruit de succion à chaque pas. Seules les ballerines rouges d'Epupa semblaient flotter au-dessus de la matière. Elle avançait dans un glissement qui fit croître le malaise de son voisin. Il trébucha sur une pierre enfouie sous la terre trempée, jura en voyant les éclaboussures au bas de son pantalon.

Ils furent bientôt en haut des collines bordant le village, niché en contrebas, comme dans un écrin en forme de demi-lune. On apercevait le ventre rond des cases, alignées selon le rang social des occupants et, derrière, la brousse où personne ne s'aventurait, depuis que des hommes d'Eku y avaient disparu. Cela remontait à plusieurs générations, mais les villageois restaient convaincus que l'enchevêtrement végétal abritait des bêtes féroces, des esprits malfaisants. Ayané s'arrêta un moment, songeant à la dernière fois qu'elle était venue. Les autres se regroupèrent derrière elle en silence. À peine entendait-on leur essoufflement après l'ascension. Les pentes étaient abruptes, comme le caractère de ceux qui vivaient là, à l'abri de ce rempart de terre. La jeune femme reprit sa marche. Lorsqu'elle commença à descendre vers la place du village, elle aperçut les femmes de la communauté. Quelques-unes, en tout cas. Comme toujours, peut-être depuis l'installation sur ces terres de leur ancêtre Eku, le fondateur du clan, elles venaient de puiser l'eau dont leurs familles auraient besoin. La jeune femme atteignit la place du village, à l'instant même où Ié, sa tante, y posait ses pieds plats. Elles se regardèrent, les yeux de Ié diffusant des éclairs glacés. Elle était furieuse. Ayané parla la première :

— *Mère, je vous salue, toi et mes tantes. Je salue aussi mes sœurs.*

La doyenne des femmes d'Eku ignora la politesse. Consentant malgré tout à ouvrir ses lèvres pincées, elle laissa tomber quelques paroles choisies, afin qu'aucune ne dépasse sa pensée ni ne soit en deçà :

— Fille de l'étrangère, *les périodes au cours desquelles nous t'autorisons à fouler la terre où reposent les nôtres sont clairement circonscrites. Tu t'étais engagée à les respecter. Or, te voilà aujourd'hui. Tu nous saisis par surprise, alors que nous n'avons pas effectué nos rituels de protection.*

— *Les circonstances m'obligent, mère. Je ne serais pas venue, autrement.*

La vieille regarda par-dessus l'épaule d'Ayané, vit ceux qui l'accompagnaient. Ses yeux perçants détaillèrent chacun des visages à leur portée. Elle les reconnut, évidemment. Associant rapidement leur présence aux propos d'Ayané, elle lança, d'une voix ne trahissant aucune émotion :

— *Nos fils connaissent le chemin du village. Ils n'avaient pas besoin de toi pour rentrer chez eux.*

Cette déclaration déconcerta Ayané. Ainsi, les garçons avaient été arrachés à leur terre, leurs familles les avaient cru perdus à jamais. Pourtant, on les recevait ce jour sans un cri de joie, sans même un tremblement dans la voix. La jeune femme se retourna vers Epupa, qui se tenait quelques pas en arrière. Ce faisant, elle savait que nul n'était en mesure de contraindre Ié. S'il était question d'une cérémonie de réintégration, comme l'avait dit Epupa, c'était à elle de l'annoncer, d'en communiquer les motifs. Ayané ne se sentait pas capable d'affronter Ié. Le simple fait de lui faire face ici, sur la place du village, ravivait trop de mauvais souvenirs. Comme on pouvait s'y attendre, les femmes d'Eku lui avaient laissé la parole. Elles approuveraient ses choix. Ayané était déboussolée. Eku avait toujours été la région du monde la moins accessible à son entendement.

Epupa s'avança, plus incongrue que jamais. Son teint très clair, sa robe rouge à volants, ses ballerines de la même couleur, leur petit nœud délicat, tout tranchait avec la population féminine d'Eku. Devant Ié, elle esquissa un mouvement étrange, tenant de la génuflexion et de la révérence. La doyenne du village ne broncha pas. Ses yeux globuleux glissèrent sur l'inconnue. Ses narines frémirent imperceptiblement. Elle fulminait, mais tenait à le cacher. Les grandes royales ne s'emportaient pas inutilement. Comprenant que les courbettes ne seraient d'aucun secours, Epupa se redressa. De longues minutes s'écoulèrent en silence. Puis, sans quitter Ié du regard, l'envoyée de l'invisible, qu'on méprisait imprudemment, s'adressa à Ayané :

— *Amie, traduis mes propos. Je ne connais pas la langue de ton peuple, même s'il est aussi le mien.*

Sans attendre de réponse, elle s'adressa à Ié, d'une voix puissante :

221

— *Femme, tu ne me connais pas, mais tu veux verser ma face*[1]. *Je te mets en garde. La parole que je porte n'est pas mienne. Elle m'a été transmise par des voix plus anciennes que la tienne. Que ces mots ne touchent pas terre par ta faute*[2].

Ayané traduisit fidèlement ce qui venait d'être énoncé. Ié n'aimait pas les mises en garde, en dehors de celles qu'elle prononçait elle-même. Pourtant, la tournure des phrases d'Epupa était effectivement celle des anciens. La doyenne d'Eku fréquentait également l'invisible. Elle faisait des rêves prémonitoires, déchiffrait les signes envoyés par les ancêtres à travers des faits aussi anodins que la présence d'un papillon de nuit à l'intérieur de la case. Elle savait beaucoup d'autres choses, bien entendu. Même si cela lui déplaisait souverainement, il lui était impossible de congédier Epupa sans l'avoir écoutée. Les esprits pouvaient s'emparer de n'importe quel corps pour en faire leur oracle. Ié se sentit tout de même le devoir d'exiger d'Epupa qu'elle prouve sa légitimité à s'exprimer au nom des esprits du clan. Reculant de quelques pas, celle qui devait fournir un gage de son autorité scruta le visage de la doyenne, et déclara :

— *Ceux qui m'envoient sont d'un temps que tu n'as pas connu, femme, mais dont tu as entendu parler. Contrairement à tes sœurs, à tes filles qui sont ici, tu n'ignores rien des détails concernant la disparition de huit hommes du clan, dans la brousse qui vous est interdite depuis. À l'époque, le peuple d'Eku allait et venait librement, sur ses terres et alentour.*

1. Verser la face d'une personne : l'humilier.
2. Faire toucher terre à une parole : ne pas la prendre en considération, la fouler aux pieds.

Hommes et femmes franchissaient ces collines à leur guise, pénétraient de même dans la brousse, jusqu'à ce que le pays soit envahi par des mercenaires à la solde de marchands d'hommes. Ces gens semaient la terreur, depuis la côte jusqu'aux contrées de l'intérieur. Lorsque ces huit jeunes gens furent enlevés en dépit de ce qui avait été fait pour éviter cela, vos anciens décidèrent que nul n'entrerait plus dans la brousse, et que les femmes ne quitteraient plus le village. Le temps passant, on jugea préférable de ne plus mentionner les raisons pour lesquelles on avait pris ces mesures. Le souvenir des disparus se perdit. On ne les évoqua plus, quand on le fit, que comme ayant été dévorés par des bêtes sauvages.

Une rumeur de surprise s'éleva, parmi les femmes du village. Epupa demanda si la doyenne était satisfaite, si elle consentait maintenant à l'écouter. Ié hocha la tête, faisant taire ses compagnes d'un geste agacé de la main. Elle bouillait de rage, devant cette étrangère qui venait de révéler des choses qu'on avait pris soin de cacher, afin que la communauté ne vive pas dans l'angoisse. Elle laissa l'inconnue poursuivre, ne desserra plus les dents. Au moins, ne lui serait-il pas reproché d'avoir offensé l'au-delà. Epupa indiqua :

— *Ayané, Eso et Epa doivent être acceptés au sein du clan, comme le seront les autres. Les ancêtres l'exigent.*

— *Ni Eso, ni Epa n'ont été chassés de nos terres.*

— *Femme, je ne suis pas venue ici pour m'amuser.*

Epupa rappela les faits. Au cours de la nuit où les *rebelles* étaient venus sacrifier un fils du clan avant d'en enlever d'autres, Ié était la seule à avoir reconnu Eso. Or, elle n'avait rien dit[1]. Même après. Les ancêtres avaient vu cela, en avaient conçu de la tristesse. Si Eso avait entendu prononcer son nom comme on le faisait dans sa langue, il serait revenu à lui. Le silence de Ié avait prolongé ses souffrances, celles de son père. Pendant qu'Epupa s'exprimait, deux femmes d'Eku qui ne se quittaient jamais, Ito et Isadi, firent un pas vers Eso. Tenant d'une main les calebasses d'eau posées sur leurs têtes, elles examinèrent le jeune homme, tentant de trouver, sous la longue entaille qui lui barrait le visage, dans le creux blanc qu'on lui voyait au crâne, les traits d'une personne qu'elles auraient pu connaître. Il gardait les yeux baissés, les bras croisés dans le dos, comme un captif. Elles marchèrent autour de lui, comme si ce qu'elles cherchaient pouvait être n'importe où. Dans l'écartement des pieds au sol. La forme des doigts. La base de la nuque. Ito recula, portant une main à la bouche. Elle marmonna quelque chose d'inaudible pour la foule. Seule Isadi entendit clairement. Elle écarquilla les yeux, lâcha :

— *Cela ne se peut.*

— *Je te dis que c'est lui. Cette femme dit vrai.*

— *Le fils d'Ibon ? Celui qu'Esaka attend à la grand-ville ?*

— *Celui-là même.*

Les femmes entamèrent une discussion enflammée, convoquant la peine d'Ibon, sa détresse. Celles qui se taisaient jusque-là se joignirent à Ito

1. Ces faits et d'autres sont à trouver dans Léonora Miano, *L'Intérieur de la nuit*, Plon, 2005 ; Pocket, n° 12971. (*N.d.E.*)

et Isadi. L'enfant, devenu homme, entendit, de la part de personnes dont il ne pouvait contester le témoignage, ce qu'Epupa lui avait déjà rapporté. Ibon, sa mère, en avait appelé aux vivants et aux morts. Elle s'était même tournée, désespérée, vers ceux qui n'étaient ni des vivants, ni des morts. Ceux qu'il n'était pas bon de nommer à tout-va. Sa douleur l'avait emportée. La disparition d'un proche était plus terrible encore, lorsque sa dépouille n'était pas restituée. Eso tomba à genoux. Ié détourna les yeux. Depuis un moment, les ancêtres du clan la mettaient dans des situations plus que difficiles.

Epupa laissa Ito et Isadi enlacer Eso, tandis que les autres femmes du clan l'entouraient peu à peu, chacune prenant soin de poser sa calebasse d'eau à terre. Elles ignoraient quelle vie il avait menée durant toutes ces années. Ses cicatrices auraient pu la leur faire deviner, mais c'était au-delà de ce qu'elles pouvaient imaginer. Pour elles, son afflic-tion n'était due qu'à la tristesse de ne pas retrouver sa mère en vie. Elles voulurent lui faire comprendre qu'il n'était pas seul. Aucun père, à Eku, n'aimait son fils autant qu'Esaka. Aucun n'avait cherché son enfant disparu, jusqu'à en perdre la vue. Et puis, les autres enfants d'Ibon vivaient. Les filles étaient toutes au village. Une femme se précipita pour aller les chercher. On songea également à Ewudu, l'ami qui avait rapporté la disparition d'Eso. Malheureusement, comme tous les hommes, il était absent. Pendant ce temps, Ié feignait de ne pas entendre Epupa, mais elle l'écoutait attentivement, en réalité, fixant des yeux la crête des collines. Les pentes n'étaient plus la protection de jadis. Un rempart contre les invasions indésirables. Pour la première fois depuis qu'elle était en mesure de penser par elle-même, la vieille demanda à être soulagée du poids de ses jours. Le monde avait changé. Or, rien ne l'horripilait plus que les mutations. Elle s'était battue pour préserver ce qui lui avait été légué : une conception des choses, un mode de vie. Apparemment, ceux qui lui avaient transmis cela la désavouaient. Soit. Ié n'éprouvait pas la moindre culpabilité. S'il fallait se défendre devant les pères du clan, elle le ferait. Que la mort vienne la prendre immédiatement. Elle saurait quoi dire et sur quel ton, lorsqu'il lui serait donné de laisser son corps sous la terre d'Eku, pour pénétrer dans l'autre monde. Voilà ce qu'on pouvait lire dans ses prunelles sombres, quand elle les planta sur l'inconnue rouge qui disait :

— *Epa n'a pas été chassé, il est vrai. Néanmoins, ceux qui m'ont mandatée savent quel sort lui aurait été fait, s'il s'était présenté sans leur intervention. Le clan, et toi la première, femme, l'aurait accablé de reproches silencieux, jusqu'à ce qu'il finisse par s'en aller pour ne plus revenir. L'au-delà sait quelle sécheresse t'habite, et l'emprise que tu as sur ce peuple. Le clan t'a placée à sa tête, après la mort d'Eyoum, le chef précédent. Ni tes ancêtres, ni moi, ne voyons d'inconvénient à ce qu'une femme dirige la communauté. Bien au contraire, en cette ère de régénérescence. Mais… justement. Ton âme est trop mâle, pour faire pénétrer ton peuple comme il se doit dans les temps nouveaux. Cette énergie servira le moment venu. En attendant, elle doit s'écarter.*

Ié ne dit rien. C'était la deuxième fois, dans un laps de temps assez court, qu'on venait ici pour apprendre aux gens comment être au monde. Les

226

assassins d'Eyia poursuivaient ce but, quand ils étaient venus terrasser les Ekus, avec leurs histoires de pharaons. Pendant une fraction de seconde, elle fut tentée de clamer haut et clair que ce qui sortait de la bouche de cette femme n'était pas la parole des anciens. Un frisson intérieur l'invita à la circonspection. Elle ne sauverait rien en s'opposant à leur volonté. Levant les yeux au ciel, elle scruta l'amoncellement de nuages gris, sur le point de crever. Elle se dit simplement qu'elle aurait pu s'épargner la corvée d'eau. Il allait pleuvoir sur Eku comme jamais, c'était certain. Il ne s'agirait pas d'une pluie ordinaire. Le déluge enfanterait un monde nouveau, ici au village, et sur les terres avoisinantes. Le tonnerre retentit, lorsqu'elle baissa la tête. Surprise, elle sursauta, bousculant du pied la calebasse qu'elle avait remplie à la source. L'eau se répandit autour d'elle, semblant se figer là.

— *Quant à Ayané,* conclut Epupa, *elle a été injustement bannie de ces terres. Elle n'a commis aucun des crimes pouvant mener à une telle décision : le meurtre, le suicide, la sorcellerie. Tu dois lui demander pardon, lui restituer sa place. Elle ne souhaite pas s'installer à Eku, mais elle pourra y revenir quand bon lui semblera…*

Ié interrompit Epupa. Oracle ou pas, cette femme divaguait. Tout ce rouge devait lui monter à la tête. Ce n'était pas surprenant. Avait-on vu teinte plus futile ?

— *Étrangère, nos pères n'ont pas pu t'autoriser à m'humilier de la sorte. Je ne présenterai pas mes excuses.*

— *Bien. Nous en parlerons à la nuit tombée. Tu auras eu le temps d'y réfléchir.*

La doyenne des femmes d'Eku voulut tourner les talons, signifier qu'elle ne tolérerait pas l'outrage. La lourde masse de son corps bascula d'avant en arrière. Elle ne tomba pas, retrouva simplement sa position. Ses pieds restèrent pris dans la boue qui s'était formée autour. Elle eut beau s'agiter, il lui fut impossible de se dégager. Elle lança des regards courroucés aux autres villageoises qui vinrent, à tour de rôle, tenter de la tirer de l'eau bourbeuse. Ié était la plus âgée des habitants d'Eku. Le respect lui était dû, en dépit des reproches qu'on venait de lui adresser. Il fallait l'aider. Les femmes employèrent toute leur énergie, s'y mettant à plusieurs. Rien n'y fit. À bout de forces, le souffle court, les villageoises reculèrent toutes, silencieuses. Cela n'était pas de leur ressort. Epupa reprit la parole :

— *Femme, tes sœurs et tes filles vont m'aider à préparer un repas pour le retour des enfants du pays. Tous les enfants du pays. Nous ferons également des ablutions, pour nettoyer nos corps. Nous ferons circuler la parole entre les vivants de la communauté avant de nous adresser aux morts, pour éclaircir nos âmes. Cela nous occupera longtemps. Le soleil se sera retiré, lorsque nous reviendrons vers toi. Tu feras alors connaître ta volonté.*

Ié pinça les lèvres, indiquant ainsi que la terre pouvait imploser, elle ne changerait pas d'avis. L'envoyée de l'invisible lui sourit :

— *Femme,* annonça-t-elle, *seule la main d'Ayané est en mesure de te délivrer. Elle ne pourra t'approcher si tes lèvres demeurent aussi scellées que ton cœur est clos.*

On laissa Ié sur la place du village. Les nuages s'ouvrirent soudain. Leur eau ne fluidifia pas la matière dense qui lui emprisonnait les pieds. Ayané fut la dernière à quitter les lieux. Elle s'interrogeait sur la nature véritable du lien l'unissant à cette femme. Nul ne la détestait autant que Ié. Il n'existait personne, à sa connaissance, pour qui elle ait si peu d'empathie. En son for intérieur, elle n'avait aucune envie de la toucher, elle non plus. Si d'aventure Ié implorait son pardon, ce dont elle doutait, mais on ne savait jamais... elle devrait en faire autant. Bien sûr, elle n'avait jamais chassé personne, ni même proféré, à l'endroit de quiconque, les injures dont Ié l'avait couverte au cours des années. Pourtant, elle ne se sentait pas innocente. Pas tellement. Une des choses qu'elle avait apprises en faisant le choix de rester au Mboasu, c'était qu'il était rare de voir le mal s'installer, si on ne lui avait pas ouvert la porte. Son propre comportement n'avait pas aidé Ié à l'accepter. Ié appartenait à un autre âge. Des lois anciennes régissaient son existence. Des deux, Ayané étant la plus jeune, ses pas auraient dû la porter vers son aînée. Elle aurait dû en avoir la force. Surtout quand elle était devenue une femme et que, selon la vision des Ekus, Ié avait cessé d'en être une.

*

La cérémonie de réintégration eut lieu, sous la conduite d'Epupa. Contrairement à ce qu'on aurait pu craindre, l'ambiance ne fut pas pesante. Personne ne se dressa contre cette femme étrange, aveuglante de rouge, qui ne parlait même pas l'eku. Elle avait démontré, lors de son échange avec Ié, qu'elle n'était pas une intruse. C'était du plus profond d'eux-mêmes qu'elle avait surgi, pour s'adresser aux villageois. On la suivit. Il fallut se réunir dans une concession pour s'abriter de l'orage. Aucune famille ne possédait de cases assez spacieuses pour contenir tout le monde. Cependant, Ito et Isadi, dont les maisons étaient mitoyennes parce qu'elles avaient épousé le même homme, disposaient d'une grande cour intérieure, en partie couverte. Quatre piliers soutenaient un toit sommaire, fait d'un savant empilement de branches et de feuilles. Elles avaient fait abattre la cabane de leur mari. L'ayant répudié après qu'il avait activement pris part au sacrifice d'Eyia, elles s'étaient autorisées à libérer de l'espace au sein de la concession. C'était ainsi que la cour avait été élargie. On se réunit là, comme on put. D'abord les femmes d'âge mûr, qui s'étaient attelées, en compagnie d'Ayané et d'Epupa, à la préparation du repas. La cérémonie débuta ensuite, une fois les mets cuits, laissés à reposer dans les marmites. On ne mangerait qu'après avoir parlé.

Ceux que le groupe devait à nouveau reconnaître comme siens furent baignés dans une eau préparée par l'envoyée de l'invisible. Elle y avait incorporé des plantes connues des villageois, et d'autres qu'ils découvraient. Ses gestes ne les étonnèrent pas. Les habitants d'Eku vivaient encore selon les usages de leurs pères. Ils savaient que les plantes, comme tout ce qui existait dans la nature, abritaient des esprits. Elles possédaient une âme. D'où leur pouvoir. Les végétaux pouvaient tout : guérir, purifier, rendre fou, tuer… Ayané participa, pour la première fois, à un rituel associant tous les membres de la communauté. À Sombé, dans la maison d'Aïda, elle n'avait pas ressenti la même chose, quand Epupa avait imposé ses ablutions au citron et à l'ail. Certaines des femmes qui l'entouraient aujourd'hui, dans la case d'Ito où elle devait se baigner à l'écart des garçons, lui avaient toujours mené la vie dure. Elles avaient passé le plus clair de leur temps à médire de sa mère : l'étrangère. Elles avaient interdit à leur progéniture d'approcher Ayané. Elles avaient ausculté sa peau de fillette, à la recherche d'une marque confirmant sa nature maléfique. C'étaient ces femmes-là qui chantaient à présent, comme elles l'auraient fait en préparant une de leurs filles pour ses noces. Elles lui massaient les membres, le dos. La paume rêche de leurs mains savait encore la douceur, lui laissait un parfum végétal sur la peau. Le bain achevé, Isadi, qui avait fait brûler des écorces et des feuilles dans une petite calebasse, demanda à Ayané de s'accroupir, jambes écartées, au-dessus de la fumée qui s'en dégageait. La jeune femme s'exécuta, docile. La cadence effrénée de son cœur ne devait rien à la peur, ni même à l'embarras. Au fond, elle avait toujours voulu cela, sans savoir comment le créer : la relation à l'origine, l'ancrage. Ce qui permettait aux humains d'arpenter les chemins du monde sans crainte de se perdre. Ces racines sans lesquelles il n'y avait ni branches, ni feuillage à déployer.

Le rituel ne modifiait pas son histoire, n'altérait pas sa personnalité. Pourtant, il donnait du sens à tout cela. Elle se sentait apaisée, rassemblée. Les épaisseurs de son identité formaient une cohérence. Elle était d'Eku. Cela ne l'obligeait ni à tout comprendre, ni à tout accepter de ce peuple. Son destin lui importait. Elle en détenait une parcelle entre les mains. Elle était également d'ailleurs. Parce que sa mère venait de Losipotipè, parce que ses propres expériences l'avaient nourrie. C'était bien. L'ordre juste des choses. Epupa pénétra dans la case, alors que la fumée odorante s'élevait vers le sexe ouvert d'Ayané. Les femmes chantaient plus bas à présent, leurs voix vibrant d'une émotion qu'elles ne s'expliquaient pas. Epupa leur fit signe de se prendre par la main, pour former une ronde autour d'Ayané. Lorsque le cercle se fut refermé, chacune sentit des larmes lui mouiller les joues. Elles ne firent pas un geste pour les sécher. L'envoyée de l'invisible parla :

— *Femmes, accueillez votre fille, votre sœur. Ayané, entre dans ta famille.*

Les femmes manifestèrent leur assentiment dans un même murmure. Elles avaient intuitivement compris les mots d'Epupa. Sans y avoir été invitée, l'une d'elles prit la parole. Les autres l'imitèrent. Chacune s'ouvrit à Ayané.

— *Fille de l'étrangère, pardonne-nous.*

— *Fille de l'étrangère, nous n'avons pas su t'aimer.*

— *Fille de l'étrangère, en dépit de nous et de toi-même, tes pas t'ont toujours ramenée à Eku.*

— *Fille de l'étrangère, nous allons maintenant te connaître.*

— *Fille de l'étrangère, connais-nous, toi aussi.*

— *Ayané, nous ne prétendrons plus que ton nom brutalise nos lèvres.*

— *Ayané, le nom que tes parents ont créé pour toi sera désormais transmis, dans nos familles.*

Ayané ne sut quoi répondre. Les femmes d'Eku venaient d'inscrire son nom dans leur lignée. Il y siégerait avec sa vibration particulière, son étrangeté. Il aurait sa place sur la liste des noms que les ancêtres reconnaîtraient, dans l'autre monde. Certaines de leurs filles à naître le porteraient. Lorsque les petites voudraient savoir pourquoi elles ne s'appelaient pas : *Idun, Ison, Ié, Itum, Ituwédi, Inoni...*, on leur dirait qu'un homme du clan avait choisi sa femme hors de ces terres. Il l'avait aimée d'un amour si puissant, qu'il n'en avait désiré aucune autre. Longtemps, le couple avait espéré un enfant. Après bien des souffrances, Nyambey leur avait envoyé une fille. Pour dire au monde combien elle leur était précieuse, ils lui avaient donné un nom de leur invention. Un nom inconnu, unique, différent. Un nom d'individu. Peut-être dirait-on aux fillettes qu'Ayané était la première femme Eku à avoir franchi les frontières, pour habiter d'autres espaces. Qu'elle était la première à avoir étudié, parlé d'autres langues. On leur dirait aussi que les femmes d'Eku avaient longtemps été privées de la liberté d'aller et venir, mais qu'Ayané avait repris ce droit, sans le savoir, le rendant à toutes les autres. La jeune femme se mit à sangloter. Ses pleurs redoublèrent, chaque fois qu'elle tenta de dire un mot. Epupa secoua la tête.

— *Amie,* dit-elle, un sourire moqueur au coin des lèvres, *pourras-tu au moins traduire ceci ? Femmes, voici votre fille, votre sœur. Elle ignorait ce que vous lui étiez, mais ne l'oubliera plus.*

Une fois le cérémonial achevé, les femmes se mêlèrent à la population rassemblée dans la cour. Prenant place face à la foule, près des autres enfants retrouvés, Ayané se dit qu'elle ne mépriserait plus la force des rituels. Epupa ordonna que la parole tourne. Chacun fut invité à expulser les griefs, s'il en avait, concernant les personnes dont la réadmission au sein du groupe était demandée. Même les enfants purent s'exprimer. Rien ne fut omis. On évoqua l'assassinat d'Eyoum, l'ancien chef du village, égorgé par Epa, lors de la venue des *rebelles*. Le jeune homme, alors désireux d'impressionner ceux dont il souhaitait ardemment rejoindre les rangs, avait agi sans réfléchir. Personne n'aimait Eyoum, mais la communauté n'avalisait pas le meurtre. Par ailleurs, l'esprit du vieux chef, désormais mêlé à ceux des trépassés du clan, conservait tout son pouvoir de nuisance. Il fut demandé à Epa de se repentir de sa faute. Il le fit. Ses frères lui reprochèrent de ne s'être pas soucié d'eux, dans les campements *rebelles*. Drapé dans une douleur parfaitement compréhensible puisqu'elle était celle de chacun – Eyia était leur frère, à eux aussi –, il avait manqué à tous ses devoirs, passant son temps à pleurer, se murant dans le silence. Il ne leur avait laissé d'autre choix que celui de se soumettre à des malfaisants. À Eku, on leur avait appris que la vie devait être préservée, coûte que coûte. Ils s'y étaient employés comme ils avaient pu. Puis, un jour, alors que le chaos venait à nouveau de fondre sur eux, les *rebelles* ayant commencé à s'entretuer, leur aîné avait disparu. Ils avaient cherché son corps, le croyant mort pendant la fusillade. Ne le trouvant pas, ils avaient su qu'il était parti, les laissant là.

L'adolescent répondit qu'il comprenait. Simplement, son statut d'aîné ne faisait pas de lui un être infaillible. Là-bas, dans les campements *rebelles*, ses frères ne lui avaient pas montré leur affection. Aucun ne lui avait adressé la parole, pour lui indiquer qu'il comptait encore pour eux. Il n'avait donc pu leur raconter le rêve dans lequel Eyia lui avait demandé de les quitter pour trouver de l'aide. Il n'avait pu leur dire combien il se sentait coupable. Le décès d'Eyia alourdissait son âme, tout comme celui du vieux chef. Quoi qu'il fasse, il ne pourrait réparer cela. Si la communauté lui accordait son pardon, qu'elle sache qu'il ne se pardonnerait pas à lui-même. C'était pour cette raison qu'il ne souhaitait pas vivre à Eku, pour le moment. L'acceptation du clan, ce jour, l'aiderait à panser ses plaies, mais l'éloignement était nécessaire. Il ne tournait pas le dos aux siens, qu'il viendrait voir après neuf mois d'absence. Simplement, il lui fallait pénétrer en lui-même, trouver sa voie. Ainsi, il découvrirait peut-être comment supporter le poids de ses actes, et mener une existence valable.

On ne reprocha rien à Eso. Il était venu les terrasser, en compagnie des *rebelles*. Le sang de nombreuses victimes lui souillait les mains. Pourtant, en regardant la longue balafre qui lui traversait le visage, le creux à l'avant de son crâne, les Ekus n'eurent pas le cœur de dire quoi que ce soit. Ces cicatrices rappelaient combien il avait été seul, à un âge où il n'était pas normal de l'être. Pour eux, l'isolement était le plus sûr chemin vers la folie. Aussi, n'eurent-ils pas besoin d'explications. Il fut simplement décidé qu'on le soignerait longuement. Une année durant, il habiterait une case offerte par la communauté, dans la section du village où logeaient les descendants de captifs. Sa case serait un peu en retrait. Les femmes lui prodigueraient les soins requis, puisque les hommes étaient, la plupart du temps, absents du village. Au terme des trois premiers mois, on irait chercher son père à Sombé. Eso pourrait alors enjamber la tombe d'Ibon, sa mère. Il serait autorisé à quitter son logis de temps en temps, pour se mêler à la population. Peu à peu, on connaîtrait son cœur.

On commençait à servir le repas. Ayané rejoignit Epupa, derrière la case d'Isadi. Elle la trouva en train de découper des feuilles de bananier qui tiendraient lieu d'assiettes. On y déposerait de la purée de taro, une portion de sauce épaisse aux aubergines.

— *Epupa, n'est-il pas temps d'aller chercher Ié?*

— *Tu as raison, vas-y.*

— *Tu ne viens pas avec moi?*

— *Non. Vous saurez quoi faire, toutes les deux. Les esprits ne désavouent pas ta tante, comme elle le pense. Ils lui demandent seulement de s'ouvrir aux autres, pour être digne de les guider.*

Epupa lui tendit une lampe tempête qu'on avait posée à deux pas. Le jour s'étant retiré, les familles avaient commencé à éclairer les lieux. Ayané se dirigea seule vers la place du village. L'orage avait cessé, sans que personne y prête attention. L'heure était aux réjouissances. La dernière fois que la population s'était rassemblée pour partager un repas, c'était à l'occasion d'une veillée mortuaire. Aujourd'hui, il s'agissait de renaissance. Ce sujet était souvent évoqué, de par le monde, dans toutes les communautés d'ascendance continentale. On se demandait comment réparer des âmes meurtries. Comment être, à la fois, la descendance des bourreaux et des victimes. Comment se projeter dans l'avenir. Il n'y avait qu'un seul chemin, pour atteindre cet objectif. Se parler, évacuer la douleur. Se comprendre, apaiser les rancœurs. Se regarder. Reconnaître l'autre. Se voir, soi-même, à travers lui. L'existence humaine puisait son sens dans la relation. Comme ses pas s'enfonçaient dans le sol humide, Ayané eut le sentiment d'arpenter une terre renouvelée. Nettoyée. Prête à faire émerger des possibles jadis étouffés. Elle s'avouait à présent un fort attachement à ce pays qui n'avait été, jusque-là, que la source de ses tourments. La jeune femme songea à Epa. Il en savait déjà plus qu'elle. Sa solitude ne serait pas une rupture. Au contraire, elle lui enseignerait comment vivre parmi les autres. C'était ce qu'il souhaitait : vaincre ses démons, se pardonner ses propres erreurs. Apercevant Ié au centre de la place, tête baissée, bras croisés dans le dos, Ayané soupira. Même dans cette situation peu avantageuse, la vieille restait impressionnante. De loin, elle semblait un monument vivant. Comme cela avait été le cas quelques heures plus tôt, elle se sentait d'avance démunie, à l'idée d'approcher sa tante.

Du coin de l'œil, Ié voyait Ayané s'avancer vers elle, une lampe tempête à la main. La démarche hésitante de la jeune femme l'agaça. Elle n'était tout de même pas un monstre. Qu'avaient-ils tous à la craindre ? On la disait autoritaire, mais après des heures passées seule, sous une pluie battante, les pieds englués dans la boue, on pouvait au moins la plaindre, presser le pas. Jamais la doyenne du village n'aurait cru cela possible, mais il lui tardait que la *Fille de l'étrangère* la délivre. Puisque l'oracle avait affirmé qu'elle seule le pourrait. Et d'abord, c'était quoi encore, le nom ridicule dont ses parents l'avaient affublée ? A... Ayané. Tsst ! Les ancêtres d'Eku avaient permis qu'elle, Ié, soit publiquement rappelée à l'ordre, humiliée. Dans ce cas, ils ne verraient sans doute aucun inconvénient à l'entendre prononcer ce nom sans signification. De toute façon, ils ne lui laissaient pas le choix. La vieille rassembla ses forces, inspira longuement et lança :

— *Ayané, s'il te plaît, fais vite.*

La jeune femme se figea un bref instant. Les femmes d'Eku venaient d'inscrire son nom dans leur lignée, mais ce qui se produisait maintenant la dépassait. Ié aurait préféré mourir, plutôt que de l'appeler autrement que *Fille de l'étrangère*. Elle reprit son avancée, convaincue que sa tante, toujours en verve, aurait suffisamment de mots pour deux. Une fois arrivée, elle leva la lampe tempête, éclairant ainsi le visage de Ié. Ses traits tirés conservaient leur noblesse. Ayané se demanda, alors qu'elles se dévisageaient en silence, quelle petite fille sa tante avait été. Quelle enfance forgeait de telles figures. Sans la quitter des yeux et sans prononcer un seul mot, Ié tendit le bras. Comme Ayané ne réagissait pas, la doyenne, qui frissonnait dans son pagne mouillé, interrogea :

— *Faut-il alors que je te supplie ?*

— *Excuse-moi, mère. J'étais perdue dans mes pensées.*

— *Bon. Tire, à présent. J'ai tout tenté, sans résultat. Tu es mon ultime espoir de ne pas voir défiler les saisons dans cette posture.*

Ayané posa la lampe à terre. Prenant dans les siennes la main de Ié, elle murmura :

— *Mère, je te demande pardon.*

— *Pourquoi ?*

— *Pour tout ce que tu me reproches.*

— *On dit que tu n'as rien fait.*

Ié venait de hausser imperceptiblement les épaules, trop lasse, apparemment, pour exécuter des gestes aboutis. Ayané répéta :

— *Mère, je te demande pardon.*

— *Tsst ! Pourquoi nous compliquer la vie ? Ne peux-tu pas simplement me tirer de là ?*

— *Je voudrais que tu…*

— *Ça suffit ! Moi aussi, je te demande pardon. Ce n'est pas ta faute, si tes parents ne t'ont pas éduquée selon nos traditions. En dépit de leur négligence et de toutes les bizarreries qu'ils t'ont mises dans la tête, ce village est le tien. Inoni ne s'est pas suicidée par ta faute. Ce n'est pas toi, non plus, qui nous as envoyé les assassins d'Eyia. Ma peine et ma colère devaient trouver un coupable à châtier.*

Hochant la tête en signe d'acceptation, Ayané attira Ié vers elle. Elle n'eut pas d'effort à fournir. Sa tante la rejoignit aisément, comme s'il ne s'était rien passé, comme si cette épreuve n'avait été qu'une hallucination. Elles ne s'étreignirent pas. Aucune ne remercia l'autre. Ni celle qu'on venait de libérer de sa propre dureté, ni celle qu'on avait disculpée des malheurs du clan. Les deux femmes se mirent en marche vers les cases d'où émanaient des rires, un parfum épicé de sauce aux aubergines. Lorsqu'elles ne furent plus qu'à quelques mètres de la cour d'Ito et Isadi, elles s'arrêtèrent dans un même mouvement. Ce fut Ié qui s'exprima la première :

— *Tu n'es pas obligée de tout leur raconter ?*

— *Ils le comprendront à leur façon.*

— *Bien. Tu deviens sage.*

— *J'apprends peu à peu. Justement, à ce propos...*

Une lueur inquiète traversa les grands yeux de Ié. On était sur le point de formuler une requête à son endroit. Elle le sentait. Et ce n'était vraiment pas le moment. Cette journée l'avait épuisée. Tout ce qu'elle souhaitait, c'était trouver un coin tranquille pour soulager sa vessie, retirer ce pagne trempé. Évidemment, nul ne se préoccupait de son confort, dans ce village. Le droit d'aînesse ne valait décidément plus grand-chose. Ayané poursuivit :

— *Tu es désormais ma plus proche famille, et...*

— *N'exagère pas,* coupa la doyenne d'Eku. *Mon époux, le frère aîné de ton père, a eu plusieurs femmes. Je ne suis pas la seule.*

— *Dans ce cas, disons que c'est toi que j'ai choisie.*

— *Pour quoi faire ?*

— *M'enseigner les traditions, lorsque je viendrai en visite au village.*

— *Tu ne viendras pas trop souvent ?*

— *Je te le promets. Sauf si tu l'exiges.*

Ié haussa les épaules. Les ancêtres devaient savoir ce qu'ils faisaient. Si elle se donnait tant de mal pour préserver les usages de son peuple, s'il fallait les maintenir avec une telle fermeté, c'est qu'ils n'intéressaient plus personne. La vieille était lasse de contraindre les jeunes, surtout les filles, en les menaçant de châtiments surnaturels. S'il existait quelqu'un qui veuille sincèrement recevoir ce que les anciens lui avaient transmis, peu importait qu'il s'agisse d'un hybride. Car tel était le statut d'Ayané : elle était à la fois d'ici et d'ailleurs. Ié regarda longuement sa nièce, se la représenta plus âgée, vêtue du pagne des femmes ekus, tenant de la main droite le chasse-mouches du chef, comme elle le faisait elle-même, depuis que la population l'en avait priée. Un grand rire ébranla son corps monumental, gagnant Ayané, les poussant dans les bras l'une de l'autre. Elles se tenaient par la taille, quand elles firent leur entrée dans la cour où les villageois se restauraient. Nul ne s'étonna de cette proximité inédite, entre les ennemies d'hier. Les vivants et les morts d'Eku communiaient enfin dans l'apaisement. Que les rancœurs passées se taisent, telle était la volonté de tous. Il avait fallu emprunter des voies escarpées pour arriver à ce résultat. On ne sortait pas indemne de ces épreuves, mais elles avaient fait leur temps. Ié s'installa sur un petit carré de terre, après s'être absentée quelques minutes pour se changer et se soulager. Ayané lui servit une portion de taro et de sauce. La vieille y plongea la main, songeant que les changements n'avaient pas uniquement des inconvénients.

*

Epupa s'était éclipsée sans se faire remarquer. Son destin l'attendait. Dans un futur proche, il consisterait surtout à trouver un lieu opportun pour y faire naître son enfant. Elle se rappelait douloureusement l'instant de la conception, les raisons qu'elle avait eues d'occulter les faits, de s'installer dans le déni. Ses errances dans la ville de Sombé l'avaient exposée à bien des violences. Une nuit, alors qu'elle cherchait refuge sur les berges de la Tubé, quelque chose, quelqu'un probablement, s'était abattu sur elle. Dans son souvenir, sans qu'il lui soit possible de l'expliquer, la chose n'était qu'en partie de ce monde. Elle était vivante, puissante, mais la jeune femme ne l'avait pas identifiée comme une personne ordinaire. Cela ne revêtait pas la moindre signification, mais elle n'aurait rien eu d'autre à dire, si la question lui avait été posée. Peut-être parce que les hommes du Mboasu lui étaient apparus, durant une longue période, comme les agents du Mal : mercenaires, spoliateurs... Comme elle ne croyait pas à l'Immaculée Conception et n'était pas vierge au moment des faits, il était évident qu'un homme l'avait connue, un être dont la semence charriait l'indicible. Se fiant à son intuition, Epupa avait tranché. L'enfant qu'elle portait venait d'un univers obscur. Pas forcément, elle le comprenait à présent, au sens négatif du terme. À l'inverse des ténèbres, qui savaient d'ailleurs se parer d'oripeaux lumineux, l'obscurité n'était pas liée au Mal. Elle demeurait le lieu privilégié des gestations. L'espace de la préparation, avant la manifestation. C'était le secret, le mystère, l'inattendu. Ce qu'elle allait faire advenir tenait de cela.

Lorsque l'aménorrhée s'était signalée, des visions avaient commencé à l'assaillir, faisant défiler des images mêlant différentes époques. Au cours de ses bains nocturnes dans le fleuve, il lui arrivait de voir un univers étrange, peuplé de silhouettes emmêlées, féminines pour la plupart, privées de visage.

Ces femmes d'ombre venaient vers elle, pour lui demander un peigne. Elles parlaient toutes en même temps. Leurs voix n'étaient qu'un brouhaha de suppliques affolées :

— *Nous avons été jetées ici sans nos peignes.*

— *Sœur, tu dois bien en posséder un ?*

— *Prête-le-nous ! Regarde nos cheveux !*

— *N'aurais-tu pas aussi de la pulpe de ketmi[1] ?*

Epupa remontait prestement à la surface, s'enfuyait vers la rive, avec le sentiment que des dizaines de mains filandreuses tentaient de la ramener au fond, lui laissant, sur les mollets, une sensation de lacération. Cette impression persistait jusqu'au lever du jour, après qu'un sommeil perturbé lui avait arraché l'espérance du repos. Elle ouvrait sur le monde des yeux harcelés d'images illisibles, qu'elle ait cru les voir dans l'eau ou qu'elle les ait rêvées. Au début, tout s'embrouillait. La jeune femme se surprenait, sans l'avoir prémédité, à haranguer les foules, à prêcher, à mettre en garde. Se trouvant quelque part, elle voyait distinctement des événements se produisant ailleurs, en ces temps comme en d'autres. Un tumulte s'emparait d'elle, la poussant à invectiver de pauvres gens qui ne comprenaient rien à ce qu'elle disait. De lourdes charges pesaient sur leurs épaules. Ils n'allaient pas laisser quiconque en rajouter. C'était alors qu'on l'avait qualifiée de folle, qu'on s'était mis à rire d'elle, à l'injurier. Certaines femmes n'hésitaient pas à la chasser, brandissant le pilon dont elles se

---

1. *Hibiscus trionum*. Dans l'ancien temps, l'hibiscus était utilisé en Afrique pour faire du shampooing.

servaient pour écraser des plantains mûrs ou régler leur compte à des maris volages. Tant que la jeune femme ne faisait que déambuler nue dans les rues, coiffée de son chapeau, tenant en main son panier, se baignant dans les caniveaux comme on l'aurait fait dans une piscine à l'eau bleutée, les passants haussaient simplement les épaules. Depuis qu'elle prononçait ses discours accusateurs, son existence était devenue insupportable. Non seulement elle voyait des choses qu'elle n'avait aucune envie de contempler, prononçant des mots qu'une part d'elle-même, dorénavant muette, savait n'avoir jamais conçus, mais elle était atrocement seule. Une paria. Quelqu'un qu'on ne mettait pas à mort uniquement parce qu'on pensait que les communautés engendraient naturellement des êtres troubles, devant incarner leur face sombre.

Un changement s'était produit récemment. Le jour où elle s'était échappée de l'hôpital, comme des hommes tentaient de lui venir en aide, elle s'était apaisée. Leur faussant compagnie en dépit de leurs efforts, elle les avait perçus autrement. Ils n'étaient pas tous les instruments des ténèbres, mais, la plupart du temps, des humains réduits à rien, qui faisaient ce qu'ils pouvaient. Ils savaient encore tendre la main, affronter des maux rétifs à guérir. Alors que les rues l'accueillaient de nouveau, l'enfant à naître s'était adressé à elle, en quelque sorte, dans un langage sans paroles qu'elle avait pourtant décrypté. Il lui avait ordonné de se calmer. Il était la voix qui parlait à travers elle, lorsqu'elle s'élançait, échevelée, à travers les artères de Sombé, pour s'adresser au peuple. Il était cet œil ouvert sur les profondeurs, sur l'invisible attaché au visible. Il était la conscience épineuse devant laquelle on ne pouvait se dérober. Il était le souci de soi, la responsabilité. L'enfant d'Epupa existait bien, et il voulait lui apprendre ceci : le cœur des populations du Mboasu était imperméable au message qu'il délivrait par le truchement de sa mère, parce qu'elle refusait elle-même d'endosser la charge qui lui revenait. On ne pouvait attendre des autres ce qu'on ne faisait pas soi-même. L'enfant à naître savait combien il était lourd à porter. Cependant, Epupa devait le comprendre, son poids n'était pas celui d'un fardeau. Sauf à considérer l'existence comme une punition, ce qu'on était libre de faire, après tout, bien que ce ne soit pas sa vision, à lui.

La voix s'était tue à son arrivée près du fleuve. Généralement, elle n'y venait qu'au crépuscule. À bonne distance de l'endroit où se croisaient les contrebandiers faisant la navette entre le Mboasu et le Yénèpasi, elle s'étendait sur de larges rochers. La pierre, ayant emmagasiné la chaleur du jour, la restituait doucement jusqu'au matin. Cette fois-là, après son évasion, sa rencontre avec l'enfant à naître, elle s'était dirigée vers ce lieu sans s'en apercevoir. Un soleil particulièrement enragé interdisait qu'on s'allonge sur les rochers, sous peine de griller irrémédiablement. La jeune femme avait cherché un abri. Au bout d'un long moment passé à longer la plage déserte, Epupa avait découvert une alcôve végétale, un creux dans la mangrove. Les racines adventives des vieux palétuviers formaient une zone sèche, au-dessus de l'eau. C'était l'embouchure du fleuve. Là où la Tubé se jetait dans l'océan. Une pirogue avait été abandonnée derrière le feuillage. Epupa s'y était allongée, sans craindre d'en être délogée. Elle avait dormi jusqu'à l'aurore, recevant, derrière ses paupières closes, la visite de femmes sans visage et sans nom. L'ayant instruite de choses essentielles, elles lui avaient demandé de les incarner à la surface.

— *Là-haut,* avaient-elles dit, *notre nom s'est perdu. Laisse-nous habiter ta chair pour nous faire entendre. Ensuite, tu seras libre. Prends ceci. Nous avons tissé cette étoffe de cruor au fil des siècles, espérant le passage d'une âme ouverte...*

Ouvrant les yeux sur une robe rouge accrochée aux branches, Epupa fut d'abord saisie d'effroi. Il y avait aussi une paire de ballerines d'écarlate scintillant. La voix, qui ne s'était plus exprimée depuis, avait dit :

— *Mère, voici ton armure. Tu quitteras ces vêtements la nuit précédant ma naissance. Sept jours se seront écoulés.*

— *Comment saurai-je l'heure ?*

— *Ne crains rien.*

Rassurée, elle avait accepté. Cet enfant n'avait pas seulement giclé du sperme d'un homme sans identité. Il était le fruit d'une puissance tapie dans les entrailles de sa mère, capable de donner corps aux fluides. La jeune femme avait enfilé la tenue, après s'être baignée dans l'eau encore fraîche. Puis, son chapeau sur la tête, son panier à la main, elle s'était mise en route vers la maison d'Aïda. Les événements avaient suivi leur cours. Elle s'était laissé porter. Ce serait bientôt terminé. Elle retrouverait une existence moins chaotique. Peut-être exercerait-elle le métier de chercheuse en Histoire auquel elle se destinait, avant de se précipiter un matin dans les rues, déchirant ses vêtements. La veille, il n'y avait rien eu d'extraordinaire. Elle avait seulement passé la journée à lire un énième livre sur le commerce triangulaire, entendant, à mesure qu'elle en tournait les pages, le lourd silence du Continent sur le sort des razziés. Quelque chose s'était soudain enflammé dans sa tête, ouvrant, sous ses jambes flageolantes, une immense zone de turbulences. C'était cet espace qu'elle avait occupé, jusqu'à ce que l'enfant s'adresse à elle.

Elle venait de franchir les collines d'Eku, marchant à vive allure dans la nuit neuve. La brousse environnante bruissait de craquements, de gémissements. Elle ne se laissa pas impressionner. Plus rien ne l'effrayait. Dépassant les véhicules d'Eso et du Dr Sontané, elle avança encore sur quelques mètres, s'arrêta. La lueur orangée de phares dont rien ne justifiait la présence en ces parages lui indiqua qu'on l'attendait. Elle pénétra dans l'habitacle d'une berline. Une femme sans âge la conduisait, dont le corps exhalait une puissante odeur de vase. Elles n'échangèrent pas une parole. Epupa songea seulement que les mondes cachés ne manquaient pas d'avantages. Pendant son existence terrestre, la conductrice ne devait même pas avoir appris à lire. Vêtue du pagne des femmes d'Eku, elle maniait le volant avec assurance, savait parfaitement où aller. La passagère s'enfonça dans son siège, laissant le sommeil la gagner. Le lendemain matin, sept jours se seraient écoulés, depuis que l'habit de cruor lui avait été remis.

*

L'ombre s'attardait, aux premières heures diurnes. La lumière du jour peinait à prendre place, mais la jeune femme n'était pas inquiète. Des lois immuables régissaient le monde. La persistance des ténèbres était illusoire. Le jappement d'un chien errant ne retint pas son attention. Les hommes armés qui rôdaient habituellement dans les parages n'étaient pas là. Ils reviendraient. Il fallait profiter de leur absence. Quittant sa robe rouge, elle la laissa sur un rocher aussi large qu'un canapé à deux places, fit un pas vers le fleuve. Elle allait prendre un bain avant de se mettre en route. Lorsqu'elle perdrait les eaux, il faudrait qu'elle ait atteint Ilondi, au cœur de la forêt. Un rêve, au cours de cette dernière nuit passée sur les rochers, lui avait indiqué le lieu. Son enfant devrait y voir le jour. Sa naissance coïnciderait avec la mutation des temps. Il appartiendrait à la génération solaire qui aurait recouvré la conscience. Bien sûr, ce changement ne serait pas immédiatement visible. Il faudrait protéger le nouveau-né. Lui enseigner l'indispensable, avant qu'il ne pénètre dans l'agitation du monde. Cela nécessitait de le faire naître là où l'empreinte vive des archétypes continentaux était conservée. Autrement, rien ne changerait. La conscience ne pourrait être véritablement agissante, si elle n'était pas reconnectée avec l'âme profonde de cette terre. Il lui fallait des racines, pour espérer un jour déployer ses branches. Un socle sur lequel se tenir, pour parler d'égal à égal avec les autres.

L'Histoire avait mutilé le cœur des peuples continentaux, les laissant hagards, incapables de se redresser. Ce qu'ils étaient profondément avait été longuement émietté. Ils avaient beau tenter d'en rassembler les poussières, quelque chose d'eux-mêmes ne cessait de leur filer entre les doigts. Ils ne pouvaient devenir ni autres tout à fait, ni eux-mêmes à nouveau. Ils seraient désormais les habitants du milieu. Les résidents d'une frontière qui ne serait pas une rupture, mais l'accolement permanent des mondes. À nouveau reliés à l'antan, ils n'y logeraient pas. Désormais affectés par l'ailleurs, ils ne s'y fondraient pas. Ils feraient connaître au monde que les anciennes murailles avaient chu, qu'elles n'avaient pas, en s'abattant, créé de fracture. Au contraire, elles avaient fait naître un espace nouveau, une conception différente de la relation à l'autre. L'évidence, entre les peuples des temps présents, d'une imbrication non fusionnelle. La condition humaine comme un fonds commun que chacun restitue selon sa culture. Le mouvement constant de l'échange : oscillation paisible qui permet de se laisser affecter par l'autre, sans être phagocyté par lui.

Affirmant cela, le Continent endosserait sa part de responsabilité dans le destin du monde. Instruit par ses épreuves, il deviendrait la face incontestable des lendemains. Avant d'atteindre ce stade, il lui fallait affronter ses ombres. Faire la paix avec son passé. Se remettre d'avoir tant tardé, de s'être à ce point laissé désespérer, que la force lui avait manqué. Il n'était resté que l'épouvante, devant ce qui s'était produit. L'horreur, devant la signification ésotérique des faits. L'existence humaine ne se déroulait pas uniquement sur les plans matériels, visibles, comme on feignait de le croire en Occident. Chaque action posée avait des répercussions dans d'autres dimensions, non pas parallèles mais conjointes à celle-ci. Les cartes se lisaient également par le dessous. La surface évoquait toujours les profondeurs, inaccessibles au commun, parfaitement connues de certains, néanmoins. On s'étonnait, on s'effarait même, devant l'ardeur des élites continentales à trahir les populations dont elles avaient la charge. On n'osait vraiment l'avouer, mais on n'était pas loin de se dire que, pour s'écarter du bon sens le plus élémentaire avec une telle constance, il fallait déroger aux normes humaines. Appartenir, on ne savait bien à quoi mais, forcément, à quelque chose qui soit en marge de l'humanité. Bien des Continentaux épousaient secrètement cette vision, ignorant les causes de l'affection. Car ces gouvernants, tous issus de la matrice coloniale, étaient malades. S'ils ne souffraient pas, ils étaient tout de même atteints, incarnant tragiquement les traumatismes de cette région du monde, dont ils avaient gâché les indépendances, en les limitant à la répétition mimétique des œuvres de l'ancien maître. Bientôt, ils auraient fait leur temps. Le futur était en marche. Il fallait lui préparer la voie. Laver cette terre. C'était ce que la jeune femme s'apprêtait à faire, en s'immergeant dans le fleuve. Elle croyait à la puissance des symboles, à leur valeur d'engagement.

Epupa était pleine d'une sérénité qui l'étonna elle-même, quand elle plongea un pied dans l'eau. La femme qui l'avait emmenée en voiture, déposée là, lui avait remis une robe ample, taillée dans un pagne indigo. Il lui faudrait l'enfiler après le bain. Ensuite, elle marcherait vers l'embouchure du fleuve. Donnant le dos à l'eau pour regarder le monde des vivants dans lequel elle retrouverait une place, il lui faudrait jeter les vêtements rouges. Elle s'arrêta un instant pour admirer la mangrove au loin, sur l'autre rive. Un éclat encore fragile amorçait une trouée à l'horizon. Déjà, la rosée perlant sur les touffes d'herbe rase, éparses autour d'elle, arborait un chatoiement coloré. Ce pays était un joyau secret. Ses habitants eux-mêmes en méconnaissaient la beauté. De nouveau attentive à la signification du rituel pour lequel elle était venue en ces lieux, elle fit un pas de plus, s'éloignant de la berge. Des mois durant, elle avait passé la nuit sur les rochers alentour. C'était avant que les hommes armés n'occupent la ville. Alors, elle entendait distinctement, même les yeux fermés, la rumeur du tourment profond du Mboasu. Trop de morts exigeaient l'apaisement. Ceux qui avaient péri pendant le *Passage du milieu*, murmurant prières et supplications dans leur langue natale. Ceux des affrontements coloniaux. Ceux des conflits plus récents. Et, bien entendu, tous les sacrifiés aux puissances maléfiques. Les ténèbres, la jeune femme le savait, revêtaient diverses formes. La vénalité des trafiquants d'organes en était une. La persistance des pratiques de magie noire en était une autre. Inutile de chercher à dresser une liste exhaustive. Les disparus privés de sépulture demeuraient volontiers près de l'eau. Parfois, parce qu'elle était le sépulcre ayant recueilli leurs restes charnels. Souvent, parce que l'eau était ce territoire de l'entre-deux. Celui des vies humaines formées, n'ayant pas encore accédé à l'existence terrestre. Celui de la frontière reliant un plan à l'autre.

Pour les trépassés n'ayant pas de nom sur la terre de leurs pères, il n'y avait jamais eu d'abolition. Ils étaient des âmes enchaînées et, sans le savoir, on portait les fers avec eux. Si les morts ne disparaissaient pas, comme on le croyait ici, s'ils continuaient d'exercer une force sur le quotidien des vivants, on savait, au fond de soi, qu'en les frappant d'indignité, on s'était condamné. Selon les conceptions des peuples continentaux, un tel comportement était au-delà de la faute. Il était une ignominie. Le présent ne pouvait être que l'application de la sentence : nul accès au lendemain. L'incarcération à vie. La privation des possibles. Et chaque enlèvement d'enfant répétait les arrachements d'hier. Chaque transgression redisait les injures passées. Chaque conflit charriant ses victimes par millions était l'absurde représentation de cette tragédie fondatrice. Chaque embarcation de fortune se jetant à l'assaut de l'océan pour gagner l'Europe redisait cela de façon inepte, lorsque les noyés du présent allaient, eux aussi, peupler cette nation d'oubliés. L'heure sonnait de cesser de souffrir. Lorsque la jeune femme enfouit sa tête sous l'eau, un soleil écarlate s'était levé, dont le rougeoiement sembla s'insinuer jusqu'à la vase. Des silhouettes, qu'elle vit de dos, formaient une ronde à plusieurs mètres de là. Elles ne vinrent pas lui parler, continuant à taper des mains tandis que l'une d'elles, au centre du cercle, esquissait quelques pas de danse avant de céder la place.

Epupa ne s'approcha pas. Elle allait bientôt manquer d'air, prit son élan pour regagner la surface. L'une des silhouettes se retourna à ce moment-là. La jeune femme n'eut qu'une fraction de seconde pour apercevoir les traits d'un visage d'adolescente, son sourire radieux, le peigne à larges dents qu'elle se passait nonchalamment dans les cheveux. Le soleil avait délaissé sa rougeur d'hémoglobine pour se gorger de jaune. Son reflet rutilant embrasait le fleuve qui semblait d'or liquide. Epupa se hâta vers la berge, où elle enfila son habit indigo. Le lissant du plat de la main, elle songea une fois de plus qu'il ne pouvait y avoir de nuit, si longue fût-elle, qui n'enfante la lumière.

Postface

Where are your monuments, your battles, martyrs?
Where is your tribal memory? Sirs,
in that gray vault. The sea. The sea has locked them
up. The sea is History[1].
Derek Walcott, *The Sea is History.*

Quel est donc ce *Sankofa cry*, cet appel au souvenir placé en sous-titre du roman? *Les Aubes écarlates* répond à cette interrogation comme un roman peut le faire, c'est-à-dire sans livrer toutes les clés. Commençons par expliquer le choix de coupler un titre en français avec un sous-titre mêlant l'akan, parlé en Afrique de l'Ouest, et l'anglais, dans lequel s'expriment de nombreuses populations d'ascendance africaine[2]. C'était, d'abord, le moyen d'inscrire la création littéraire dans la réalité hybride – on osera même dire « créolisée », au sens ou Édouard Glissant emploie

---

1. *Où sont vos monuments, vos batailles, vos martyrs?*
Où est votre mémoire tribale? Messieurs,
dans ce caveau gris. La mer. La mer les a emprisonnés.
La mer est l'Histoire.
2. Lorsque nous disons *africaine*, nous faisons référence à la zone subsaharienne du Continent.

ce terme – qui est bien celle de l'Afrique subsaharienne. Il s'agissait également d'étreindre les peuples subsahariens et leur diaspora, non pas dans l'indifférenciation, mais dans la reconnaissance d'une matrice commune.

Les peuples africains sont, eux aussi, enfants de la traite négrière. Elle a opéré en eux des mutations que la colonisation n'a fait qu'intensifier. *Les Aubes écarlates* espère, à sa manière sciemment chaotique, le surgissement d'une nouvelle conscience diasporique. Cela n'est envisageable que dans la mesure où l'Afrique subsaharienne acceptera de prendre la traite négrière en considération comme élément fondateur. Qu'elle ne soit pas seulement le motif de griefs vis-à-vis de l'Europe, mais aussi, celui d'une introspection, d'une re-définition consciente de soi-même, et une main tendue vers tous ceux qu'elle a engendrés, qu'ils le sachent ou l'ignorent.

L'artiste peut éprouver un sentiment de solitude, lorsqu'il s'empare d'un tel matériau. C'est pourquoi nous avons accueilli avec gratitude le propos de Nathalie Etoké[1], qui nous conforte dans l'idée que d'autres, dans cette génération, partagent notre quête. Nous avons l'honneur de vous livrer des fragments de sa réflexion sur l'élaboration d'une conscience diasporique, qu'elle nomme Melancholia Africana[2], pour « embrasser cette mélancolie qui colore l'existence des Noirs en Afrique, en Europe, dans la Caraïbe et en Amérique du Nord… ».

---

1. Enseignante au sein du Département d'études françaises, à Brown University, dans le Rhode Island.
2. Aux États-Unis, le terme *Africana* désigne les études sur l'expérience des peuples subsahariens et de leur diaspora.

« La Melancholia Africana est un concept exten-
sible qui examine comment les Noirs gèrent la
perte, le deuil et la survie… Bien qu'elle se décline
différemment en fonction du contexte historique et
du lieu, elle renvoie toujours aux tribulations propres à des populations dont la promesse existentielle a été marquée par la rencontre avec l'Autre.
Ici, l'esclavage [la traite pour l'Afrique], la colonisation et la post-colonisation sont des points de
repère objectifs, tangibles et implacables qui, au
lieu de paralyser les Noirs dans une victimisation
permanente, les obligent à se réinventer, à renaître
de leurs cendres […].

1. La conscience diasporique[1]… contribue à une
plénitude existentielle. Elle entretient la mémoire
en la soumettant à une archéologie criblée de blues.
Le passé triture le présent. Le passé place le présent
devant ses responsabilités…

2. La conscience diasporique est flexible et
ouverte. Elle intègre la douleur comme catalyseur
de liberté et non comme facteur de victimisation.
En pacifiant les guerres fratricides, elle embrasse la
diversité intrinsèque qui la définit. Elle revendique
tous ceux qui la composent, chemine vers une
rencontre cathartique entre Noirs d'Afrique, de la
Caraïbe et d'Amérique. Elle place le par/don au
cœur de la dynamique relationnelle entre soi et les
autres… Le par/don dit *je* pour que *tu* nous enlaces.
Le par/don demande à *tu* de *m*'aider à devenir *je*…

3. Si la conscience diasporique devait re-concep-
tualiser le panafricanisme, il naîtrait la nuit où les

1. Pour Nathalie Etoké, Melancholia Africana et conscience
diasporique sont synonymes.

étoiles sont tombées dans la grande dévoreuse. En effaçant la pluralité identitaire sous la couleur, la cale du navire négrier l'a unifiée dans la douleur d'un amour confronté à l'Absurde.

4. Si la conscience diasporique était une langue, elle serait la langue de l'Autre devenue Nôtre[1]...

5. Si la conscience diasporique était un genre musical, ce serait inévitablement le jazz... Toute cette musique arrimée à la faiblesse et à la souffrance, pour se donner de la force, pour chanter l'infinité du possible [...]. Réponse à la détresse, le jazz pousse le vagissement vital de l'Homme qui refuse de mourir[2].

6. Au lieu de traiter les uns de bourreaux et les autres de victimes, la conscience diasporique prône le pardon, promesse d'avenir. Le pardon n'est pas parent de l'oubli... Le pardon n'est pas mort dans la traversée transatlantique. »

Le texte que Nathalie Etoké nous a adressé ne peut figurer intégralement ici, mais nous ne doutons pas que l'occasion lui sera donnée d'exposer sa *Melancholia Africana*. *Les Aubes écarlates* s'y inscrit résolument. Le parti pris de ne pas décrire la traite négrière en tant que telle, pour s'attacher aux

1. Elle pourrait également être le créole, langue mêlant à la fois celle des Caraïbes aujourd'hui disparue, celle des Africains déportés et celle des Européens.
2. Le terme jazz doit être compris ici, de notre point de vue, non pas comme se limitant au genre connu sous ce nom, mais comme englobant toutes les musiques surgies du même processus, dans la Caraïbe, par exemple. Lorsque les esclaves des plantations antillaises ont adopté le fût comme tambour parce que le maître refusait qu'ils continuent à jouer sur des troncs d'arbres vidés, ils ont opéré une mutation jazzistique, pour continuer à faire résoner le pays perdu, pour s'ancrer, vivants, signifiants, dans leur nouvel espace.

possibles répercussions de l'oubli des disparus, résulte de la volonté de soulever la question du traitement contemporain de ce sujet à la source, en Afrique subsaharienne. Les liens évidents avec la diaspora sont recréés *in absentia* : lorsque les défunts sont abandonnés, les populations issues de la Traite le sont également ; les traversées et arrachements présentés dans le texte symbolisent ceux d'hier ; les conflits entre personnages proches, gémellaires – Epa/Eso –, miment les tensions bien connues entre Africains et Afrodescendants ; la cérémonie de réintégration qu'organise Epupa, vient révéler l'inanité du rituel jadis opéré autour de l'Arbre de l'oubli[1].

Sans omettre l'antériorité de l'Histoire africaine qui n'a pas commencé avec le commerce triangulaire, il ne peut, aujourd'hui, y avoir de mémoire africaine qui n'intègre la traite négrière. Pas de monuments, en l'absence de stèles érigées par les Africains vivants pour rappeler le *Passage du milieu*. Pas de batailles, pas de martyrs, hors du souvenir de la cale et des noyés... Et si les morts qui ne sont pas morts étaient une puissance agissante, comment se rappelleraient-ils à nous ? L'interrogation a du sens, si on la replace dans la perspective africaine du culte des ancêtres, de la mort, envisagée, non pas comme la cessation de toute vie, mais comme le passage d'un plan à l'autre.

1. Lorsque les futurs déportés allaient quitter les côtes de l'actuel Bénin, ce rituel avait lieu, au cours duquel il leur était demandé de tourner autour de cet arbre. Il devait en résulter, pour eux, l'oubli de la terre natale, de la langue, de la culture, afin qu'ils ne souffrent pas de l'arrachement. L'Histoire démontre qu'ils n'ont pas oublié, n'ayant de cesse de recréer, comme ils le pouvaient, cet espace premier. L'oubli n'était pas, n'est toujours pas une possibilité.

Il est difficile de comprendre, même si le roman admet les évidentes difficultés qui se posent pour le faire et la complexité du problème, que les innombrables engloutis dans le gouffre de la traversée n'aient pas de mémoire sur la terre de leurs ancêtres. Les vestiges d'Elmina ou de Ouidah sont des empreintes historiques. Ils ne remplacent ni les monuments aux morts, ni l'enseignement détaillé de l'Histoire. À l'heure où des voix s'élèvent pour demander réparation à l'Occident, il faudrait, au préalable, ériger des stèles à la mémoire de ceux qui ne sont plus, mais dans la permanence desquels nous vivons. Les nommer enfin, leur donner un visage, savoir qui nous sommes devenus, le jour où ils ont sombré.

À ceux qui se demandent en quoi cette question intéresse d'autres que les Africains et leur diaspora, nous rappelons simplement que toute violence faite à l'autre est une violence faite à soi-même. Et comme le dit Édouard Glissant, « ... ce gouffre est un non-dit des cultures mondiales : toutes les humanités sont filles de ce gouffre-là. Tant que l'on n'aura pas établi la réalité de cet immense cimetière qu'est l'Atlantique, il manquera quelque chose à l'imaginaire des humanités[1]. » C'est donc l'humanité dans sa globalité qui a été offensée, et qui le demeure, tant que le silence pèse. Les exhalaisons des transbordés sont l'air que nous respirons, nous tous, tant que nous ne leur avons pas fait droit.

Léonora MIANO

---

1. « La créolisation du monde est infinie », in *Le Point*, hors série n° 22, *La pensée noire, les textes fondamentaux*, avril-mai 2009.

Pour briller à nouveau

LÉONORA
MIANO
Tels des astres
éteints

POCKET

(Pocket n° 14050)

Amok, Shrapnel et Amandla sont des immigrés africains. Ils n'ont pas la couleur des enfants du Nord. Cette différence est leur héritage commun, mais chacun l'habite à sa manière... Amok refuse que sa couleur conditionne son identité. Shrapnel, au contraire, revendique une filiation globale et aspire à l'unité, de l'Afrique aux Amériques. Quant à Amandla, elle croit trouver les réponses aux tourments du présent dans une ancienne mythologie. Entre révolte et fierté, est-il possible de surmonter une identité si envahissante pour se révéler à soi-même ?

Il y a toujours un Pocket à découvrir

Imprimé en France par

à La Flèche (Sarthe)
en août 2011

POCKET – 12, avenue d'Italie - 75627 Paris cedex 13

N° d'impression : 65644
Dépôt légal : septembre 2011
S20058/01